文春文庫

夏草の賦

上

司馬遼太郎

目次

夏草の賦　上

本書は一九七七年に刊行された文庫の新装版です。

岐　阜

織田信長が、尾張《おわり》から美濃《みの》へ進出し、岐阜《ぎふ》城を本拠にした早々のころのことである。

岐阜城下で美貌《びぼう》のむすめといえば、

――内蔵助《くらのすけ》屋敷の菜々《なな》殿。

と、たれしもが、まず指を折った。当時、岐阜は城下町が造営されつつある真っ最中で、大工、左官、屋根師、道路人夫などが近国から群れあつまり、終日槌音《つちおと》がたえず、天下にこれほど活気のある街はなかったであろう。

「みたか」

と、その働き人どもでさえ、目をそばだて袖《そで》をひきあって菜々のことをうわさしあった。事実、菜々が侍女ひとりをつれて外出するときなど、辻々で槌の音がやみ、みな作業場で息をひそめ、彼女の通りすぎるのを目送した。

「あれほどの姫御料人《ひめごりょうにん》を、どなたが嫁になさるのであろう」

と、みなかたずをのむような表情で、ささやきあった。

斎藤内蔵助利三《としみつ》は、織田家の侍である。ただし譜代《ふだい》ではなく美濃の地侍《じざむらい》の出で、信長が美濃をわがものにしたときにあらたに仕えた。このため屋敷は城ちかくにはなく、城南のはずれにある。

菜々は、その妹である。

「たいそうなうわさらしい」

と、兄の内蔵助はある日、菜々をからかってみた。

「そうでしょうか」

菜々は、利口者だから、笑って話題をはずそうとした。うなじが、ほそい。血すじが透《す》けてみえるほどにしろいそのあたりを見ていると、兄の内蔵助でさえ、ただならぬ思いが、ふときざしてしまう。

——ゆくすえ、たれの所有《もの》になるやら。

内蔵助は、この妹のからだを抱く者にふと嫉妬《しっと》をさえおぼえた。

「菜々は、どのようなおとこを婿《むこ》にもちたいか」

「兄上のような」

と、菜々はぬけめなくいった。言ってから、存外、本気でそうおもっている自分を知った。菜々のみるところ、内蔵助ほどの男は織田家の家中《かちゅう》でもざらにはいないであろう。世間で評価されているのは内蔵助の槍先の武辺のみであったが、しかしこの兄の才能は、そのような一騎駈けの武者ばたらきよりも、数千の兵を進退させる大将としての能力にあるだろうとおもっている。

「おれのような男か」

兄は、満足したらしい。内蔵助自身そうおもっているだけに、このところ、くだらぬ男からの申し入れを片っぱしからことわり、そのためにあちこちで無用の恨みまで買っている。

「女の運は、亭主できまるからな」

と、内蔵助がいうと、菜々は小さく首をひねった。

「そうでしょうか」

異論がある、というよりも、女の生涯のはかなさを、ひとことで片付けてしまう兄の神経の粗放さが、多少気に入らない。

「そういうものだ。老いては子できまる」

と、言いかさねた。

(そんなことはない)

菜々は、兄のいうとおりだと思いつつもそうではない自分でありたかった。なにがしかの自主的な冒険が、女にもゆるされていいのではあるまいか。

翌日、妙な使者が来た。

妙、というのはあたるまい。なぜならば、来訪者は隣家の主人である。

明智《あけち》十兵衛光秀といった。

と玄関で一声高くよばわる。それだけで事がすむほど、光秀はこの菜々の兄の斎藤内蔵助とは親しい。

「それがし」

「やあ、明智殿でありますか」

内蔵助は、この隣家の主人の来訪がなによりもうれしい。うまも適《あ》う。それに光秀ほど斎藤内蔵助の力倆《りきりよう》を理解してくれている者もまれであった。士はおのれを知る者のために死すという。ときに、戦国の世である。たれしもが才能と力倆を競《きそ》い、認められることをのぞんでいる。斎藤内蔵助といえども、同様であった。

おなじ、美濃の産である。おなじく織田家にあっては新参であった。光秀は年少のころにいわゆる「道三崩《どうさんくず》れ」があり、斎藤道三がその義子のために討たれるとともに美濃を脱出し、諸国を浪々した。のち越前へゆき、朝倉家の客分になったが、そこを見かぎり、ちかごろ織田家に仕え、信長にその器量を見出され、新参というのに家中でも目をそばだたせるほどの出頭人《しゆつとうにん》になっている。光秀と信長の正室濃姫《のうひめ》とはいとこ同士のあいだがらになるが、光秀の異例の出頭ぶりはそういうことよりも、かれの政治能力と、鉄砲隊の指揮方法のあたらしさを信長は見こんだのであろう。

内蔵助は、光秀を座敷に招じ入れ、自分は一段さがって縁側にすわった。朋輩《ほうばい》ながらそういう礼を内蔵助がとるのは、とらせるだけの器量が、光秀にはあるらしい。

「つかぬことを、ききにきた」

と、光秀はいった。

「はて、いかなる」

内蔵助は猪首《いくび》を立てた。

「いやさ、菜々どののことです。あれほどの御器量ゆえ縁談《はなし》は多いことでありましょうな」

「多いと申せば」

「左様、多いことであろう。しかしまだいずかたともお約束までは至っておらぬときますが、そうでありましょうな」

「まず」

「いや、安堵《あんど》した。ところできょうまかり出たのは、そのことでござる」

「とは？」

「いやいや、大まじめになってもらってはこまる。このはなしはごく内々に、いわば茶のみばなしとして聞いていただきたい。お断りくださるならばさっさとお断りくだされ。なにぶん縁談がおもしろすぎて」

「おもしろすぎる？」

「その前にうかがいたいが、内蔵助どのは菜々どのを、やはり織田家の家中に嫁《とつ》がせたいと思うておられるか」

「そのほうが、順当でありましょうな」

まさかこの戦国の世に、敵国の武士に嫁がせることもできまい。嫁入りのさきなど、自然、せまい家中社会にかぎられてしまうのである。

「もし、もしでありまするよ。唐《から》・天竺《てんじく》の王室から嫁にほしいと申してきたら、どうなさる」

「これはどうも」

話が、とっぴすぎる。外国の王子が求婚すればどうするという設問など、現実感がなさすぎて返答にこまるのである。

現実感がないだけに、内蔵助はつい、いいかげんな答えをした。

「それは相手の男ぶり次第であり、当方の菜々の心次第でござる。唐・天竺であろうと、拙者には、いなやはない」

「それで安堵した」

光秀ははじめて笑った。さすがに軍略家らしい。はなしの進め方にまるで城攻めのような段取りがあり、こまかい計算が働いている。

「とすると」

斎藤内蔵助は、不安になってきた。本当にシナやインドの王子が菜々を貰《もら》いにきているのではないか、と思われはじめたのである。

「まことでありますか」

「おびえましたな」

十兵衛光秀は、品のいい童顔に微笑をうかべ、内蔵助をからかうようにいった。

（油断がならぬ）

内蔵助はおもうのである。光秀は二十代から三十代のなかばになるまで諸国を放浪し、天下の風俗・地理・政情にあかるい。堺《さかい》にもいたことがあるという。堺の貿易商を通して南蛮人《なんばんじん》や唐人ともつきあい、海のむこうの事情にまで通じているという人物である。自然、光秀の縁で唐・天竺の王子が縁談を申し入れて来ぬともかぎらぬのである。

「あっははは」

光秀は無邪気に笑い、手をあげて膝《ひざ》のうえの蠅《はえ》を追った。内蔵助のあわてかたがおもしろかったらしい。

「じつをいうと、唐・天竺ではない。海のむこうはむこうであるが、本朝のうちじゃ。土佐《とさ》でありますよ」

（鬼国《きこく》。……）

内蔵助がとっさに思ったのはそのことばである。土佐は鬼国であるという。人のかわりに鬼が棲《す》む、といわれるほどに人間世界から遠い感じがする。王朝時代は遠流《おんる》の地であったし、土佐へ流されるというだけで人々はこの世との訣別《けつべつ》にちかい悲しみをもった。人の顔や風俗もちがっているばかりか、馬なども犬のように小さい、とも斎藤内蔵助はきいている。そのような国に、大事な妹をやれるわけがない。

が、光秀に、「唐・天竺でも拙者はいなやを申しませぬ」と大見得をきった手前、すぐにはことわりかねた。

「先方は、どなたでござる」

「長曾我部元親《ちようそかべもとちか》と申し、いまでこそ土佐一国を切り取り中であるが、ゆくすえ四国を併呑《へいどん》し、天下を望もうというほどの英雄でござる」

「なるほど」

いかに英傑でも、美濃という、日本の中央部にいる者が、遠い田舎《いなか》に妹をやることはあるまい。

「とにかく、妹がどう申しますか、その気持を確かめた上で」

「左様、無理押しもなるまい」

光秀はそう言いすてるようにして帰った。

内蔵助は、縁側で腕を組んだ。庭のくすの木の枝を渡ってゆく風が、すでに秋である。

「菜々、庭へまわれ」

奥へ大声で呼ばわり、自分も草履《ぞうり》をはき、庭へ出た。作り庭ではなく、長良《ながら》川の土手とのあいだの狭い空地に、梅、桐、矢竹などの実用になる樹を植えちらしてあるにすぎない。菜々が裏へまわり、梅の木の下から姿をあらわした。

「話がある」

内蔵助は、光秀と同じ話法を用いた。もし唐・天竺の王子から求婚されたとすればゆくか、という質問からはじめた。

「ゆく」

と、意外にも菜々は平然といった。

「冗談ではないぞ」

「はい。冗談では答えておりませぬ」

けろりというのである。

菜々の意外な返事をきいて、

（おれはよほど風変りな妹をもったらしい）

と、斎藤内蔵助はおもった。

風変りにちがいない。この戦国の当時、美濃から土佐へ嫁にゆくなどは、二十世紀のこんにち、日本からアフリカの奥地の酋長のもとに嫁にゆくというよりも、さらに日常感覚からの飛躍であろう。

「本気か。狐でも憑《つ》いておるのではないか」

と、兄の内蔵助は何度も念を押した。変りすぎている。相手の土佐の酋長の、顔も気だても知ってのことならともかく、ただいきなり嫁《ゆ》くという。

「わからん」

内蔵助は、菜々の顔をのぞいた。

風変りといえば、この内蔵助・菜々の斎藤家にはよほど風変りな血が流れているらしい。

以下は余談だが――。

この斎藤内蔵助はのちに光秀の侍大将になり、光秀の反乱発起とともにやむをえずそれをたすけ、その敗死とともに身をほろぼすのだが、かれが晩年に儲《もう》けた娘にお福というのがあった。

お福は成人し、おなじ美濃出身の稲葉正成《いなばまさなり》に嫁した。正成は、秀吉に命ぜられて小早《こばや》川《かわ》秀秋のおつき家老になった人物である。官は、佐渡守であった。反逆者として死んだ斎藤内蔵助の娘としてはまずまず幸福な婚家といえるであろう。ところが、関ケ原ノ役《えき》後、稲葉正成は牢人し、故郷の美濃に帰って隠棲《いんせい》した。

このころのちの徳川二代将軍秀忠に嫡子《ちゃくし》（竹千代・のちの家光）がうまれ、その乳母《うば》を公募することになった。公募のための高札が京の三条大橋に立てられた。

お福はこのうわさを美濃でききき、夫をすてて京へのぼり、京都所司代《しょしだい》をたずねて、

――一介の牢人の妻でございますが、わたくしでよければ。

と、名乗りをあげている。普通人の日常感覚でいえば、よほど奇矯で大胆な飛躍行動といえるであろう。

京都所司代板倉勝重はお福を引見し、その容貌の典雅さ、皮膚のつややかさ、生来無病であるという健康さを買い、さらに斎藤内蔵助の娘で稲葉正成の妻であるという素姓《すじよう》のよさをも買い、さっそく江戸へ報告すると、幕府も異存がなかった。お福は、家光の乳母になった。のち、徳川家における最大の権威家といわれた従二位春日《かすが》ノ局《つぼね》が、彼女

である。将軍秀忠が次男の国千代を愛してそれに家督《かとく》をつがせようという気配をみせたとき、春日ノ局は反対し、駿河《するが》に隠居中の家康に拝謁《はいえつ》し、事情をのべ、ついに家光をもって将軍職の相続者にしたはなしは有名である。のち、家光はお福の功を嘉《よみ》し、その夫正成を大名にしようとしたが、正成は「女房の縁で立身しようとはおもわぬ」といってことわった。このためその子稲葉正勝がとりたてられ、諸侯に列した。

それが、まだうまれておらぬとはいえ、菜々のめいにあたる。菜々といい、お福といい、この家の女系には思いきった性格の血がながれているのかもしれない。

さて、内蔵助である。

「いそぎはなしではない」

と、菜々を、むしろなだめるようにいった。今晩一晩、よく考えてみよ、というのである。


この縁談のいきさつがおもしろい。

明智光秀にはかれの履歴中、

――武者修行
という歳月がひどくながい、ということはすでに述べた。

堺の商人にも、知人が多い。その商人のなかで、宍喰屋《ししくいや》という奇妙な屋号をもった男がいる。宍喰（宍食）という地名が、阿波《あわ》と土佐の国境近くにある。ふるくからの商港である。宍喰屋はこの地の出身で、堺に出て唐物や諸国の物産をあつかう貿易家になった。出身の関係から、土佐の長曾我部氏が最大の得意先であり、土佐物産を買ったり、鉄砲を売ったりしていたが、あるとき、土佐へゆき、長曾我部元親に拝謁し、よもやまの話をした。自然、話題は中央の英雄豪傑のはなしである。

「美濃岐阜に本拠をおもちあそばす織田信長公こそ、ゆくゆくは天下のぬしにおなりあそばすのではないかと存じまする」

と、宍喰屋はいった。このころ、信長はまだ美濃に進駐したばかりで、京への通路である近江《おうみ》をさえ取っていない。この時期の信長をそのように観測した宍喰屋は、いかに情勢にあかるい堺商人とはいえ、相当な人物といっていい。

元親は、このとき二十五歳である。土佐一国ですらまだ平定していなかったが、気概があり、将来の大を、みずから期していた。

「その織田家と、よしみをむすぶ方法はないか」

といった。元親は、相手の信長と自分のさきものを、ともどもに買おうとしたといえる。

「美濃はなるほど遠い。しかし唐土の書物に、遠交近攻策ということが書かれている」

遠国《おんごく》と同盟し近国を攻めるという戦国の外交策である。まだ成長しきらぬ長曾我部氏の現状ではそれは必要はなかったが、将来、四国全土を切りとれば、さしあたって瀬戸内海をへだてて中国地方の毛利《もうり》氏と衝突することになろう。それをおもんぱかればいまから織田氏となんらかの縁を結んでおくほうがいい。

すぐ思いつくのは、婚姻である。元親は最初の妻を死なせて独り身であった。かといって織田家の姫君をくれといっても、信長は遠国の一土豪にすぎぬ長曾我部氏などにはその家族の女をくれぬであろう。

「織田家の家中の娘で、これはという者はおらぬか」

といった。宍喰屋はひざをたたき、岐阜城下随一の容色といわれた斎藤内蔵助の妹をおもいだしたのである。宍喰屋は商用で岐阜へもゆく。城下で菜々の評判をさんざんにきいてもいた。

それに、宍喰屋は、織田家の新参の明智十兵衛光秀と懇意である。斎藤内蔵助と明智家とは美濃で縁戚《えんせき》のつながりになるということも知っている。さらに宍喰屋は、人材重視の織田家にあっては光秀の将来は洋々たるものであることも見ぬいていた。あの斎藤内蔵助の妹を長曾我部家がもらえば、ゆくゆく、織田家との関係がよほど便利なものになるにちがいない。そう観測し、そうすすめた。

「頼む」

元親は、いった。

宍喰屋はすぐに土佐を出発し、海路陸路をへて岐阜城下に入り、明智家をたずねてきたのである。それが、きのうのことであった。

「なんと遠大な」

光秀もこのはなしをきき、この縁談を思いついた宍喰屋と長曾我部元親の発想と構想の大きさに、息をのむおもいがした。

この美濃から、遠国の土佐に輿入《こしい》れするなど、世にもめずらしい、およそとっぴな、ほとんどおとぎばなしに近い事態だが、明智光秀の感覚には、そう思われぬらしい。ゆらい、非常な秀才ではあるが、滑稽《こっけい》を解する感覚にとぼしい。

きまじめなのである。隣家の斎藤内蔵助から、

「菜々は、嫁《い》くと申す」

という返事をきいたときも、

「それはそれは、めでとうござる。善はいそげ、とか。さっそく殿様に申しあげ、おゆるしを頂戴《ちょうだい》することにしよう」

と、動ずる気配もなく、さっそく縁談を事務化すべき話題に入った。

翌日、光秀は登城し、とくに信長の内謁を乞い、この話をした。

「土佐から、わが家中に嫁を？」

と信長は問いかえし、あとはしばらくだまった。さすがの信長も、事の突飛《とっぴ》さにおどろき、とっさには信じがたいらしい。

信長は、まだ尾張と美濃、両国の国主にすぎず、いわば田舎大名にすぎない。もっとも当人はすでに天下に志《こころざし》があり、岐阜の僧に文字を撰《えら》ばせ、
天下布武《ふぶ》

という印形《いんぎょう》をつくり、公文書にはすべてこの判を用いてはいる。しかしひろい世間での信長の評価はどうであろう。当節、天下でうんぬんされる勢力といえば、甲斐《かい》の武田信玄、越後の上杉謙信、中国の毛利氏、京の三好《みよし》氏などがそうで、一格落ちて奥州の伊達《だて》氏、美濃の織田信長というところであろう。その信長を目して、

——ゆくゆく天下びとたるべきひと。

として、その家中の娘を嫁にほしいといってきているのである。それも海一つへだてた土佐の土豪が、である。

光秀の説明をきき、おおかたの事情がわかると、信長はひどく上機嫌になった。

(おれを、そのように見たか)

それが、信長にとってうれしかった。

「土佐の長曾我部元親とは、いったいいくつだ」

「殿よりも御年が五つ下か、ということでございます」

「ふむ、まだ若いの」

まだ見ぬが、自分をそこまで評価してくれたとなれば、可愛《かわゆ》くも思える。

それにしても、長曾我部元親などという遠国の豪族の名を、たれが知っているだろう。信長はそう思い、すぐ近習《きんじゅう》の衆を十人ばかりよびあつめて、ひとりひとりにきいてみた。

一人だけが、かろうじて知っていた。

「やれやれ、物知らずめが。おれがのちのち四国を征伐するときにはよき敵になる男の

名ぞ。おぼえておけ」

と、信長は声をたてて笑った。

「しかし」

信長はくびをひねった。

「その斎藤内蔵助の妹の菜々とやら申すむすめ、よく承知したの」

急に、信長はその菜々に興味をもちはじめた。

「内蔵助が、説き伏せたのか」

「いえいえ」

光秀がくびをふった。

「菜々が、すすんでゆく、と申したのでございます」

「かわった娘だ」

信長は、大声でいった。

「ぜひ、連れて来い。引出物もとらさねばならぬし、その娘の顔がみたい。醜女《しこめ》か」

「どういたしまして」

光秀が菜々の容色を述べたから、信長はいよいよ興味をもった。

翌日、菜々は兄の内蔵助にともなわれ、お城へのぼった。

手続きがある。そのうるささは江戸時代ほどではないが、それでもすぐに拝謁ノ間にまかり出るというわけにはいかない。城内に、家老の柴田勝家の屋敷がある。そこが、仮の装束《しょうぞく》屋敷になった。

そこで髪や衣服をととのえているうち、黒沢という老女が迎えにきた。信長の奥むきを宰領《さいりょう》している老女のひとりで、信長夫人濃姫の輿入れのとき、美濃からきた。菜々と同様美濃出身であり、薄い親戚になる。そういう縁で、この黒沢が介添えにえらばれた。

「諸事、わたくしの申すよう、なすようにするのじゃ」

と、黒沢は男のような言葉で、菜々に命じたあと、しみじみと菜々の顔をみつめ、

「そなたは、美しいの。なるほど、お城下の評判はいつわらぬ。なんと美しいことよの」

と、感に堪《た》えたようにいった。

黒沢は、菜々のあまりな美しさに、かえって憐れを催したらしい。

「それほど美しゅううまれていながら、なぜ鬼の国とやらいう遠国へ嫁くのじゃ」

「なぜ、といわれても、うまい言葉がみつかりませぬ」

「強《し》いられたのか」

「いいえ。たれにも」

「では、なぜじゃ」

と、黒沢はしつこい。菜々は返答に窮し、ついひとごとのように、

「きっと、面白そうだからでございましょう」

と言い、できるだけ陽気な笑顔をつくってやった。さもないと、この女の化物《ばけもの》のような老女様に哀れまれてしまう、と思った。

「この年よりを、からかうのか」

「めっそうもございませぬ」

ともあれ、菜々はこの黒沢につきそわれ、信長の面前にまかり出た。信長も、黒沢と似たようなことをきいた。

「はい。……」

菜々は、両手をつき、顔を黒沢のほうにねじむけた。黒沢から教えられた作法では返答は信長の顔をみてするのは無礼で、仲介者である黒沢の顔をみてしなければならない。妙なものであった。先刻、おなじことをこの顔に言ったばかりなのである。菜々は、多少、うんざりした。

つい、妙なことをいった。

「殿方原《とのがたばら》はよろしゅうございます」

と、言いはじめた。男はいい、というのである。なぜならば、志を持ち、能力と運さえあればさまざまの人生をあじわうことができるが、女はそうはいかない。御家中にうまれれば御家中にとつぎ、見なれた御城下に住み、やがては見なれた墓場に入る。それではつまらないから、この決意をした、と菜々はいう。

「さらに」

長曾我部殿は、小なりとはいえ大名のはしくれでありましょう。美濃では高の知れた侍の娘が、遠国へゆけば大名の御簾中《ごれんちゅう》になれる。しかも元親殿はたいそうな器量人であるときます。とすればきっとおもしろい人生がすごせましょう、と菜々はいった。

「これ」

と、黒沢は、この小娘の長広舌《ちょうこうぜつ》をたしなめようとしたが、上段の信長のほうが燥《はしゃ》いで膝をつづけさまに打ち、

「面白や」

と、叫んでくれた。

信長は、よほど気に入ったらしく、黒沢に命じ、「衣装や調度などをつくってやれ。織田家の侍がいかに富んでいるかを、土佐の田舎衆にみせてやるのだ」といった。


岐阜は新興都市であった。

なるほどこの城下町を建設したのは、かつての美濃の帝王であった斎藤道三である。道三のころはまだ井ノ口とよばれ、稲葉《いなば》山山麓《さんろく》から長良川ぶちにかけてわずかな聚落《しゅうらく》があったにすぎないが、都市建設のすきな――それがかれの政治的抱負のひとつだったが――信長によって大規模に設計され、建設された。

筆者はこの小説の発端を信長時代の岐阜の町からはじめるべく、この町へ何度目かの旅行をした。いまはたんに岐阜県（飛驒《ひだ》・美濃）の県庁の所在地であるということと、

海港をもつ名古屋に繁栄をうばわれた東海道線の中流都会というにすぎない。町の秩序は雑然とし、繁華街へゆくと、あるじにも客にも岐阜県人特有の戦闘的な活気がある。徳川時代の宿場町のにぎわいといってよく、たとえば金沢や萩《はぎ》や仙台、弘前《ひろさき》、鹿児島、高知といった旧城下町のもつ気品にはとぼしい。これは岐阜が徳川時代にはすでに城下町ではなくなり（幕府は、つねに日本の争乱の中心になったこの岐阜に強力な大名を置くことの危険を感じ、城を廃城にし、城下を幕府直轄領にした）、宿場町にちかい性格にかわったためであろう。

信長の時代の岐阜も、雑然、混乱、活気という点ではかわらない。

信長の当時、この町を訪れた宣教師のルイス・フロイスが、こう報告している。

「われわれは岐阜城の町に着いた。人口約一万であろう。和田惟政《これまさ》（信長の部将で、近江甲賀郡の出身者。キリスト教徒）の指定した宿についたが、この宿の人の出入りの騒がしいことはバビロンの混雑にもひとしい。各国の商人が、塩や布その他の商品を馬につけて来集し、家のなかは雑踏してなにも聞こえないほどである。ある者は賭博《とばく》し、ある者は食事をし、ある者は人と売買し、ある者は土間で荷造りをし、ある者は荷を解き、そのさわがしさは夜もやまない」

ついでながら、フロイスは「王」（信長）に会おうとしていた。しかし、その仲介の労をとってくれる重臣がみなどこかに行っていて会う手段がない。

「われわれが持っている紹介状の相手である大身の木下秀吉は尾張の国に行っている。

佐久間信盛殿と柴田勝家殿はまだ都から帰っていないために、われわれは王の前でかばってくれる知人が一人もない。このため二日間この岐阜にいたが、さいわい、右の二人（佐久間、柴田）が帰ってきたため、その屋敷を訪ねた。……」

この報告書にある岐阜は、この物語の時期よりも数年のちになる。しかしおよその様子はかわらない。

とにかく新興都市だけに、市民はたがいに他国からの流入者で、相手のことにくわしくなかった。町の者のたれしもがその名に親しんでいる共通の知名人といえば、権勢者をのぞいては、この町の美人たちであろう。

その評判の娘たちのなかで、菜々が土佐へ嫁入りするという。このうわさは自然、町中の話題になった。

「菜々殿が嫁入りするそうな」

「なんと、それも土佐へ」

「しかも殿様が輿入れの調度をととのえてくださるというぞ」

「美人は、得ぞな」

「しかし、なぜよりによってそういう遠国へゆくのであろう」

みな、土佐といえば日本のうちとはいえ南蛮に近いところと思っているらしい。

その土佐から、三人の使いがこの岐阜の町に入ったのは、もう秋の風が立ちはじめようとするころである。

三人の土佐人は、岐阜の町に入ると、もどき屋という宿に足場をきめた。もどき屋の女中がみるところ、一人は大黒様のような顔をした、雲をつくような巨漢である。他の二人はそれよりも下役らしく、大黒様に鄭重《ていちょう》であった。

しかしどの男も、なにを喋《しゃべ》っているのか、言葉がわからない。

「おれは土佐の者だ。この町に斎藤内蔵助殿と申される御家中がお住いであろうに。そのお屋敷はどこか」

と、たずねているらしいことがようやくわかったのは、もどき屋の亭主が応対に出てきてからである。土佐の衆は、自分の意思を通じさせるためにわざわざ扇子をとりだし、それをパチリとひらき、狂言のことばに翻訳してしゃべった。

「承って候《そうろう》」

亭主も、舞口調《まいくちょう》でうなずいた。

「相わかって候や」

大黒様は念を入れた。

「いかにも相わかり申して候」

「さればとくとくあない（案内）しやれ」

「とは申せ、先様のご意向うかがわねば相なり申さず」

「ことわりなり。早々に伺わせ候え《そうら》」

そんな次第で、もどき屋の亭主自身が使いに立って斎藤内蔵助家をたずねた。

このもどき屋の亭主を、治郎兵衛という。信長のさきの根拠地だった尾張清洲《きよす》の者で、信長の岐阜移駐とともに岐阜へ移ってきて粗末な宿屋をひらいた。あまりに宿の建物が粗末すぎるので、口のわるい町の者が、

——あれでも宿のつもりか。

——もどき（似て非なるものを、そのつもりでいること）であろう。宿もどきじゃ。

ということで、もどき屋というあだ名をつけたが、それがいつのまにか屋号になってしまった。町の悪口を自分の屋号にしてしまったこの治郎兵衛も、新開の都市にきた一旗組のあきんどらしく、闊達《かったつ》でものにこだわらぬ男らしい。

斎藤家では、当主の内蔵助が不在であったため、治郎兵衛は取次ぎの家来に用件を口上したうえ、三人の土佐衆の名前を書いておいた。

長曾我部元親様ご家来
入交《いりまじり》左近
野老山《ところやま》平大夫
別役《べっちゃく》勘兵衛

という名前である。ただし治郎兵衛は真名《まな》（漢字）が書けぬため、かなでこれを書いておいた。三人の姓はいずれも土佐以外に類のすくない姓であろう。

治郎兵衛が帰ったあと、菜々は取次ぎの家来からこの紙片をうけとった。

（おどろいたなあ）

と、ため息をつかざるをえない。イリマジリ・サコンなどとはまるで唐・天竺にありそうな姓ではないか。

この時代、人はそのうまれた郷国で生き死にし、他国へ出ることはまれで、自然姓もその国の姓は他の国になじみにくいものが多い。日本に統一政権が出来、奥州の外ヶ浜から薩摩領の鬼界《きかい》ヶ島《じま》にいたるまでのあいだ、人々が大いに動きはじめたのは秀吉の天下統一を見てからのことである。

「ちょっと、心細くなってきました」

と、兄の内蔵助が帰ってきたとき、菜々はこの姓を見ながら、肩をすくめるようにいった。

「姓で心細がることはあるまい」

「でも」

あまりに異風な姓がならんでいるため、にわかに土佐が想像していた以上にはるかな国であることがひしひしと思われてきたのである。

「もう、手遅れだぞ」

「わかっています。ちょっとそんな気がしただけです」

斎藤家からもどき屋へ使いが行った結果、あす、彼等の訪問をうけることになった。

翌日、ついにやってきた。

たったいまこの斎藤家の門をくぐった三人の男こそ、太古以来美濃に最初にあらわれた土佐人かもしれない、と菜々はおもった。

「どんなひと？」

菜々は、乳母のお里にきいた。

「存じませんよ」

お里は口をとがらせていった。むりもない。女どもが玄関や座敷に出るのは武家のしきたりではない。お里もその土佐衆の男をみていないのである。

「おひい様がその目でとっくりとごらんあそばせばいいのです。もっとも土佐へいらっしゃれば、一生うんざりするほど土佐衆の顔を御覧になれますよ」

お里は、菜々が土佐へゆくことについては不服であったから、このところ不機嫌がつづいている。

「なにを好んで。あれだけのごきりょうを持ちながら」

と、針仕事をしているときも部屋を掃除しているときも、ぶつぶつつぶやいた。お里にすれば菜々がうまれたときから乳を哺《ふく》ませ、夜も寒暑に気をつけ、きょうの日まで育てあげてきた。その菜々とわかれるのがつらくて不機嫌になっているらしい。

「お里」

菜々はこのとき、ちょっとひらき直った。こう不機嫌でいられては、やりきれたものではない。

「わたくしと別れるのがつらくてお里は不機嫌なのでしょう？」

「おひい様はどうなのですか。お里と別れるのがつらくはないのでございますか。ああ、それならあんまりでございますよ」

「私もつらいけど」

と、半ば口のなかでいったが、じつのところ菜々は別段悲しくはない。その点薄情なのか、それとも思いきりや諦《あきら》めがいいのか、菜々は自分でも自分の性格をふしぎにおもうほどだが、いずれにせよ、この美濃の山河や、兄やお里と生涯会えなくなるかもしれないという悲しみよりも、この将来《さき》どんな運命が自分を待っているかという心の浮き立ちのほうが大きい。どうもわれながら尋常な性格ではないらしく思える。

「そんなに不機嫌な顔をしているなら、私と一緒に土佐へゆけばいいじゃありませんか」

「行きますよ」

（えっ）

菜々のほうがおどろいた。

「行くときめていますよ。おひい様をはなれてこの里という者が考えられないではありませんか。お里はおひい様の手首のようなものだし、お足のくるぶしかもしれないし、ひょっとするとお目やお耳かもしれませんよ。お里は、土佐へお供せねばなりません。

だからこそ、こんないい美濃を捨ててむこうへゆくというおひい様がうらめしいのです」

「そう、か」

だから不機嫌だったのか、と思うと、菜々は自分の勘ちがいがおかしくなり、はじけるように笑いだした。

「ちょいと伺いますけど、おひい様はお里を連れてゆかぬおつもりだったのですか」

お里はわざとひらきなおった。

「そんなことはない」

「それなら結構ですけれど」

お里は、この斎藤家の先代に仕えた中間《ちゅうげん》の嫁で、その亭主が長良崩れという斎藤道三の戦死のときに荷駄をひいていたが流れ弾にあたって死んだ。お里の身寄りは故郷の家に弟がいるだけだった。彼女は東美濃の山里の出で、そのことを、いまもいった。

「山里の出は故郷を恋しがるといいますからね」

海岸うまれの者や、一望平坦な野でうまれた者よりも激しく故郷を恋うという。だから人一倍、土佐へゆくのがつらい、とお里はこぼすのである。

菜々の部屋からみると、庭のむこうにカナメの木のいけ垣がつづいている。赤い、まるで花のような芽がところどころに出ていた。

「秋だというのに、芽が出ている」

と、菜々はおどろいた声をあげてみた。他の話題に変えたかったのである。

「だからあの木の名前はアカメというんですよ」

と、乳母のお里はにべもなくいった。

「あら、あれはアカメじゃありません。カナメでしょう」

「おなじ木ですよ、美濃でも、村によってはアカメといったり、カナメといったりします」

「お里の村ではアカメなのね。すると、どちらが利口だろう」

「なにが」

「アカメとよぶ村とカナメとよぶ村と」

「なにをくだらない」

お里は相手にしなかったが、菜々にはこの娘なりに、ちょっとした思案がある。カナメとよぶのは、この木を扇の要《かなめ》に使うところから出ている。非常にかたくてねばりのある木で、要だけでなく、車輪やクワの柄などにつかう。カナメとよぶのは、その木の性質や用途から考えてできあがった名称で、単にその形や色だけをみてアカメとよぶだけの村よりも、大げさにいえば物事の見方にふかさがありはしないか。そのかわり、「カナメ村」は村人の性格が実用本位で殺風景かもしれない。「アカメ村」のほうが、その点では観賞的で気はやさしそうである。——菜々がそのように思いつくままにお喋りしていると、不機嫌顔のお里もさすがに吹きだした。

「おひい様は、いろんなことをお考えになるのですね」

「うん」

菜々はまただまりこみ、考えこんでいる。やがて、

「土佐ではどういうのだろう」

といった。

そのとき表座敷から兄の内蔵助の声がきこえ、乳母のお里がよばれた。ほどなくお里は駈けるようにしてもどってきて、ちょっと厳粛な顔をした。

「旦那さまが、およびでございます。さあさあお支度をなさらねばなりませぬ。ご衣装はそのままでよろしゅうございますが、おけわい（化粧）をお直しなさらねば」

「これでよい」

「なりませぬ。三人の土佐衆がお座敷で居ならんでおります。かの者どもはゆくゆくおひい様を御台所《みだいどころ》様とあおぎ、おひい様もご家来として慈《いつく》しんであげなければならぬあいだがらになります。その最初の御謁見ですから」

「ご謁見」

菜々は、くびをすくめた。なるほど大名夫人ともなればそういう言葉になるであろう。が、化粧はなおさずに座敷へ出た。兄の内蔵助は、自分の横に菜々をすわらせた。

「これが、菜々でござる。ふつつか者ではありまするが、なにかとご面倒を」

といった。菜々がおどろいたことに、三人の土佐侍はすでに主君の御簾中として菜々を見、背をひらたくして平伏している。

やがて顔をなかばあげ、かしらだつ入交左近が、一同の姓名を紹介し、「なにとぞお言葉を賜《たま》わりまするように」と願いあげた。みな、真黒な顔である。菜々は顔の黒さにもおどろいたが、言われたことにもまごついた。とっさに御台所様としての言葉が出ず、

「あの」

と、庭を指さした。カナメ垣である。

「木を、土佐ではなんと申しますか」

これには、入交左近らもおどろいたらしい。答えなかった。

この時代、諸事物事が手ばやく片づけられてゆく。冬に入る十一月には土佐へくだるというはなしがきめられた。

準備が、どんどん進められている。輿入れの道具などは岐阜では調《とと》のえない。調えたところでこの戦乱の世に、それを運搬するのが大変であった。

このため、堺でととのえられた。堺から土佐までは一路海上である。海上ならば盗賊などの難はすくないであろう。

斎藤内蔵助家には、祝い客がひきもきらない。たいていは玄関さきで口上をのべ、帰ってゆく。が、この日の祝い客は、

「めでたや。めでたさにあやかるために、これはあげていただかねばなるまい」

と、にぎやかに言いさざめきながら、座敷にあがってしまった。織田家の出頭人で、いろんな意味での名物男である木下藤吉郎秀吉であった。

内蔵助が出て、藤吉郎のぞんがい折り目ただしい祝いの言葉をうけた。そのあと藤吉郎は、

「わしは目福《めぶく》がないのか、菜々どのにお目にかかったことがない。ひとめでもおがみたや」

といった。内蔵助は苦笑し、菜々をその座によんだ。

「なるほど、お美しい」

藤吉郎は叫ぶように言い、なんども激しく首をふってうなずいた。

菜々はしおらしげにうつむいている。

「拙者は、木下藤吉郎でござる。もし拙者がおなごにうまれていましたならば、菜々殿の御運をおうらやましく思うでありましょう」

「なぜでございます」

ふつうならば土佐くんだりまで、と、たれしもが思う。ところがこの藤吉郎はしんからうらやましそうに言うのである。

「なぜということもないが」

と、藤吉郎は左手の甲にとまった秋の蚊をぴしゃりとたたいた。

藤吉郎にすれば、菜々の冒険精神をたたえているつもりであった。かれの説くところでは織田家はいまでこそ尾張・美濃二カ国の大名にすぎないが、ゆくゆくは天下を制するであろう。となれば四国にものびる。

「長曾我部殿は」

と、いった。英雄児におわすらしい。いまでこそ土佐のうちの一郡か二郡を制しているにすぎないが、ゆくゆくは土佐のみならず、阿波、讃岐《さぬき》、伊予《いよ》を制せられるかもしれぬ。そのときこそ織田家と長曾我部家とは、戦うか、手をにぎるか、和戦を決せねばならぬことになろう。

「そのときこそ、菜々殿のお腕のふるいどころでござる。拙者が女にうまれていればおうらやましく思ったであろうというのはこのことでありまするわ」

藤吉郎が帰ったあと、隣家の明智光秀がやってきた。内蔵助が藤吉郎の言葉をつたえると、

「ああ」

しばらくなにもいわずにだまっている。光秀は藤吉郎という男については、織田家に仕官した当初から虫が好かなかった。

「が、同感だな」

光秀もいった。

「しかし藤吉郎が女ならば、はるばると土佐から貰いにくるまい」

「どういうわけでござるか」

「あの面相ではな」

その後、輿入れの支度がはかどり、十月に入った。十月のはじめ、菜々はいよいよ岐阜を発《た》つことになった。


菜々が岐阜を離れた日は、すすきの穂が白く、空がふかぶかと青かった。北の飛驒の天のあたりから、城のある稲葉山の上にかけて一面にいわし雲が出ている。美濃の四季のなかでもっともうつくしい季節であろう。

「いっそ、雨でも降ればよかったのに」

菜々は、大きな市女笠《いちめがさ》の下でつぶやいた。

「また、変なことをおっしゃる」

お里が、にらんだ。旅立ちの日に雨をのぞむなどは縁起《えんぎ》でもない。

「景色がよすぎる」

菜々はいった。美濃の天地がこんなにさわやかだと、きょうの日が記憶にやきついてしまって、土佐で悲しくなるかもしれない。陰々とした吹き降りの日に泥をはねながら故郷を出れば、いっそ思いが断たれていいかもしれないとおもったのである。

「やっぱり後悔なさっているのでございましょう」

「土佐へゆくことを？」

「それとこれは別です。なにもかもすぐそこへ結びつけるなど、お里のあたまはお椀《わん》みたい」

「なぜお椀です」

「大事なときのお膳《ぜん》では、お椀に一つの物しか容《い》れられないでしょう」

「ばかばかしい」

「はい」

一行は、十一人である。お里のほかに斎藤家からついてゆく者として内蔵助の家来黒田与兵衛がいる。それに下僕が二人。さらに前記の土佐衆が三人、その下僕が三人。

行路は存外楽であった。

美濃は内陸だが、川が多い。舟運を利用すれば海に出られた。

川港として、揖斐川の福束がさかえている。岐阜からざっと二十キロである。

この福束で、船に乗った。乗りさえすれば陸地をふむことなく美濃と尾張を過ぎ、尾張からそのまま一小船で伊勢桑名港まで出られる。

美濃福束には午後二時ごろついた。すぐ船で出発した。船は百石積みほどの貨物船で、船頭はみな伊勢人であった。

「美濃のまん中に伊勢人がきている」

菜々はふしぎそうにいった。はるかな伊勢の者がこの川港までさかのぼってきているというのが、お伽話《とぎばなし》のように思える。

船は日が落ちてから出発し、早暁《そうぎよう》目がさめたときは桑名の港に入っていた。

「おひい様、桑名でございますよ。おりるのでございますよ」

とお里が菜々の枕を、コトコトたたいておこした。

「まだ暗いじゃありませんか」

菜々はもう一度寝入ろうとしたが、お里に枕をはずされてしまったため、やむなく起きて身支度をした。菜々とお里とのこの一郭だけ瞿麦《なでしこ》の定紋《じようもん》入りの幕が張りめぐらされている。

朝の食事は、桑名でとった。お里をはじめ斎藤家の者たちは船酔いが残っていてほとんどふた口か三口で箸《はし》をおいたが、土佐衆は船に馴《な》れているらしくたっぷりと食った。菜々も、平気だった。昨夜船中で熟睡したし、それに帯のあたりが痛くなるほどに空腹だった。菜々は土佐人たちに負けずに食った。

「たいへんなおひい様でいらっしゃいますこと」

と、お里はあきれた。

その後、陸路伊勢路をあるき、鈴鹿《すずか》をこえて近江の草津へ出、泊りをかさねつつ京へ出ている。二日間、京を見物し、堺へくだった。

堺の町のにぎやかさは、岐阜などとはくらべものにならない。

（これは、どうだろう）

人一倍、好奇心のつよい菜々は、目の前がきらめくようで、ほとんどぼう然とした。

この町は、日本のどの町ともちがっている。

南蛮の品々や唐物を売る店が軒をならべ、街路をゆききするひとの喋りさざめいている言葉までが異国語ではないかとおもわれるほど、菜々には違和感があった。南蛮人や崑崙奴《こんろんぬ》（黒人）や唐人が歩いており、そのどの表情も日常的で、まるでかれらは自分の町を歩いているようであった。犬までが、この町ではちがっていた。毛の一尺もあるような、おばけのような犬もいたし、脚が箸のようにほそい犬も、所知り顔にあるいていた。

菜々たちは、宍喰屋を宿とした。

離れの棟ひとつが、菜々の宿所にあてがわれた。普請《ふしん》がまだあたらしく、きけば、菜々のためにこの棟を新築したのだという。湯殿までが付属していた。湯殿には、無尽《むじん》燈《とう》とよばれる石油ランプがかかっており、窓にはぎやまんの色ガラスがかがやいている。湯殿からあがると、お里のほかに宍喰屋の女中五人が、菜々の面倒をみた。

そのあと、その女中のひとりが、

「あるじにお目通りをおゆるしくだされませ」

というので、菜々はゆるした。

宍喰屋は可哀そうに、今朝まで寝込んでいたらしく顔色が冴《さ》えず小さな顔がいっそうしなびてみえ、吐く息もかぼそげであった。

「美濃までお迎えに参らねばなりませなんだのにかような体になり、本意《ほい》もありませぬ。ひらにおゆるしねがいあげまする」

と、くどくどとわびた。

「宍喰屋どの。このたびの一件、あなたが張本人でありまするそうな」

「へっ」

「宍喰屋ではなくて、人喰い屋でありまするな」

菜々は、ちょっとからかってやった。自分をこんな運命にまぎれこませたのは宍喰屋であろうというのである。

が、宍喰屋は、滑稽が通ぜぬ男らしい。なにか、菜々が不快がっているのかと思い、顔色を変えたから、菜々のほうがあわてた。

「冗談ですよ」

「へっ」

畳に、ひたいをこすりつけている。横にいたお里も気の毒になったらしく、

「おひい様は、いつもあのようなことを申してひとをこまらせる方なのです」

と、菜々という娘を、宍喰屋のために解説してやらなければならなかった。宍喰屋はやっとわかったのであろう、

「とんでもございませぬ。張本人はやつがれではございませぬ。土佐の長曾我部様こそ張本人でございまする」

そのあと、宍喰屋は地図を一枚もってきて菜々にみせた。イギリスの首都ロンドンで発行された航海者用のアジア地図である。そこにはシナ大陸と朝鮮、日本がえがかれている。

「これが日本ですか」

菜々は、うまれてこのかた、これほどおもしろいものを見たことがない。日本というのはなんと奇妙なかたちをした島々なのであろう。

「どこに美濃や岐阜がありますか」

ときいたが、このロンドンの地図製作者はそういう地名を知らなかったらしく、それらしい土地も地名も書かれていない。

そのかわり、トサという文字は大きく書かれ、この地域だけが日本の代表的な土地であるかのように誇張されていた。南蛮人にとってみれば、外洋に面した土佐こそ日本の玄関の一つだと思っているのではないか。

「お気に召しましたか」

宍喰屋が思わず礼をわすれ、くびをのばした。それほどその南蛮製の地図を菜々は熱心に見入っていたのである。

気に入った、というより、考えさせられたというべきであろう。日本の中央の京などからみれば土佐は流人《るにん》でもいやがる大田舎かもしれないが、外国人がみた場合は逆であった。

宍喰屋にそういうと、この貿易商人は膝をたたき、

「よう申されました。人間は自分の住む土地から他の土地の遠近をあげつろうているにすぎませぬ。南蛮人などは一年も一年半も航海してこの日本にやってきますが、あの連中は遠い国へきたという顔もしておりませぬ」

「この絵図をつくった国は、もしゆくとすればどれほどかかるのでしょう」

「まず、一年半でございましょうな」

「土佐どころのさわぎではありませんね」

「どころか」

宍喰屋は笑った。宍喰屋も若いころは広東《カントン》やルソン（フィリピン）などに押し渡って通商だけでなく、倭寇《わこう》ばたらきもしたという。それだけに見聞がひろい。

「世界は広うございまするよ。おひい様がお望みならジャガタラ、カンボチャの王様の妃にでもお世話しとうございます」

「おやおや、土佐をやめて？」

「いえ」

宍喰屋はわがおしゃべりにあわてた。

「物のたとえでございます」

「しかしそのジャガタラ、カンボチャなどに行ってみとうございます」

「これはご活潑《かっぱつ》な」

宍喰屋は笑った。

「それならば宮内少輔《くないしょうゆう》様をおそそのかしなさいませ」

宮内少輔とは長曾我部元親が私称している官名である。元親をそそのかして日本を平定したあと世界を平定すれば菜々はジャガタラにもゆける、というのである。

「日本を」

菜々はむしろそのことにおどろいた。

「宮内少輔殿は平定なさるというのですか」

「いやいやこれもたとえでござります。しかし御運さえよければ日本はおろか世界も平定なさいましょう。なかなかの仕事師でございますよ」

「はあ」

菜々はだまって考えている。

「どうなさいました」

「それでは、上総介《かずさのすけ》（信長）様とゆくゆく衝突なさるのではありませぬか」

「あっははは」

宍喰屋は、菜々の幼さに笑ってしまった。元親どころか、信長でさえ天下の争奪に参加しうるほどの人物かどうかもわからないのに、この娘は本気になって心配している。

（いい姫御料人だ）

自分が長曾我部元親のためにこの娘を選んだことを、声をあげて誇りたくなった。

その夜、菜々は、

「元親殿とは、どういう殿御であろう」

と、ねながら、お里にいった。

「存じませぬよ」

お里は、菜々の掛けぶとんをおさえてやりながら、いった。

「あたりまえだわ。私も存じあげてないのにお里が存じあげているはずがない」

「では、なぜおききになるのです」

「ひとりごとよ。独り言にいちいち返事をすることはありません」

「おやおや」

お里は笑いだした。

「早くおねむりあそばせ。夢に、鬼のようなお顔の宮内少輔様が出てくることを、お里は祈っています」

菜々たちが堺港を出帆したのは、それから三日後である。

船は住吉丸《すみよしまる》といい、宍喰屋の持ち船で、千石積みであった。帆の大きさは二十五反もあるであろう。

菜々とお里は、胴ノ間の奥に幔幕《まんまく》をめぐらし、そこを部屋とした。

船は泉州の海岸線をつたって南下しはじめたが、お里は堺沖に出たころにはもう酔っていた。相変らず菜々だけは酔わない。酔うどころか、物珍しげに船内をあちこち歩いた。好奇心のつよさはこの娘の持ち前だし、この持ち前があったればこそはるばると海を越えて土佐へ輿入れをする気にもなったのであろう。

「船には、何人乗っていますか」

と、船頭にきいた。

十五人だという。船頭が大将で、その左右の幹部として「マカナイ方」と「オヤジ」というのがいる。マカナイ方は事務長であり、オヤジは航海長であった。

船上の一角では、そこが台所でもないのに大なべに湯をいっぱいみたし、白粥《しらがゆ》を煮ている。航海中、ずっと煮ているのだという。ただし港に入ると、そのかゆをめしにかけて食ってしまう。

「どういうわけですか」

と、炊夫《かしぎ》にきいてみた。

「海賊が出ますのでね」

「えっ、海賊」

「そのときにこいつをヒシャクで掛けて追いしりぞけるためでございますよ」

といってくれた。かゆは、食糧というより武器であるらしい。

「陸《おか》とはちがいますね」

船のことは諸事めずらしかった。カンドリとよばれる操舵手《そうだしゅ》のところへ行って話をきくと、いつも北をさしているアンジン（按針）という磁石をみせてくれた。これで方角を知るのだという。「盲人に杖といったものでございます」とカンドリはいったが、しかしさほど役にたつわけではない。日本の航海者は地図もたず天体観測法も知らないから、磁石だけで航海する技術をもっていないのだという。その点、南蛮船の連中は万里の波濤《はとう》をこえて日本にくるのはそういう技術を知っているからであろう。

「われわれはそうはいかない」

と、カンドリはいった。陸地を見ながらでなければ進めない。できるだけ船を陸地に近づけて進ませてゆく。しかしあまり近づくと暗礁《あんしょう》があって難破する。

「高い山もいけませんな」

と、カンドリがいった。高山のそばを通るとオロシという突風が吹く。そいつで船がひっくりかえされることもあるらしい。

「夜は港に入るのですか」

「陸地がみえませんからね」

と、カンドリはいった。

堺から紀州日《ひ》ノ御埼《みさき》まで海上二十八里の航路は北風で走る。日ノ御埼から土州甲浦《かんのうら》までは東風北風でゆく。

第一日は堺から海上十五里ばかりの紀州加太《かだ》で泊まり、そこで風待ちをした。二日目は十里走って紀州由良《ゆら》でとまった。二日目の由良入港のときなどまだ陽《ひ》は高く、菜々もずいぶん船は不自由なものだとおもった。陸路の馬なら日が暮れるまでゆけるであろう。

「あすは土佐の甲浦までひとすじに参りますよ。そと海に出ますから、だいぶゆれます」

と、船頭がおしえてくれた。

三日目に、土佐甲浦に入った。四日目は風雨のため碇泊《ていはく》。

五日目は、凪《なぎ》で帆に風が溜《た》まらないため碇泊をつづけた。六日目も、風むきがわるいために船が出ない。

七日目になってようやく順風が吹き、船は外洋に出た。夕刻に室戸岬《むろとみさき》をまわり、その岬の根にかくれた小さな入江に船はもぐりこむように入って碇《いかり》をなげ入れた。それにしても海を渡るということはなんと大変なことであろう。

「あぁあ、地獄におちたほうがましだ」

と、船酔いで半死半生のようになっているお里はこぼした。菜々もこのころにはさすがに船やつれがして、ほとんど物をいう気力もない。

八日目は、終日土佐の海岸を帆走したが、まだ目的の浦戸《うらど》にはつかない。それに土佐沖は向うはてしもない外洋で風浪が大きく、船乗りでさえ吐く者が多かった。

「あぁあ、なんの因果で」

と、お里は血の気のない唇で、何度もつぶやいた。

「おひい様さえこんなところへゆくとおっしゃらなければ、お里もこんな目にあわなかったのでございますよ」

「あきらめることです」

「いいえ、あきらめたところでこの船酔いはなおりませぬ」

その夜も、無名の小さな港で泊まった。

船が浦戸湾に入ったのは、堺を出て十日目のことである。

常夏《とこなつ》の国だときいていたが、この身を切るようにつめたい風はどうであろう。菜々は船上にあって下船の支度がととのうのを待つあいだ、背をまるめたくなるほどに凍《こご》えた。

「いましばらくお待ちくだされませ」

と、三人の土佐侍はいった。かれらは故郷の山々を見たせいか、別人のようないきいきとした身ごなしで船上をかけまわっていた。一人が船のトモのほうでバチをあげ、船太鼓《ふなだいこ》をたたいた。三度たたいては一度流し、ふたたび三度たたいては一度流した。おそらく陸地への合図なのであろう。それが入江の島々や浦の山々にこだまし、菜々に遥けくも遠くへ来てしまった想いを思わせた。土佐侍はなお、その異風な調べの太鼓を打ちつづけている。

(もう、故郷へは帰れないのだ)

という思いがにわかにこみあげてきて、菜々はあやうく気が遠くなりそうになった。

いつのまにか、咽喉《のど》が鳴っていた。泣いているのである。

「おひい様、どうなさったのです」

と、膝をついていたお里が顔をあげた。お里というこの現実家の場合は、まったく逆だった。美濃岐阜を出るときこそ悲しくて取りみだしたが、いよいよ土佐の土を踏むとなると、いまからこの国の人々と接触しつつ菜々の介添えをしてゆかねばならぬという思いで頭がいっぱいになっており、いまさら悲しみなどに浸《ひた》っているゆとりもない。

「声をかけないで」

菜々は宙をみながら、はげしくいった。お里がなにかいえば声をあげて泣き出してしまいそうだった。

(ひきかえしたい)

とさえ思った。どういう理由もない。もともと土佐へきたというのも、空想好きなこの娘の性癖によるものであり、そのひそやかな空想が、寒風のなかで現実の土佐の浦と山々をみたとき、にわかにしぼんだようにおもわれる。

「おひい様、しっかりなさるのです」

お里はこの娘の性格を知っているだけに、声をはげましていった。

菜々がみていると、浦のほうで十人、二十人の人影がうごきはじめ、やがて砂地を舟がすべって、五、六そうの舟がうかんだ。

それらが、勢いよく近づいてきた。

「おひい様、ごらんあそばせ」

お里が、さわがしくいった。この浦の入江に入ってからこの老女の活気づき方は、どうであろう。

「さあ、早く、あれを。お迎えの舟でございますよ。さあ、ごらんあそばせ」

「お里、すこししずかにしたほうがいい」

「おや」

お里は心外だったらしい。

「いつ、騒ぎました」

「いま」

「おひい様こそ、泣きべそをかいていらっしゃるくせに。お国を出るときのお元気は、どこへおやりなさいました」

「お里、そなたこそ気が触れたのではありませんか」

言いあらそううち、浦から漕《こ》ぎよせてきた舟が、菜々たちの船に横づけになった。船上の土佐衆と波の上の土佐衆とのあいだにさかんなやりとりがあったが、なにを喋っているのか、菜々らにはわからない。

しかしそれにしても、波の上にうかんでいる小舟の土佐衆の服装の粗末さはどうであろう。

（まるで、もぐらの串刺し！）

と、菜々が目をみはったほどだった。着物は山賊でも着るような綿入れである。それにさらに綿入れの胴着をかさね、胴着と着物もろとも帯でぐるぐる巻きで締めているから、どうみてももぐらもちであった。刀はめっぽう長く、三尺ちかくあるであろう。それに他地方ならば脇差《わきざし》は一尺余のみじかいものだが、この土佐では大刀といっていい二尺ほどのものを用い、その両刀をさしたあたりはもぐらが串刺しになっている様子とかわらない。

かつ、異風なのは、月代《さかやき》はびんをわずかに残して、くりくりに剃《そ》りひろげている。

「おひい様」

お里もこの風俗に、声もないらしい。小さな声で、海賊でございますね、と囁《ささや》いた。そのささやきに心細さがこもっていたのは、土佐人が日本の中央人とあまりにちがいすぎたからであろう。

菜々たちはやがて小舟に移り、浜をめざした。もうこうなれば、舟に身をまかせたのと同様、運命にすべてをまかすしかなかった。しかしそれにしても、なんと美しい海と島と浦であろう。菜々たちは最初はさまざまな感慨のためにこの美しい景色に気づかなかったが、多少回復してきた心のゆとりが、まわりの景色に目をむけさせた。

「土佐のひとびとは、美しい景色のなかに住んでいて、しあわせですね」

と、菜々は自分を連れてきてくれた入交左近に話しかけた。

「はあ」

菜々の言葉が聞こえたのか聞こえなかったのか、左近は例の大黒様のような顔をほころばせ、不得要領に微笑しただけだった。

もっとも、のちのち、菜々は別な事情を知った。土佐で風光明媚《めいび》といえばこの浦戸湾なのである。あるいは、浦戸湾だけかもしれない。元親の配慮で、菜々の土佐入りの初印象がいいように、わざわざ船をここへ入れさせた。左近があいづちをうつだけにとどめたのは、このせいであろう。ただこのあと、

「このあたりは、数年前までは長曾我部家の領地ではございませなんだ。幾度か合戦をしたあげく、宮内少輔様はここをお手に入れられたのでございます。それ以前ならば、ここへお船を入れることなど、夢にも及びませせぬ」

といった。

土佐も、いま一国の覇権《はけん》をめぐって各地で戦乱が相次いでいるようだった。

国分川

このとき、長曾我部元親《ちようそかべもとちか》は、かぞえ年で数えると二十五歳になる。

その根拠地である岡豊《おこう》城に起居していた。

なにしろ、土佐一国が戦乱でわきかえっている。自然、元親も、

「きょう、わが嫁女がはるばると美濃から来る。そのため浦から城にかけての沿道に人数を繰り出すが、それを名目に他領を侵すなどという他意がないゆえ、そのつもりでおられよ」

と、わざわざこの付近の敵味方に申し送ってある。そういう時勢にこの若い城主は生きている。生きているどころか、この土佐に戦国の風雲をまきおこしたのは、この元親が張本人であるといっていい。

「あの男さえこの世になければ、土佐一円は平穏無事であろうに」

と、土佐七郡の既成勢力の当主たちは、この男の存在を呪《のろ》わしく思っている。さて。——

浦戸から岡豊まで二里。この薄ら日の下の道を、菜々は駕籠《かご》で進んだ。駕籠といっても網代《あじろ》でつくった粗末なもので、塗りに金銀の金具といったあの華麗な女乗物ではない。

（こんな駕籠に）

と最初はおもったが、土佐侍の入交左近《いりまじり》があらかじめ、

——土佐はなにぶん鄙《ひな》でござりますれば。

と、説明してくれていたから、驚きや不快はなかった。余談になるが、土佐人が、梨地《なしじ》（うるしの塗り面に金銀の粉を蒔《ま》きこんだもの）の塗り物をはじめてみたのは、後年、元親が大坂からもちかえった鞍《くら》をみたときが最初であった。そのとき、土佐衆どもは目をまるくし、「この光る物はなんぞ」と騒いだという。土佐にかぎらず、京から遠い国はほぼこうしたものであろう。

菜々の感ずるところ、だいたいが、

「岡豊」

という元親の根拠地の地名からしておかしい。菜々は船のなかで入交左近にきいたことがある。

「豊岡《とよおか》のまちがいではないでしょうか」

「とんでもない。岡豊でございます」

「変な名」

「それを申されまするな」

と、左近はいった。

左近のいうところでは、菜々のいうような間違い説もあるという。学者がそういう説を立て、

——この地名はもと豊岡と申したのでございましょう。いつのほどか文字が上下逆になり、読むに困ってオカホウ、オカフ、オコウとなまってきたものにちがいありませぬ。されば豊岡とお改めなされませ。

と元親に献言したところ、元親は大いに怒り、

「わが先祖代々の地にけちをつけるか」

といって、学者を追放したという。元親にいわせると、地名とはおおぜいの人間が口にとなえ、文字に書き、何百年も伝承してきたものである。それを捨てよということは土地に対する人間の愛情をわきまえぬわざであり、そういう説をなすなら自分にとって不要の学者である、出てゆけ、ということであるらしい。

(乱暴な)

と菜々は、この一事で元親の性格が、ゆだんのならぬものであることを知った。たかが地名にけちをつけたぐらいで追放するという人間を菜々はどう解すべきであろう。

(勇気だけあってやさしさのない人であるのかもしれない)

そうと思える。

菜々は城のある丘のふもとの道で、乗物からおろされた。そろえられた草履《ぞうり》を足にうがち、はじめて土佐の土を踏んだ。美濃の土よりもしろじろとしているような感じだった。

道幅はせまい。大手門の道というのに、あぜ道程度である。その道路の両側の草のなかに侍どもがびっしりと居ならんで膝《ひざ》をつき、菜々にむかって上体をかがめている。

（たいそうな礼を）

とちょっと身がすくんだが、きょうからはこのお城の御台所《みだいどころ》なのだと思いなおした。ここにならんでいる侍どもの衣服がややましなのは、舟で迎えにきたあの連中よりも上級の身分である証拠であろう。

（これが、お城の山か）

と、菜々は血がのぼるような思いでいるのに、そのくせこの場であたりの景色を見まわすような度胸のよさがある。

岐阜城の景観をそのままちぢめて四分の一程度にしたような感じだった。岐阜城は稲葉山という烏帽子《えぼし》のようにするどい傾斜をもった山の上にあるが、あの稲葉山にあたるのが目の前の岡豊山であろう。しかし稲葉山のようなごつごつとした威厳はなく、ちょうど古墳を大きくしたようなかたちで、山容はやさしい。

岐阜城のばあい、その天然の外堀として巨大な長良川をうねらせているが、この岡豊城もふもとに国分川《こくぶ》をめぐらせていた。その川のすがたのなんと可愛くやさしいことよ。

と、菜々はおもった。

岐阜城の前面は広大な美濃平野であるが、この岡豊城の前面もかぎりもないほどにひろがる美田（冬田ではあるが）であった。そのむこうは海であるというが海などはみえず、地ははるかに天の青さにつながっている。この南蛮織のような野を、優しみのある国分川の流れが浅々と割って流れている。似ているといえば京の鴨《かも》川に似ているであろう。

（土佐といえばあらあらしい景色かと思っていたのに、このように優しいのか）

と、菜々はこの山河がひどく気に入った。

「おひい様」

ひざまずいているお里が、注意した。迎えの家老久武内蔵助《ひさたけくらのすけ》一行が、侍烏帽子に直垂《ひたたれ》といった室町ふうの礼装で小腰をかがめているのである。

久武内蔵助はあいさつをのべた。ちょっと小意地のわるそうな四十男だった。

大手門にさしかかった。くぐると、すぐ坂道である。存外けわしい。

「これをお召しあそばしますように」

と、久武が指示した。山かごというのか、美濃でいうアシカ（土運びのための竹で編んだ皿かご）のようなものになめに腰を入れるのである。二人の者が、それをかついだ。綱には紅白の布がまいてあり、菜々はそれをにぎって体の動揺をふせいだ。

「よっほっ、よっほっ、よっほっ」

と、かごかきは威勢よく坂をのぼってゆく。頭のすこしおかしい菜々（と菜々自身、

いつも自分でおもっている）はすっかりうれしくなり、

「この山に、春になればわらびがあがるかしら」

と叫んでしまった。

（しまった）

と思ったが、もう手おくれだった。どの侍も菜々の叫びにおどろいたらしいが、しかし遠慮してたれも答えず、無言でつき従った。

山頂に本丸がある。そこが城主の居館になっている。城というよりも山砦《さんさい》の規模の大きなものである。

その玄関に、菜々の婿殿になる長曾我部宮内少輔《くないしょうゆう》元親が、白扇をもち、足を心持ちひらき、わかわかしい肢態で菜々を出迎えてくれた。

（このひとか）

と思ったが、よく見たわけではない。女の礼としてここははずかしげにふるまわねばならない。菜々はつとめて地面をみていた。その地面を鶏が走ったから、菜々もおどろいた。よほどの田舎《いなか》城に、菜々はきたらしい。

ちかごろ婚礼の儀式というものが気の遠くなるほど煩瑣《はんさ》なものになっている。このことは、菜々もかねてきいており、多少おそれをなしていた。

「ちかごろ」

といったが、じつは昔は土地や家によってまちまちだった婚礼の礼式が、室町幕府によって集大成され制定されたのは、菜々がうまれるより百年も前のことである。室町幕府の礼式官ともいうべき小笠原《おがさわら》家の手でできあがった。

大名の婚礼はこれによってとりおこなわれねばならない。このため戦国の世とはいえ、大名間の婚礼のあるときは京からその道の専門家がよばれるほどであった。美濃などは京に近いため、諸礼式はわりあい正確にまもられている。

が、都から遠ければ遠いほど礼式にうとくなるのは当然なことであった。もっとも都から遠隔地の大名でも格式のふるい家——たとえば奥州の伊達《だて》家、出羽の最上《もがみ》家、常陸《ひたち》の佐竹家、九州の島津家といった家では戦乱のなかでも家臣を京にのぼらせてその道を学ばせており、むしろ礼式の厳格さはそのあたりにこそ残っているといっていい。

しかし土佐の長曾我部家は家臣を小笠原家に留学させるほどの余裕もないのか、お里のみたところでは、

（これはだいぶちがう）

という実感だった。儀式も疎略でいわゆる我流でやっている（ちなみに長曾我部家が大名らしい礼式をとり入れるのは織田体制になってからのことで、元親はこれを学ばせるため家臣を京にやったりした）。

ともあれ、婚礼は二日つづいた。二日目の夜に入ったころは、菜々もさすがに疲れ、燭台《しょくだい》のそばでぼう然とすわっていた。

「いざ、ぎょし（御寝）あそばしますよう」

と、声をかけられたときも、なにをいわれているのか、相手をぼんやり見た。

「ぎょしあそばしますよう」

相手はもう一度いった。この婚礼で動いている数百人の人間のなかで、彼女がもっとも重要な役目のひとりだった。待ち女房という。花嫁付の式務官である。菜々はその言葉の意味がやっとわかり、

「ああ、もうやすませて頂けるのですか」

と、この儀式から解放されたよろこびで、ついいきいきといった。これには待ち女房も内心おどろいたらしい。

（ちかごろの姫御前はゆだんがならぬ）

という思いなのである。今夜、つまり二日目のこの夜にはじめて婿殿が嫁の寝所にたずねてきて御床入りの儀があるのだ。それをいきいきとよろこぶなどはどうであろう。

やがて菜々は童女に手をひかれ、待ち女房にみちびかれて、寝所に入った。そこにはなお儀式が待っていた。

三方《さんぽう》がふたつ置かれている。ひとつの三方にはアズキモチと鰭《ひれ》の吸物、取肴《とりざかな》などがのせられており、他の三方には土器《かわらけ》がのせられていた。

やがて婿殿の元親が「婿方女房」という役目の者に導かれつつ入ってきて、しかるべき場所に着座した。

冷酒のさかずき事がおこなわれる。菜々から飲み、ついで元親がのんだ。

元親がさかずきを置いたのを合図に、すべての男女の婚礼役人たちは去った。

菜々は、婿殿とふたりで残された。菜々は辞儀をし、婿殿も辞儀をした。

婿殿がいったん部屋を出る。

そのあいだに菜々は着ているものをぬいで寝床に入らねばならない。さすがに不安のために胸がとどろき、手がふるえているのが自分でもわかった。

そこまでは菜々はおぼえている。そのあとのことは菜々も悩乱したのか、さだかな覚えがない。

「寒くはないか」

と、元親は声をかけてくれた。夫になったあと、最初にかれがいってくれたのはそのことばであった。

おもながの、どことなく公家《くげ》顔であるのは、土佐が上古から京の政治犯の遠流《おんる》の地であったために、そういう血のなごりがどこかに残っているせいかもしれない。しかし両眼のかがやきが尋常でなく、頰肉《ほおにく》のかたくひきしまっているあたり、いま、この男が国中の争乱の中心になっているのも当然といったような精悍《せいかん》さを感じさせる。

「わが長曾我部家の遠祖は信濃《しなの》からきた」

と、元親はその家系を話しはじめた。菜々は意外におもった。自分だけがはるばるとこの地にやってきたものだとばかり思っていたのに、長曾我部家の先祖は信州からきたというのである。

「いつごろでございますか」

「十数代前の能俊《よしとし》というひとだ。鎌倉のころらしい。それ以前の先祖は京のあたりにいたというが、なにぶん遠い昔のことでよくわからない。千年ばかり前、唐から渡ってきたという言い伝えもある。先祖は唐土を征服した秦《しん》の始皇帝だというが、これも伝説だけでよくわからない」

とにかく鎌倉初頭、その能俊という人物が幕府の命により土佐の曾我部の地頭としてやってきて、曾我部を姓とした。しかし土着の地頭で別に曾我部という家があり、それと区別するため、長岡郡ノ曾我部ということで長曾我部と呼称された。別の曾我部氏は香我美《かがみ》郡（現・香美《かみ》郡）にいたところから香曾我部《こうそかべ》といわれた。

「祖父の代で他人に城をうばわれ、一族流浪したが父国親がふたたび勃興した。が、わしの二十二のときに病没した」

元親が少年期をやっと脱したばかりの若さで家をついだのは、織田信長の桶狭間《おけはざま》の合戦のあった永禄三（一五六〇）年であり、いまから数年前のことにすぎない。家来どもはみなこの若すぎる大将を心細がった。

「そのころ、家中《かちゅう》の者どもがおれのことを蔭でどうよんでいたとおもう」

「さあ」

菜々にわかるはずがないではないか。

「姫若子《ひめわこ》さ」

と、元親はくすくす笑った。女っぽい男の子のことをこの国ではそういう。元親は少年のころ無口で、室内で閉じこもってひとり遊戯にふけったりすることがすきで、野外で馬を責めたり、槍を稽古《けいこ》したりするようなあらあらしいあそびを好まなかった。その男が数え年二十二でにわかに長曾我部家を背おうようになったのだから、家中の者が心もとなくおもったのもむりはない。

「敵が攻めてくる、さっそくその日から戦わねばならぬ。おれは、家老の秦泉寺《じんぜんじ》豊後《ぶんご》をよび、槍というものはどうして使うものか、きいた」

きかれて秦泉寺豊後もおどろいたらしい。しかし教えねばならなかった。

「左様、槍と申すのは、敵の目か腹をめがけて突き出せばよろしゅうござる」

「なるほど、造作《ぞうさ》はないな。ところで大将たる者は、一軍の先に立つのがよいのか、後からゆくものなのか」

「大将は先を駈けぬもの、逃げぬものときいておりまする」

「ああ、そうか。その二つさえわかっておれば土佐はおろか日本をとることもできるな」

元親はそういって笑った。家中の者はそういう元親を放胆とみてよいのか無智とみてよいのか、わからなかった。

当然なことだが、新妻《にいづま》にとって亭主ほど無限の興味をもちうる相手はいない。が、いま元親の年少のころの話をきいた菜々は、

（おもった以上におもしろいおひとかもしれぬ）

と、心がずきずきするほどの好奇心をもった。この土佐で怖《おそ》れられている若い英雄が、最初は姫若子といわれ荒あそびもしなかったというだけでもおもしろい。それにどこまで正気かどうかはわからぬが、大将になったとき槍の使い方の初歩を大まじめに家老にきいたという。正気とすればあまりにもぬけぬけとした性格の男だといえるし、擬態《ぎたい》とすれば、性根《しょうね》や本心をかくすことの天性たくみな男であるともとれる。

この男が父の死後、最初にやった戦いは「長浜合戦」といわれているものだった。

敵は、土佐で最も勢力のある本山梅慶《ばいけい》入道の子の茂辰《しげとき》という男である。父の梅慶の代に、元親の亡父国親に長浜の出城をうばわれた。茂辰は国親の死をきき、

「こんどあとをついだ元親は姫若子じゃという。ひともみにつぶして城をとりかえしてくれよう」

と二千人を指揮して長浜城にむかった。

当時、元親には、五百人の動員能力しかなかった。すぐそれをひきいて岡豊の本城を出発し、長浜の城外十八丁のところで野外陣を展開した。

――殿は、ばかか。

と、家中の者もおもった。敵の四分の一しかない人数で野外決戦をしてどうなるのであろう。味方の人数が小勢ならば城にこもって持久の策をとるというのが合戦の常法であった。それを進言する者があったが、元親はきかない。

いざ戦闘がはじまると、案のじょう、五百の長曾我部軍は次第に討ち散らされ、ついには総くずれになろうとした。そこで元親は鞭《むち》をあげて馬をすすめ、

「ひくなっ、わが真似《まね》をせよ」

と逆に敵へむかいはじめた。「大将は逃げぬもの」という原則を、元親は忠実にまもっただけであった。

それをみて敵の二騎が流星のように走り出、元親に槍をつけようとした。

——槍は敵の目か、腹をねらうべし。

という原則を、元親はまもった。そのとおりに槍をふるうと、まず相手の一騎が鞍壺《くらつぼ》から落ち、ついで残る一騎も落ちた。

それをみて長曾我部兵は勇奮し、元親と一ツ炎になって突撃したところ、戦勢は逆転し、ついに本山勢はくずれたち、それを元親はさらに追い、敵を潮江堤《うしおえつつみ》に追いつめ、ついに潰走《かいそう》させた。

この潮江には本山方の出城がある。敵はそこへ逃げこんだものと思われた。

「勢いに乗ってあの潮江城にとりつこう」

と元親がさらに駈けだそうとすると、家老たちはそれを必死に制止し、「城攻めなど

この小人数ではとてもむりでございます。それは他日々々」といったが元親はきかず、

「思うところあり、われに続け」

と山をのぼりはじめた。みなやむなく従った。ところが山を登りにのぼっても敵は応戦してこない。ついに山上に達すると、敵が一人もいないことがわかった。ひとびとはあきれ、「さきほど思うしさいありとおおせられましたが、いかなることをおぼしめしなされました」ときくと、「逃げ散る敵の方角をみていただけよ」と、たねはその程度に平凡なことだった。しかしその程度のことでも乱戦のなかでもあり味方はたれもみていなかった。みな元親の器量におどろき、槍を地に横たえて平伏し、

「殿の御器量におどろき奉《たてまつ》ったり。殿はゆくゆく土佐はおろか四国を制されましょう」

と、よろこんだ。

この合戦は、元親にあっては織田信長の桶狭間の合戦に比すべきものであったといえるであろう。これ以後、家中は元親に心服した。

菜々には、元親にぜひともききたいことがある。なぜわざわざ美濃から嫁を得たいとおもったのか、ということである。

（織田家と、よしみを結んでおきたいのかしら）

つまり政略結婚か、ということが、菜々のあたまにある。菜々のためにいっておくが、それが理由でも彼女自身は侮辱や不幸などを感じない。両勢力が婚姻でむすびつくとい

う慣習は、悪習どころか女のおもしろい役目のひとつだということを、多少のほこらしさをもって受けとっている時代の女なのである。

「そういうことでしょうか」

と、菜々は遠まわしの表現で、元親にきいてみた。

「え？」

元親は、どういうものか、この質問にひどくおどろいたらしい。やがて菜々のいう意味がわかると、闇《やみ》を波立たせるようにして笑いだした。

（なぜ笑うのかしら）

菜々のほうが、きょとんとした。しかもこの元親の笑い声はどうであろう。痩《や》せて筋肉のひきしまった弾《はず》むような肢体をもっているこの好もしい若者にしては、笑い声がふざけすぎている。

けっけっけっ
けっけっけっ
苦しげな、しかしひとを馬鹿にした、そのくせにいのちからがらの懸命さで笑っているような、そんな奇妙な笑い声だった。やがて笑いおさめ、

「おもったより面白い女だ」

という意味のことを、早口の土佐言葉でいい、菜々の体に触れながらいそいで言った。

「山の奥の沼に棲《す》むすっぽんと、百里も離れた海辺の石の下にいる紅蟹《べにがに》とが同盟をむす

ぶ必要があるかね」

「まあ、どちらがすっぽんでございましょう」

「信長かな。あのすっぽんは馬に騎《の》ることが上手だそうだ」

要するに——と元親は答えた。

「菜々の血がほしかったのさ」

「血が？」

「そなたの家系ほど英雄豪傑を多くうんでいる家はないときいていた」

菜々の祖父斎藤伊予守、父豊後守、兄内蔵助、遠戚《えんせき》の明智光秀、次兄の石谷兵部《いしがやひょうぶ》少輔《しょうゆう》など、いずれも活躍舞台は美濃というごく地方的なものにかぎられてはいるものの、どれをとっても武士として一流の人士である。そのことを、堺の宍喰屋《ししくいや》からきいた。しかもその血統をひくひとりの娘（菜々）はまれなる美人だという。それを聞いて元親は興をおこした。「面白い、もらってみよう。ぜひとも天下をとれるほどの子を生みたい」と老臣たちをあつめて相談した。

「みなおどろき、反対したよ」

重臣の中島大和《やまと》などは血相を変えて硬論をのべた。

「大将たるお人の御縁組は武略のひとつでござる。なぜそのような縁もゆかりもなき遠国の姫君をおもらい遊ばさねばなりませぬ。それよりもこの四国のうち、阿波、讃岐、伊予の三国の力ある城主と御縁を組み、いざという場合のうしろだてになって頂くご配慮こそかんじんでござりまする。それとも殿は、かの美濃斎藤家のご息女の容色にあくがれられたか」

「いやいやさにあらず」

元親はそこのところを強調し、「天地神明にちかって容色のことではない。かの斎藤家のふしぎな血統をわが家に入れ、よき子を生もうというだけが目的である」といった。

「そのため、ぜひともそちに天下第一の子を生んでもらわねば、おれの顔が立たぬ」

その年も暮れ、やがて春になり、その春も闌《た》け、城山から見はるかす山河の緑が濃くなった。気候のせいか、毎日からだも心もだるい。

（これで、よかったのかしら）

という後悔に似た思いが、菜々の日常の感情を毎日のように刺戟《しげき》している。もともと物事を深刻に思いつめられぬたちではあったが、しかし、

（土佐などに来ねばよかった）

という思いが、日ごとにつよくなっていた。美濃でえがいた夢とはちがい、城主夫人とはなんというばかばかしい暮らしであろう。菜々はこの時期ほど自分の軽率さをくやしく思ったことはない。

「夢とはちがう？」

と、乳母《うば》のお里はおどろいた。お里は「長良殿《ながらどの》」とよばれ、長曾我部家の奥をとりし

きる老女の筆頭になっていた。——それではどういう夢をえがいていらっしゃったのですときくと、菜々もうまくは言えないらしい。「よくわからない」という。

「だけど、こういうものではなかった」

と、かぶりをふるのである。

「みなそうでございますよ」

とお里は言い、——人間というものはつねに意味もなく夢を見、意味もなく失望している、一生はその繰りかえしでございますよ、という意味のことをいった。

「——まさか」

お里は笑いを含んだ口もとでいった。

「おひい様は、男のように合戦などをしてやろうとお思いになっていたのではありますまいね」

「ちがう」

菜々はあわてていったが、しかしちょっと赤くなった。本心、それに似たようなことを夢みていたかもしれない。土佐の田舎の小さな城主になれば美濃などとはちがい、女もおもしろい働きができる風習があるのではないかと思っていたことはたしかであった。

しかし、どうもちがう。元親は菜々を閨《ねや》で可愛がるだけであり、かれが菜々に期待しているのは子をうむことだけであった。

(わたくしはそれだけの用?)

ことというばかばかしさである。その程度のことなら美濃で織田家の平侍の家にでもとついでいたほうが気がきいていた。

じつは、菜々は身ごもっている。そのきざしがあったとき、あのえたいの知れぬ（ちかごろそう思うようになった）男の元親はひざをたたき、

「それはわが家の一大事である」

と大げさによろこび、そういったきり、その後は菜々の部屋に寝ることがなくなった。どうやら小少将《こしょうしょう》という側室の部屋で寝ているらしい。元親にすれば菜々に流産をさせまいという配慮らしいが、それにしても現金すぎはしないか。元親の目と心にうつっている菜々の存在と役割はただそれだけだといわぬばかりではないか。

「あらためておうかがいするようですけれど」

と、お里は菜々にいった。質問の内容は、婿殿の元親を菜々がどう思っているかということであった。（うまく行っていないのではないか）という不安が、お里にはある。

「見当がつきません」

と、菜々は正直なところをいった。婿殿などという実感はとても持てない。菜々とは独立した一種の他人で、その心などはつかめそうにない、と菜々は思うのである。そのいらだちが菜々の気持をむなしくし、失敗の思いを濃くしているのであろう。

「しっ」

と菜々がお里を注意したのは、そこへうわさの元親が入ってきたのである。庭に、晩

春にしてはつよすぎる陽《ひ》ざしがあたっている。

元親は、すわった。

そっぽをむき、庭をながめている。そのまま三十分ばかり沈黙していた。

(かわったお人だ)

このお人ではおひい様も大変だろうとお里も、おもった。元親にはそういう得体のしれぬ沈黙癖があり、それはすでに少年のころからあったということを、お里はこの城の女中たちからきいていた。十八、九のときでも終日ものをいわぬときがあり、家来にも会釈《えしやく》をせず、城に貴賓がきてもあいさつなどははかばかしくなかったという。

とてもこの乱世で武将として生きてゆけまい、とひとびとに思わせたのは初陣《ういじん》のときであった。乱戦中、敵味方のそとに馬を立ててぼんやりと空を見ていたときがあり、家老の秦泉寺豊後がはげしい語気で注意すると、

――ああ、
とはじめてわれにかえったという。そのくせが庭をみているいま、横っ面《つら》に出ている。思案や思索をしているという顔ではなく、ただぼう然と庭の陽炎《かげろう》をみつめているというだけの表情だった。

「ご思案ごとですか」

と、菜々はたまりかねてきいた。元親は目が覚めたように菜々を見、

「ああ、奥か」
と、無表情にいった。元親の表情のなかでこういうときの無表情さが菜々にはたまらなく不気味であった。
「死に別れになるかもしれぬと思い、ちょっと顔を見せにきた」
と、急に大げさなことをいう。きけば、亡父国親以来、十二年間、たがいに攻防しあってきた本山氏と近く最後の決戦をするという。
ついでながら土佐一国はいまや、四つの勢力圏にわかれている。
中央部　長曾我部氏
北部山岳地帯　本　山　氏
西部高原地帯　一　条　氏
東　部　安　芸　氏
である。いま元親は一条氏に対して権謀的な友好関係をたもちつつ本山氏と一進一退の合戦をくりかえしていた。
「十二年、おなじことをつづけてきた」
父の代から相続している敵である。この本山氏との合戦のために元親はその青春を擦《す》りへらしてきたといっていい。これをどうあってもほろぼしたい。
「本山がほろべば、もう天下をとったも同然だ」
といったから、菜々もおかしくなり、笑いをこらえた。たかが田舎豪族同士の田地のとりあいではないか。天下というのは大げさすぎるであろう。が、元親はいった。

「そういうものだ」

というのである。本山を攻めて勝ち目が出れば元親に勢いがつく。地方々々の小豪族はあらそって元親の傘下《さんか》にやってきて、勢いは坂をころがる雪だるまのように大きくなってゆくであろう。あとは楽である。天下への大道がひらける。

「人の一生にはそういうことがある。本山なんぞはおれの名と同様、広い天下では無名だが、しかし人の生涯の運だめしというのはそういうものだ」

と元親は自分の野望については人変りしたほどに熱心に言い、あとは菜々にいたわりの言葉をかけるでなく沈黙した。三十分ばかりだまってそのまま出てしまった。ほどなく山麓《さんろく》の城下から人馬のざわめきがきこえてきた。そのあと菜々が、土を掻《か》きあげた城壁に立って眼下を見おろしたときは、元親にひきいられる二千の軍勢が、北へむかって進発しようとしていた。


敵の本山城は、高原の国というべきであろう。その城は白雲のかなたにあるといっていいほどの峻険《しゅんけん》上にあり、要害のきびしさは国中第一といっていい。しかもこれほどの高峻の地でありながら、郷内に大河が流れ、樹木がさかえ、田畑も多く、一種の桃源郷であった。この山城ならば百年の籠城《ろうじょう》にも堪《た》えられるであろう。

敵将の本山茂辰は、その天険にこもっている。

――攻め陥《おと》せるか。

という不安を、山路を踏みわけてゆく長曾我部軍のたれしもが持っていた。

軍旅のなかに、菜々が実家の美濃斎藤家からつれてきた黒田与兵衛も、元親の祐筆《ゆうひつ》(書記)として従軍している。かれは菜々に元親のいくさぶりなどをあとで語らねばならぬ義務があった。

(このいくさ、無理ではないか)

と、与兵衛はおもった。たとえば本山郷とは美濃の北方の飛驒《ひだ》に似た地域であろう。平野の美濃には斎藤道三、織田信長などを代表とし、いわば英雄豪傑が雲のごとくおこったが、ひとりとしてその北方の飛驒の山岳地帯に攻め入ろうとした者がない。それほどに山岳地というのは攻めにくいものである。

(しかしこの殿は攻めようとしている)

本山郷に入るには、二つの道しかない。東は国見峠であり、西は樫山《かしやま》峠である。元親は軍をその二手にわけ、自分は本隊をひきいて国見峠にむかった。

いくさというより、登山であった。兵糧《ひょうろう》を運びあげつつ二日歩きつづけ、ようやく国見峠にさしかかったが、峠の上に籠《こも》る本山方に防がれ、逆襲され、長曾我部方は戦うたびに敗北した。

「これはどうにもならぬ」

と、三日目には元親は戦闘をやめ、全軍を安全な場所までひきさがらせ、そこで終日陣小屋に籠って考えつづけた。

「与兵衛、織田殿ならこういう場合、どうなされる」

「さあ」

黒田与兵衛は織田家の臣とはいえ陪臣《ばいしん》であったから信長自身の声もきいたことがない。

「ただきいていますことは、織田殿のいくさは勝つべくして勝つというういくさでありまするそうで」

というと、元親はその言葉がひどく気に入ったらしく何度もうなずき、「そうであるべきだ。いくさはばくちではない」といった。勝つべくするにはそのためにあらゆる準備と手段の手をうたねばならない。

「おれは単にいくさをしていた」

と、この作戦の失敗をみとめた。そのくせこの若い大将の食えぬところは彼自身がもともと信長流であり、むしろ信長以上に外交、謀略のかぎりをつくし、もっとも有利な条件を得たあたりではじめて弓矢の実戦をおこなってきている。こんどの本山攻めでは、多少その条件づくりを怠ったようであった。

結局、思案のあげく、一策を思いついた。本山郷の西の一角に「森」という在所がある。この在所の城主だった森孝頼という者が、数年前本山氏に城をうばわれ、長曾我部家に亡命し、その後元親の庇護《ひご》をうけて潮江城の城主になっていた。案とはそれを本山郷に帰し、本山方の士民を攪乱《こうらん》させることであった。

「それにきめた」

と、元親はすぐ与兵衛に潮江から森孝頼をよぶための手紙を書かせた。

この合戦がおわったときは、夏の盛りのころだった。黒田与兵衛は岡豊城にもどってから、菜々に拝謁《はいえっ》した。「いろいろ物語せよ」と菜々から命じられていたからである。ついでながら、この与兵衛はこの時期からほどもなく剃髪《ていはっ》し、名も閑斎とあらためる。混乱を避けるために、いまも閑斎と言おう。

「どうでした」

と、菜々は閑斎にたずねた。菜々にすれば自分のえたいの知れぬ亭主の正体を、すこしでも理解してみたい。「ほめてはなりませぬ。露《あら》わにいうのです」と、斎藤家譜代《ふだい》の家来である閑斎に釘《くぎ》をさした。

閑斎は、迷惑した。

「ほめてはなりませぬか」

となれば、むずかしい。正直者の閑斎はしばらく首をひねっていたが、「そう申せばずいぶんお腹の黒いお方でございまするな」といった。

本山氏をほろぼしてその所領をうばいたいという計画を、何年か前から緻密《ちみつ》に立てていたようである。たとえば数年前、本山郷の森という在所の城にいる森孝頼が、本山氏に攻められて城が陥《お》ち、孝頼は当時健在だった元親の父国親をたよってきた。国親はこの亡命客を扶助《ふじょ》し、客分とした。

元親が本山方の潮江城を奪ったのはいまから四年前だが、この城を惜しげもなく亡命中の孝頼にあたえている。当時、家中の者のあいだでは「亡命中の客将にそれほどの優遇をあたえる必要はない」という批評がつよかったが、元親は、「将来、なにかの役に立つ」といって押しきった。

こんどの本山城攻めのとき、この森孝頼をよび、

「先祖の森城とその所領を回復するお気持はござらぬか」

というと、孝頼はなんなりともお指図してくだされよ、死力をつくして回復したい、といった。

仕事は、文字どおり命がけのものだった。孝頼は元親におだてられ、その危険を進んで買って出た。かれはいまは敵地になっている森城へわずかな人数をつれて忍んでゆき、詭計《きけい》をもって城館を奪いとった。つぎは調略《ちょうりゃく》（謀略・外交）であった。敵の本山城には、森家の旧臣が森家敗亡後、多く仕えており、籠城兵のなかにも三、四十人はいる。それらにひそかに連絡をつけ、

「裏切れ」

と命じた。が、かれらは新主の本山氏にも恩があり、容易に態度を決しなかった。

が、元親は孝頼に教え、別の流言を城内に放った。

「籠城兵のうち、森家の旧臣系統の者が内応する」というものであった。このため本山

の城内は混乱し、城兵がたがいに相手が信じられなくなり、戦意は大いに弱まった。

城主本山茂辰は味方に討たれるかもしれぬということでわが身に危険を感じ、譜代重恩の家来をよりすぐって四月七日、にわかに本山城を空け、暗夜、山道を這《は》いつたい、本山よりさらに奥の瓜生野《うりゅうの》城に移ったという。瓜生野までは、いかに元親でも攻めてゆけないであろう。

「とまれ」

と、閑斎はいった。

「四国きっての堅城といわれまする本山城を、力攻めでなく権詐《けんさ》奸謀《かんぼう》でやすやすとわがものになされました。あのお若さでこうとは、ひと通りや二通りのお腹黒さではありませぬ」

（なるほど）

菜々はそれをきき、元親の腹黒さにかぎりない小気味よさをおぼえた。権謀術数のできぬ大将はもはやこの時代にあっては敗亡しかない。元親がときに人との話のさなかにぼんやり庭を見たりしているのは、そういう真っ黒な智恵をあたまのなかでこねあげ練りあげしているのかもしれない。

戦場から帰ってきた元親が菜々の住む殿舎にあらわれたのは、閑斎が内謁した翌日であった。

菜々は、廊下まで出て元親をむかえ、座についたあと、かたどおりの作法として戦場での労苦をつつしんでねぎらい、このたびの大勝利を祝った。が、元親は、まるで会釈もできぬ餓鬼大将のようなしぐさでごそごそと掌をもみ、はずかしげにそっぽをむいた。うまれつき、演技力がないのか、型にはまった作法というものがまるでできないらしい。

(このひとが、よくも腹黒く敵をだましてくるとは)

と、菜々はおかしくもあり、ふしぎでもあった。

上座の元親は、両掌をひらき、それでもって大きな輪をつくった。

(なんだろう)

異国人と話しているように気骨が折れた。菜々はあきれ、

「そのまるいのは、なんでございますか」とちょっと冷やかな口調できくと、

「盃《さかずき》だ」

といった。盃なら盃と、最初からそういえばいいではないか。元親は、酒好きである。豪酒家といっていい。菜々はそのことを考え、酒の支度をさせていた。

「ただいますぐ」

と、侍女に目でいそがせた。やがて酒、さかなが運ばれてきた。菜々は膝を進め、その酒器をとりあげて元親に注《つ》ごうとすると、

「この盃ではない」

と、かぶりをふった。小さすぎる、というのであった。そのために欲しい大きさの盃

の寸法を指で作ってみせたではないか、とこの男はいうのである。

「これは不調法でございました」

と、菜々はあわてて侍女を走らせた。すぐあたらしい盃がはこばれてきた。

「大きすぎる」

と、こんどはそういってかぶりを振る。指の輪のとおりのものをもって来い、というのであろう。

(こんな、うるさいやつ)

菜々は内心腹が立ってきたが、そうもいえず、小首をわざと可愛げにかしげ、

「どのような輪でございましたろうか」

ご苦労ながらもう一度輪をつくってもらいたい、そう要求した。

が、それについて答えた元親の返答が、なんともいえぬものであった。

「わすれたわい」

のっそりと、無表情にいった。菜々はあきれ、自分で台所へ立ち、盃のすべてを出させてみた。そのうち適当なものをほんのいいかげんにとりあげ、もとの座にもどり、

「これでございました」

と、そう断定して元親にみせた。そう断定されると元親にもさほどに確実な輪の記憶があるわけではないから、

「それだ」

とうなずき、それを菜々へさし出した。菜々は酒器をかたむけ、酒を満たした。

元親は酔うと多少、多弁になる。

「ややは、つつがないか」

と、菜々の健康とそのからだのなかの児についてはじめてきいた。

「つつがございませぬ」

「男をうんでくれ」

「盃の大小のようには、殿のお言葉どおりには参りませぬ」

「神仏に祈れば、そうなるだろう」

できぬ、ということは言いたくも思いたくもないたちらしい。このとき元親はふと土佐一ノ宮（土佐神社）が本山氏との戦火で焼かれたままであることを思いだし、一ノ宮の神に男児出生を祈願すると言い、さらに妙なことをいった。

「一ノ宮の神がもし男児をさずけてくれれば、社殿を建てて進ぜよう。そのあかしがみえるまで、雨ざらしだ」


ほどなく菜々が出産した。

男児である。江戸時代の慣用文句を借りれば、玉のようなというべきであろう。

「やあ、うまれたか」

と、元親はこの時期、北方山岳地帯の戦場にいたが、陣中で岡豊からの急使に接し、

釆《さい》の柄《え》でひざをたたき、

「童名を千翁丸《ちおうまる》とつけよ」

と命じた。千翁丸とは長曾我部家代々の惣領《そうりよう》の童名で、これをつけることによってこの嬰児《えいじ》はうまれながら相続権をもつことを家中に公表したのと同様のことになる。

「すぐ、一ノ宮を再興せよ」

と、元親はその場で作事《さくじ》(建築)奉行を任命し、神とのあいだにかわした約束をはたした。ついでながらこの時代、人の考え方はいかにも現実的で、祈願とはつねに神と人との契約なのである。神がもし約束を果たさなかったならば、人は社殿も再興してやらない。

この宮は、元親の居城の岡豊から西へ五キロ、現・高知市からいえばその東北の郊外にあり、山を背負っている。社格は高く、ふるくから土佐国の一ノ宮とされ、維新後は土佐神社(旧国幣中社)と称されて現在にいたっている。元親のころは土佐の者は、

「一宮《いっく》さん」

とよんでいた。余談ながら——もっともすでに余談に入っているが——諸国に一ノ宮というものがある。その起源はいつごろかわからないが、ずいぶんとふるく、平安朝の初期には物の記録に出ている。安芸《あき》の一ノ宮は官幣中社厳島《いつくしま》神社であり、出雲《いずも》は官幣大社出雲大社、陸奥《むつ》は福島県東白川郡棚倉町八槻《やつき》の国幣中社都々古別《つつこわけ》神社であり、信濃

は官幣大社諏訪《すわ》大社、武蔵《むさし》のそれは現東京都にはなく、埼玉県大宮の官幣大社氷川《ひかわ》神社であり、摂津のそれは官幣大社住吉《すみよし》大社である。

この土佐の国の「イックさん」の祭神は、ヒトコトヌシ（一言主）という、ちょっとこっけいな名をもっている。もともと土佐にいた神ではない。

上代、大和にいた。

それも葛城《かつらぎ》山脈の山中に住み、古記などをよむと上代ではなかなか勢力があったらしくおもえる。大和は外来のいわゆる天孫族に征服されたが、それでも土着民族はほうぼうに残存し、とくに葛城山のふもとの葛城郡一帯はこの勢力がさかんであった。一言主はそれらの葛城族の生きた酋長か、それともその族の先祖神だったか、どちらかであったろう。雄略天皇（西紀四六〇年代）のとき、天皇があるとき葛城山に狩猟にゆかれた。ところが山中で天皇とおなじ服装、供ぞろえしている男に出会った。天皇がおどろき、何者か、とたずねると、

——僕ハ一言主神也。（釈日本紀）

という。しかもいろいろ無礼なことをいったので「天皇大イニ瞋《いか》リ、土佐ニ移シ奉《たてまつ》ル」と、右の釈日本紀にもある。要するに葛城族という者が勢力さかんで、大和盆地の中央にある朝廷の権威をないがしろにするようなことがあったのであろう。ついでながら葛城族は、べつに鴨《かも》（加茂）族といわれた。日本中ほとんどの県に、加茂、鴨といった地名があるのは、この鴨族の住んでいたためにおこった名かともおもわれる。いま、この

分野の学問でいう出雲族というのはこの種族であろう。

いずれにせよ、大和の山中でごく小地域の村々で尊崇《そんすう》されていた地方神が、いつのほどか土佐に移ってその一ノ宮の祭神になっているのは、上代の人間のゆききを考えるうえで、多少のおもしろみがある。

が、若い元親にそんな考証癖があるわけではない。かれはこの一言主と契約して子をなし、よろこんで社殿を再興することにした、というだけのことである。

その子が五つになったとき、元親はその履歴にあたらしい事件を加えた。ここ数年、瓜生野の天険でかろうじて余命をたもっている本山氏に対し、最後のとどめを刺すべく合戦を準備したのである。

が、生来、無口な男だ。このあたらしい作戦を家中にもいわず、菜々にもいわない。

いよいよ出陣するというその前日、菜々の部屋にきて、千翁丸と小半日あそびくらしていたが、日が暮れたころ、菜々に、

「あす、いくさに出る」

ひょいと言った。元親のいうところでは、瓜生野を攻め、本山氏の息の根をとめてしまう。いくさは当然山岳戦になるから味方の損害は大きいとみねばなるまいがこれもやむをえない、という。

「こんな季節に？」

と、菜々がいった。ときに、冬である。

いかに暖国でも瓜生野あたりの高地にはところどころに雪も積もっているし、夜分の寒気もはげしい。わざわざこの厳冬をえらばなくても、と菜々はおもったが、しかし元親にいわせると、山中の敵を討つには冬にかぎるというのである。

樹木の茂っている季節ならば敵は樹間にかくれて狙撃《そげき》してくるが、葉の枯れおちた冬ならばそうもできない。

「ところで」

と、元親はいった。

「千翁丸をつれてゆく」

「おやおや」

菜々は元親が冗談をいっているのだろうとおもった。初陣《ういじん》といえば早くて十四、五というのに千翁丸はまだ五歳でしかない。自分の足で歩くことがやっとという幼児ではないか。むろん矢弾を避ける能力もなく、目を離せば敵陣へゆかぬともかぎらず、第一、陣中の寒気で風邪をひき、それがもとで命をおとさぬともかぎらない。

「ご本気でいらっしゃいますか」

菜々はそのこと自体よりも、そのようなことを思いついた元親という男のおかしさに、さしあたって関心をもった。

「本気だ」

と、この男はいった。どういう理由でございます、ときくと、

「さあ」

という。理由はあるらしいが、うまく言えないらしい。

「おれは少年のころ、物事に臆病《おくびょう》であった。正直なところ、いくさというものを想うだにこわく、もし長じてこの家の大将になればどうしようと思い、そう思うと気がくるいそうであった。何度、武門の家にうまれたことを後悔したことか、わからない」と、意外なことをいいだした。

「人からは、姫若子といわれていた」

と、元親はいった。すでにその一件については菜々もきいている。うなずきつつちょっと微笑すると、元親は「笑いごとではない」といった。

「おれは少年のころ、何度も女に化《な》りかわりたいとおもった。女ならば戦場にゆかなくともよい。そう思い暮らしているおれを人が姫若子とよんだのもむりはなかった」

(私こそ、男にうまれたかったのに)

と菜々は思い、できれば代りたかったといおうと思ったが、元親の目が据わっている。

「いまでも、そうだ」

「え?」

「怖い」

「敵や合戦が、でございますか」

「矢弾のうなり音、焰硝《えんしよう》の爆《は》ぜるひびき、とぎすました槍の穂や敵の武者押しのどよめきなど、どうにもならぬほどにこわい。そちだけに明かすが、おれは生得《しようとく》の臆病者だ」

「そうでございましょうか」

「みろ」

と、元親は腕をみせた。そう話しているだけで、おそけがそそけだっている。

(本音《ほんね》かしら)

と、菜々は何度かそう思いつつきいていたが、元親が告白(としかいえない)している顔つきには一種の鬼気のようなものがあり、冗談とも思えない。

(本心にちがいない)

と思いなおしたが、しかしどうであろう。どう応答していいのであろう。歴《れつき》とした一人前の——どころか土佐一国の大小の豪族をふるえあがらせている武将が、暮夜、いかにその妻の前とはいえ、「自分は合戦がこわい」と言いだしたのは、どういうことであろう。しかも「生得の臆病であり、少年のころ姫若子といわれていたあの女性的な性格は、じつはいまなお持っている自分の本質である」という。

——そうですか。

ともいえず、かといって「そうではございますまい」ともいえない。そう言ってこの場のお茶をにごすには元親の表情はあまりにも真剣なのである。菜々はやむなく話頭を転じた。

「では、千翁丸殿を」

どうする気か。わずか五歳のあの子を戦場につれてゆこうというのは、ゆくゆく自分のような臆病者にさせぬための早期鍛練のつもりなのか。

「そのおつもりでございましょうか」

（ならば、反対したい）

とおもった。物のあやめもわかぬ五歳の幼童を戦場につれて行ったところでなんの鍛練にもなるまい。

「ちがう」

と、元親はいった。鍛練や教育のつもりではない、という。

「当然、物におびえ、敵の声におびえ、銃声におびえるだろう。どの程度におびえるか、それをみたいのだ」

「みて？」

「左様、見る。見たうえで、ゆくすえこの児にどれほどの期待をかけてよいか、それを見たいという興味がある」

「怯《おび》えすぎれば、千翁丸の将来を見はなすというのでございますか」

「いやいや」

かぶりを振り、元親は、菜々が思いもよらなかったことをいった。

——臆病者ならば信頼しうる。

というのである。聞きちがえたか、と菜々はわが耳を疑った。が、元親は、臆病者こそ智者の証拠であり、臆病こそ智恵のもとである、といった。智恵がある者でなければ臆病にならない、とも元親はいう。

「そのことは、おれは自分自身が人一倍臆病者であるから知っている」

という。幼童のころ、夜陰、冬樹が天をつかむように枝を張っている影をみては妖怪かと思い、厠《かわや》にも行けなかったが、これは想像力がゆたかすぎるからであろう。その他、物の影や音を、さまざまに想像しては怖れたが、想像する智恵が幼童になければ怖れまい。幼童の豪胆は鈍感の証拠であり、無智の証拠だ、という。

「自分が姫若子であったればこそ、自分よりももっと大胆な男どもを征服しえた」

なるほど武将にとって勇気、豪胆さは第一に必要である。しかし元親にいわせれば、勇気などは、天性のものではない。臆病者が、自分自身を練り、言いきかせ、智恵をもってみずからを鼓舞することによってかろうじて得られるもので、いわば後天的なものである、という。

(奇妙なことをいうひとだ)

と、菜々はその議論にはすぐさま承服しかねたが、しかし元親という男が、考えるにせよ言うにせよ、人とはあきらかにちがった発想法をもっていることを、この一事でも知った。

千翁丸、のちの弥三郎信親《のぶちか》は、長じてからもこのときの記憶がとぎれとぎれにしか思いだせない。

瓜生野やまは、雲の上
鹿も通わぬ道のはて

と、浦戸あたりの野に住む者どもは謡《うたい》にもうたうが、大変な険路である。途中からは馬も通らないため、大将の元親みずから馬をすて、徒歩《かち》立《だ》ちになった。その元親が肩車をして千翁丸をのせ、青竹を杖についてのぼってゆく光景を、千翁丸は絵のようなあざやかさでおぼえていた。白雲が足もとにある。山容は唐土の南画のなかの山のように怪奇で、その羊腸とうねる道を父の元親とふたりきりでのぼってゆく。そういう一幅の詩画のような光景としてこの記憶が変形して脳裏に入っているが、現実はもっと殺風景なものだった。

山の形もよくないし、行路も、茂みをかいくぐらねばならぬところが多く、ちょうどもぐらの動作に似ていた。

それに千翁丸が長じたころには長曾我部軍の軍装も織田信長の好みに刺戟された上方《かみがた》風に影響され、ずいぶん華麗なものになったが、このころは山賊とさほどかわらない。大将のシルシである馬印《うまじるし》などもなく、旗の数や種類もすくなかった。馬印を最初にはじめて流行させたのは織田信長であり、その影響がこの時分の土佐に入っているはずがない。

「およしなされ、若が増長しますぞ」

と、元親のそばで何度も無遠慮にいっていたのは福留隼人《ふくとめはやと》である。

隼人はこの国無双の豪傑で、もし中原《ちゅうげん》にうまれていれば後世にまで名を残したであろう。

田辺島《たべしま》村（現・高知市の東郊）のうまれで、豪勇のうえに滑稽《こっけい》な人間味があり、子供にまで好かれ、その当時、国中の子供がこう歌いはやした。

――ヘビもハミ（まむし）もそこをのけ。隼人さまのお通りじゃ。

子供たちは初夏、草むらなどを歩くとき、肩をいからせてこう歌いながら歩いた。隼人様といえばヘビもハミもおどろくであろうと彼らは信じ、それが幾世もつたわってかれの名は蛇よけのまじないになっている。

元親は千翁丸がうまれたとき、傅人《めのと》（養育者。武家貴族の家では家臣からえらぶ）をこの福留隼人に命じた。隼人は大いによろこんだが、千翁丸の養育についてはときどき元親と衝突した。この場合も、肩車などをしては甘えなされる、やめなされ、といさめたのである。

「やあ、隼人はああ言うわ」

と、元親は千翁丸にいった。

「降りるか、降りるか」

そういうと、千翁丸はかぶりをふり、このほうがよろしゅうございます、とまわらぬ舌でいった。

「隼人、それ見よ」

「ちっ、殿はいつもそうじゃ。そのように甘う、甘うにされてはあっぱれな大将は仕《つかまつ》りませぬぞ。それほどに肩車がおすきなら、拙者が仕りましょう。あとで城へ斬《き》りこみのとき拙者の肩におのせして首越しに敵の血のにおいをお嗅《か》がせいたしましょう」

「いやいや」

元親はかぶりをふった。大将は無用に血のにおいに馴《な》れるべきでない。馴れさせてはいたずらに殺生《せっしょう》のすきな人間ができるかもしれぬ。そういう理由でかぶりを振ったのだが、その点でも福留隼人は反対だった。無遠慮に、

「こまった父御《てて ご》じゃ」

とつぶやいた。

瓜生野に籠城する本山氏は、茂辰病死ののち、その子の親茂《ちかしげ》が継いでいる。

長曾我部軍は、城中への謀略と力攻めを兼ねつつ攻めたてたために、城から逃亡する者が多く、籠城の人数は日に日に減った。

親茂は前途を失望し、

「お覚悟ありますように」

と、ある日、奥に入りその母親にいった。母親は長曾我部家の出で、元親の姉にあたる。自然その子の親茂は元親とは甥叔父《おいおじ》のつながりになる。が、戦国攻防の原則には血のつながりなどどれほどの意味もない。

本山氏と長曾我部氏の怨恨《えんこん》は三代にわたっている。

元親の祖父兼序《かねつぐ》は、本山氏の現当主親茂の祖父にあたる梅慶入道のために不意に岡豊城をおそわれて自殺した。城が落ち、元親の父の国親はまだ幼童の身であったが、家臣に背負われて火中を脱出し、三日三晩山中をあるいて幡多《はた》郡中村までのがれ、国司《こくし》の一条家をたよってその館《やかた》に身をよせた。国親は長じて亡父のうらみをはらすべく苦心をかさね、ついに岡豊城を回復し、晩年、本山方と合戦のさなかに病没した。死ぬとき元親を枕もとによび、

「わしが死ねば初七日は世間の習慣どおり供養《くよう》をせよ。しかし八日目には喪服をぬぎ、甲冑《かっちゅう》を着よ。わが供養は本山氏を討つ以外にない」

と遺言した。

元親の本山攻めには、そのような父祖遺恨の歴史がある。

「元親はわが弟ながら、評判ではなかなか冷酷無残なところがあるという。おそらく一族ことごとく討滅しようとするでしょう」

と、その母もいった。親茂には妻とのあいだに二男二女がある。

そのころ、寄せ手の陣中にいる元親もそのことを考えていた。

（本山の縁族ことごとく斬らねばならぬ）

というのは、この乱世の鉄則のようなものである。いまその血を根だやしにせねば、やがては復讐《ふくしゅう》する者が出てくるであろう。げんに長曾我部家は三代前の兼序が本山方に殺されたために国親はその家運回復と復讐に生涯をついやし、ようやく元親にいたり、それを遂げようとしている。それがこんどは本山方において繰りかえされるであろう。

「どうしたものだ」

と、久武内蔵助という老臣をよび、意見を問うた。

「武門の子は、恐うござる。この一事をおわすれなきように」

と、内蔵助は原則どおりすべて殺しつくすことを主張した。その意見をききつつ、

（殺すまい）

と、逆の決意をし、しかし内蔵助の意見を傾聴していた。このあたりが元親の食えぬ、といわれるところであろう。元親は思うに、自分の名は食えぬ権謀家として国中にひびいている。その印象があるために世間は元親をつねに疑い、油断せず、安んじて傘下に入って来ない。その印象をぬぐわぬかぎり、自分は天下を得るほどの大きなものには成長できぬであろうと元親は思い、

（その印象を買うためだ。本山の一族は親茂以下ことごとく生かしてやろう）

と心に決した。

ほどなく瓜生野城の外郭をまもる本山方の勇将義井修理《しゅり》の塁を攻めくずし、本丸に入

り、本山親茂以下の助命を条件に降伏をすすめた。

かれらは降伏し、そのあと岡豊城下にひきとられ、それぞれ禄をあたえて撫育《ぶいく》した。

敵の本山親茂とその家族のすべてを、この岡豊城下にひきとる話をきいたとき、菜々は、

(元親どのは、存外な)

とおもった。意外にもおやさしい、ということだ。諸事、好奇心のつよい菜々にとっては、夫の長曾我部元親という一個の男の像そのものが謎と疑問にみちた心楽しい(ときには不愉快きわまりない)対象であった。

——そなたはおれに関心をもちすぎる。

と元親はあるとき迷惑そうにいったが、菜々にとってはいまや元親だけが天地の間でもっとも興味ある存在といっていい。——そのような意味のことを答えると、

「それは大きな料簡《りようけん》ちがいというものだ」

と元親はまゆをひそめていった。元親としては夫たる自分の性向、本質または言動を、そのように妻から興味をもたれて観察されつづけていることはたまらない。夫は批判の対象でなく愛情の対象であってもらいたいものだ、という意味のことを、元親はこの男なりの言葉でいった。

——そなたにとっておれは願わくは天地そのものであってほしいな。

と、元親はいった。というのは菜々が——あなた様だけが天地の間でもっとも興味がある、といってしまった言葉を、元親はあまりよろこばず、そのように変えることを希望したのである。菜々の言葉であると「唯一の」を強調してもしょせんは元親は対象にすぎない。対象は批判をともなう。元親ののぞむように「妻にとって夫は天地そのもの」となれば批判を超えた愛情世界である。愛情には批判の入りこむすきがない。

（それは私にはむりだ）

と、菜々はおもった。自分がそのように生れついている以上、夫という天地にひたりきれるような、そんな盲愛はもてない。子に対しては持てても、夫に対してはそうはうまい女房になれそうにない。

「そのように努めます」

といったが、菜々は本心、これほどの楽しみを捨てられるか、とおもっていた。今後もこの元親という対象をじろじろながめにながめてうんと愉《たの》しんでやろうとひそかに思った。

こんどの場合も、そうである。

（もっと冷酷な男かと思った）

という意外さを感じている。敵将とその血筋を生かすべきではないであろう。平清盛は一しずくの涙を敵将源義朝の遺児に感じてそのいのちをたすけたがために、やがて二十余年ののち、温情をかけた頼朝、義経のために一族をほろぼされてしまった。武門の子はこわい。殺して根絶やしにする、というのがこの道の鉄則である。元親という男は、その鉄則どおり涙ひとつこぼさずにやれる性格だと菜々はおもっていた。カミソリの冷たさとするどさ、というのが、一面では菜々にとって元親という亭主の魅力になっている。

この日、閨《ねや》で、

「そうさ」

と、元親はいった。

「おれはそういう男だ。物に優しい」

そんなふうにいった。自分を、自分で温情家という。菜々は内心、くすっと笑いたい思いをこらえた。古来、そういう男が温情家であったためしはない。

ほどもなく、北方の山岳地帯から、本山親茂とその家族が、長曾我部家の軍勢に警固されて岡豊城にやってきた。

「敵将をはずかしめてはならぬ」

という元親の指令はよくゆきとどき、城下でもとくに指示して人が路上に出ることを禁じ、見物をゆるさなかった。元親の温情というより敵将やその子に屈辱をあたえることは復讐への刺戟になるとおもったのであろう。

本山親茂らがきたとき、

──すでに敵ではない。賓客《ひんかく》として遇せよ。

と、元親は家臣にも言いわたしていた。元親はかれらを城館の表には通さず、ただちに奥(菜々ら城主家族の住む一郭)へ通した。敵としてではなく、一門として遇したのである。

ただけじめはつけた。

親茂の母親は元親の実姉であったが、菜々を紹介するとき、菜々を自分と同様上段にすわらせ、姉を家来の座にすわらせた。姉も親茂もその妻も四人の子たちも平伏している。

「いやいや左様に固苦しゅうはなさらずに。頭《かしら》をあげられよ。お平らにくつろがれよ。われわれはすでに一門同士でござる」

と、元親はさばけたことをいった。姉はその元親のやさしさに泣き、顔もあげられぬふぜいであった。

「もはや、長曾我部、本山両家の二十年にわたる弓矢の間柄はおわった。すべてのうらみは、私は国分川の水に流したつもりである。いまからは一門一族であると心得られよ」

親茂は礼をのべ、やっと面《おもて》をあげた。色白でややふとり気味のいわば美男といえるが、両眼につやがなく、いかにも子を産ませることだけが能の、頼りなげな男である。元親はそれをみて安堵《あんど》した。

（これは、頼朝や義経ではない）

「坊や、ここへ来よ」

と、元親は親茂のふたりの子をよんだ。十歳と六歳である。それをひとりずつ抱きあげ、

「よい侍になれ」

といった。侍とは武家奉公人のことである。よい大将になれとはいわなかったのは、元親はこの二人の子を家来にしてしまうことをすでに考えていたからであった。

上の子はこの日に元服させ、内記《ないき》と名乗らせた。内記はこの直後長曾我部家の傘下にある豪族吉良《きら》親貞にあずけ、蓮池《はすいけ》で知行《ちぎょう》を得させた。つぎの子は重臣の西和田越後にあずけ、その養子とし、のちに西和田勝兵衛と名乗らせた。

親茂夫妻とその母については、岡豊の北浦谷というところに屋敷をつくってやり、そこに住まわせた。これほどの手厚さは、乱世に類がないといっていい。

始末がおわったあと、

「国中では、殿のご評判が大そうなものだそうでございますね」

と、菜々は元親にいった。事実、元親にかねがね敵意と反感をもっている国中の大小の豪族たちも、この本山始末にはおどろき、

——なにもかも意外である。ああいう男であったとは知らなんだ。

と好感をもちはじめているらしい。

「安芸あたりの百姓なども、聖観世音菩薩《しょうかんぜおんぼさつ》の再来かと申しているそうでございますよ」

「人間が観音であってたまるか。おれは、ただの人間だ」

元親は、べつにうれしそうでもない顔でいった。

「でも、そう評判しているそうでございますもの」

うれしくないのか、と言わんばかりに菜々がいってやると、元親はニコリともせず、
意外なことをいった。

「おれが言いふらさせたのだ」

えっ、と菜々はおどろいて元親の顔をみた。

「なるほどおれはかれらの命をたすけたが、それがよかったかどうか、じつはまだ自分にはわからない。しかし善根もまた武略である」

善根をほどこして国中の評判を得れば、かれらの命を救った代償が大きくもどってくるだろう。そういうことを元親はいっているらしい。

（なるほどひとのいうように、この人は食えぬ。……）

と菜々はおもった。

桑の実

元親は本山氏という土佐四大勢力のひとつをほろぼしその所領を併呑《へいどん》したことによって、四郡のぬしになった。所領は十万石を越えるであろう。

――つぎは安芸《あき》氏を倒したい。

というのが、ひそかな志になった。

安芸氏は、土佐の東部を牛耳《ぎゅうじ》っている、豪族である。所領は七、八万石はあるにちがいない。

土佐ではもっとも家系のふるい名族のひとつである。この国の豪族の家系は、流人《るにん》や政治亡命者が始祖になっている例が多い。安芸氏もそうであった。この氏の家系伝説では、壬申《じんしん》ノ乱で土佐へながされた蘇我赤兄《そがのあかえ》という上代の権謀政治家であるということになっている。

強力になったのは戦国以来のことで、この安芸氏の特徴は他の豪族よりも貨幣を多くもっていたことにあるらしい。土佐東部地方は四国では先進地帯である阿波の影響をうけやすく、それに海ひとつへだてて上方《かみがた》に接している。室町中期ごろから上方でさかんになった貨幣経済の影響を安芸氏がもっともつよくうけたというのは、高知大学の山本大《たけし》氏のご意見である。東部沿岸は甲浦《かんのうら》をはじめ良港が多いというのも、安芸氏の富強の理由になるであろう。

そのうえ、兵もつよい。

かつ、安芸氏の当主国虎は、武将として猛勇で、智謀もある。

(むずかしい相手だ)

と元親もおもわざるをえない。

永禄元(一五五八)年前後から十年ほどにわたって長曾我部氏と安芸氏は各地で合戦をくりかえしているが、興亡を決するほどの戦いを演じたことがない。

(調略ではむりだ)

と、元親はおもっていた。大会戦をして力をもって攻めつぶす以外に方法がない。

元親はその方法を考えていた。この男は考えはじめると終日、ひとこともいわない。

菜々の部屋で菜々に、

——膝《ひざ》を貸せ。

といい、膝枕をして寝ころがっている。目をつぶったり、観世ヨリを縒《よ》ったり、ひとりごとをいったりするのみで、ひとことも膝の主の菜々には口をきかないのである。

「お枕を、出しましょうか」

と、菜々もたまりかねていうが、かまわない、このほうがいい、というように手をふるだけである。五日目に、

「そうか」

と叫び、起きあがってどこかへ行ってしまった。菜々はぼう然としたが、このとき元親がおもいついたのは、のちに長曾我部軍の戦力の中心になり、日本史にその特異な名をとどめた一領具足《いちりようぐそく》の制度である。

一領具足とは、屯田兵《とんでいへい》のことである。平素は田を耕し、農耕に出るときには具足櫃《ぐそくびつ》を田のあぜに置き、槍をつきたて、槍のさきに兵糧《ひようろう》をゆわえておく。城から陣ぶれ（動員）の貝がきこえわたってくると、クワ・スキをほうり出し、その場から出陣してゆく。具足は一領、馬は替え馬なしの一頭で戦場を走りまわるためにその呼称ができた。のちに土佐馬の獰猛《どうもう》さと一領具足の猛勇さが土佐人の象徴のようにいわれるようになり、後世、この階層が郷士になり、幕末この階層から土佐藩の勤王奔走の志士のほとんどが出たことを思えば、元親のこのときの発想は日本史的な事件であったといっていい。

そのもともとのおこりは、大百姓を侍に組み入れて長曾我部軍団の人数を倍にし、それをもって安芸氏と興亡を決する決戦をしたいがためのものであった。

元親は、すぐ領民の人口調査と田地の持ち高をしらべさせ、その編成に着手した。

草ののびる季節になった。一日油断していると、もう庭のあちこちに小さな草がはび

こっている。

この日、菜々は朝からそれを抜いた。この時代、城主夫人といっても、江戸時代のちょっとした富農程度の家の主婦とさほどかわらない。草はみずからの手で除かねばならなかった。

日をよけるために大きな市女笠《いちめがさ》をかぶって地にしゃがんでいると、

「大きな茸《たけ》がはえたようだ」

と声がした。元親であろうと思い、笠をあげると、四、五日部屋に来なかった元親がむこうの濡《ぬ》れ縁に立っている。冗談のつもりらしいが、どういう場合でもこの男はめったに笑わない。

「どこへ渡《わ》せられておりました」

と、菜々はいった。ここ四、五日顔をみせなかったのは、どうせ小少将の局《つぼね》（部屋）にでも起居していたのであろうと思って皮肉ってみたつもりであった。

「茶をくれい」

と、元親はそれには答えず、自分のほしいものだけをいった。菜々は庭の湧《わ》き水で手をあらい、上へ上った。元親は茶をのむ。

堺《さかい》の商人の宍喰屋《ししくいや》から教わったことらしいが、地方ではめずらしいことだ。この男はこの男なりに中央の流行には鈍感ではないらしい。

やがて元親は、茶碗をかかえた。色白の顔が陽《ひ》にやけて赤くなっている。どうなされ

ました、ときくと、

「四、五日、野山を歩いていた」

という。聞けば、百姓姿に変装して安芸氏との境界付近まで歩き、予定戦場の地形などを調査し、他日おこるべき大会戦の戦術をあれこれ練った、というのである。

「おれは、つねにそういう男だ」

と、元親はいった。われながら天性の武人ではないようにおもわれる。つねに自信がないために工夫に工夫をかさねるのだ、と元親はいうのである。

一方、敵の安芸国虎は武将としての天分がゆたかで、どうみても元親には自分よりすぐれているように思える。

「名前どおり、土佐の虎だ」

元親が物心づいたころから国虎の武辺は国中を圧していたし、元親がまだ十代のころ、せめて安芸国虎ほどの男になりたいと思ったことさえある。

「しかし考えてみれば、いくさに勝つということは、さほどむずかしいことではない。勝つ準備が敵よりもまさっていればもうそれで勝てるのだ。それだけのことだが、存外、武辺という評判の大将でも、この簡単な理に気づいていない」

元親にいわせれば、勝つだけの準備がととのわねばいくさは絶対にすべきではない。整うまで待つべきなのだ。待つために、敵を立ちあがらせぬだけの外交手段をくどいほどにほどこすべきだ、ともいった。

元親は、それをやっているらしい。当方の準備未了のままで敵が立ちあがらぬよう、安芸氏にはそういう手を打ちつづけていた。

「両家は永久に仲よくしたい」

という旨の手紙や使者を送ったし、めずらしい物産なども惜しげもなく安芸氏に贈った。

——小僧め、どういうことだ。

と、安芸国虎もはじめはこの元親のやさしさを薄気味わるがったが、しかし元親からの贈品や手紙がかさなるにつけ、かれの誠意をやや信ずる気持になってきている様子だった。

そのうち、元親の「準備」のなかでも最大の大仕事である一領具足の選定とその軍団編成がほぼ完了した。

元親の顔が、日一日と痩《や》せてきている。安芸氏攻略について思案に思案をかさねているせいであろう。準備はすすんでいるらしいが、菜々にはほとんど語らない。

ある日、ざるに盛りあげたものをもってきて、

「菜々、これはどうだ」

と、目の前においた。食え、というのであろう。菜々がのぞくと、よく熟《う》れた桑の実であった。

「どうなされたのです」

「どうもこうもない。和食《わじき》のむこうでとってきたのよ」

「和食の」

この岡豊《おこう》から六、七里のむこうにある海岸の郷で、そのあたりが長曾我部氏と安芸氏の境界になっている。

「敵地の桑の実だ」

元親は、その実を一つぶ、口に入れた。

きけば、きのう元親は地形をさぐるために安芸領の村にまで潜入したが、たまたま桑畑に入ると実がくろぐろと熟れていた。

——熟れている。

というのが、いかにも縁起がいい。機が熟し、安芸氏が実の枝から落つるがごとくになっているとみていいであろう。

元親は、少年のころから桑の実がすきであった。この敵領の実を、菜々と千翁丸《ちおうまる》のみやげにしてやろうとおもい、頭巾《ずきん》をぬいでそのなかに実を入れはじめた。元親はあかじみた頭巾と布子《ぬのこ》といったまるで作男のようなかっこうをしていた。

そのうち土地の百姓にみつかり、

——うぬァ、たれじゃ。

とわめかれ、元親とその家来三人はあわてて桑をかきわけて逃げた。百姓は仲間をよび、鍬《くわ》、すきをふりかざしてあとを追った。

「赤野まで小半里ばかり、息せききって逃げたわ。命がけの桑の実だぞ」

と、元親は菜々にすすめた。

「ありがたくいただきます」

そう言い、菜々も口に入れ、舌で押しつぶした。ちょっと黴《かび》っぽい甘味が、口の奥の粘膜にひろがった。

「好きか」

「すきでございますとも」

「おれもだ。これほどの好物はない。木いちごややまももの実もわるくないが、あれらの味は、人でいえばおさなおさなした乙女《おとめ》の物味だな。そこへゆくとこの桑の実は、世故にたけた女の味に似ている」

「おやおや、女のことを、よくご存じでございますこと」

「物のたとえだ」

「うかがいますけど」

「なんだ」

「年の長《た》けた女がお好きでございますか」

「たとえだ、といっている」

元親は、ひざをはらって立ちあがった。菜々はその袴《はかま》のすそをとらえた。

「いましばし、ごゆるりと」

この機会に元親のもっともわからぬ部分――女性関係や女性観をきいてやろうと思ったが、元親はあわてて袴をはらい、逃げるように部屋を出てしまった。

（この点でも、むじな殿だ）

とおもったが、一面、この点でも元親はひどく臆病《おくびょう》なことがわかった。菜々に袴のすそをとられたときの元親の顔は、とても土佐第一等の英雄というようなものではない。

「お里」

と、そのあとで、菜々は自分の乳母《うば》にいった。

「私、どのような顔をしておりました？」

「真っ赤」

お里は言い、自分の歯を指さした。菜々の歯が桑の実で真っ赤だったというのである。元親はひとつはその唇におそれをなして逃げたのかもしれない。

永禄十二（一五六九）年七月、元親は七千余という大軍団を岡豊城下に召集した。七千といえば、国分《こくぶ》川の沿岸平野を人馬でうずめるほどの人数であり、この国はじまって以来の大軍といえるであろう。しかもたかが四郡の領主程度の者がこれほどの大軍のぬしになるなどということは、諸国でも例がない。

手品のたねは、一領具足である。この特殊な戦士制度が、元親の動員能力を飛躍させた。しかも一領具足は半農半士とはいえ、足軽などの雑兵《ぞうひょう》ではない。騎乗の将校（士分）である。もっとも将校とはいえ、他の士分のように家来はつれていない。一騎だけで駈けまわる将校だが、その武装は将校とかわらない。

その軍が東方の安芸へ進発する光景は、菜々が城の上から見おろしていると、大地が動くほどの威容であった。

（あの方は、英雄かもしれぬ）

と、菜々はふとおもった。菜々の思う英雄とは、唐土の漢の高祖や三国志に出てくる曹操《そうそう》、孫権、劉備《りゅうび》といった者たちであった。しかしそういう物語本の英雄のにおいからみると、なまの元親はだいぶにおいがちがうようにもおもえる。多少物事をよく考える臆病者にすぎぬとも思えたりする。

元親は、「無名」と名づける馬に乗り、中軍を進んでいる。用いている鞍《くら》は漆《うるし》さえ塗っておらず、白木をみがきあげたままの粗末なもので、織田家ならば三十石取り程度の武士が用いそうなものであった。美濃がすぐれているというよりも、土佐が他の諸国よりもこういう工芸の点でよほど遅れているらしい。

この国の軍勢のおもしろさは馬が特異なことであった。

土佐駒

という。

長さ（高さ）一寸にも満たない。一寸とは四尺一寸のことである。他国の馬よりも四、

五寸はひくく、馬格も小さく、菜々などが最初みたときは、

——これは犬か。

とおどろいたほどであった。ところが粗食で耐久力がつよく、よく重荷に耐え、また騎乗して駈けまわっても容易に疲れないという長所がある。しかしいずれにしても小さい。そのわりに乗り手の武士は他国人よりも多少大柄な男が多いために、その騎乗姿は粗蛮ながらもどことなく愛嬌《あいきょう》がある。いうならば、世界でもっとも小さな馬のひとつである。蒙古馬に騎《の》ったジンギスカンの騎兵集団が世界を席巻《せっけん》したような壮烈さと滑稽《こっけい》さがあるといっていいであろう。

元親は、和食《わじき》郷の馬ノ上という部落にある小城を大会戦のための最終準備地とし、この日はひとまずその城に入り、全軍をその城内、城外に宿営させた。城外十数丁のむこうはすでに見わたすかぎり安芸氏の領土である。

「火をもって天を焦《こ》がし、野を昼のごとくせよ」

と、その夜、全軍に命じた。カガリ火をふんだんにたきあげることであった。すぐ実行された。このため和食郷の和食村、馬ノ上村、西分村、赤野村などの村々の宿営地では一村が炎のなかにうずまるほどにカガリ火が焚《た》かれた。

この地点から、敵の主城である安芸城まで二里ほどしかない。

「小僧め、見えすいた手を用いおるわ」

と、安芸国虎は鼻で笑ったが、しかしこのおびただしいカガリ火のむれは国虎の家来

やその幕下の豪族、領民をふるえあがらせたことはひととおりではない。

敵将の安芸国虎も、このたびの合戦をもって存亡の分け目であると覚悟している。

——元親などより、武辺も武略もわしが上。

という自信がこの五尺八寸の大兵《だいひょう》の大将にあり、そのことはたれよりもかれに挑戦した元親がみとめていた。

ただ国虎にも、欠点はある。自尊心がつよすぎ、その点にひとが逆らうと、年甲斐《としがい》もなく思慮をうしない、おもわぬ軽挙をする。

このたびもそうであった。

元親は自分の側の準備ができあがった有利な時点で開戦しようとし、そのために国虎を挑発した。

というのは、この開戦よりも三月ばかり前に使いを安芸に送り、国虎に申し入れさせたのである。

「和平したい」

ということであった。その要旨は、

「先年来、貴下とのあいだにあらそいがつづいているが、よくよく考えてみると貴下と拙者のあいだにはさほどの恨みが横たわっているわけではなく、単に戦国のならわしというだけのことである。最近またまた境界付近で小さな戦闘をくりかえしてしまっているが、これは両家にとっても民百姓にとっても幸いなことではない」

と、まず言う。ここまではいかにも殊勝な申し出といっていい。が、つぎの言葉が尋常でない。

「ちかぢか、岡豊へ御来臨候え」

つまり、わが岡豊城に来られよ、というのである。が、こう刺戟《しげき》したあと、すぐ殊勝な言葉にもどる。

「たがいに神々を驚かして和平の誓約をしあおうではないか」

ということであった。

それはいい。国虎にも異存はない。が、国虎にとって思慮をうしなわしめたのは、

——岡豊へ来い。

という元親の口上であった。まるで元親が主人のようであった。でなければ、国虎に降参して臣従せよ、と申し入れているのと同じことといっていい。すくなくとも国虎にはそううけとれた。

「小僧、血迷うたか」

と、国虎は使者の前で激怒し、ムチでたたきだすようにして使者を追いかえした。そのあと重臣をあつめ、

——わしはこの齢《とし》になるまでこれほど無礼の申し入れをうけたことがない。あの岡豊の思いあがり者に身のほどを知らせてやるのは口では追っつかぬ。弓矢でしかない。

といった。

重臣らはおどろき、沈黙した。かれらにはこの決戦の前途に万全の自信がもてなかったために、沈黙をもって国虎にさとらせようとした。が、その一座の沈黙は国虎の自尊心の傷をかえって深くした。

「勝算は歴々たるものじゃ」

国虎はいった。かれの妻は、西部土佐の主であり、かつ土佐一国の名目上の国司でもある一条家からきている。一条家がこの合戦をたすけてくれるであろう。西と東から元親をはさみうちすれば元親の首をはねることは、「これよりもたやすい」といって国虎は目の前の燭台《しょくだい》を脇差《わきざし》をもって真っぷたつにした。

筆頭家老の黒岩越前がたまりかねて進み出、

「とても」

と、声を放った。一条家は頼みになりませぬ、御当主はあのように懦弱《だじゃく》な御人であり、かつ背後を伊予勢におびやかされてもいます、とてもこのあたりまで大軍を送ることはできますまい、といった。

「臆したか」

国虎は、一喝《いっかつ》し、開戦へ押しきった。

すぐ一条家に申し入れ、かつ、領内を動員し、譜代《ふだい》・外様《とざま》をまじえて五千三百の軍団を安芸城下にあつめた。

美濃からきた黒田閑斎も、この安芸攻めに従軍した。ほとほと感心したのは、元親のいくさのうまさだった。

（華奢《きやしや》で無口なお人だが）

と、何度もおもった。なんといくさの上手なお人だろう、とおもうのである。

元親は敵領内に入るや、軍を二手にわけ、まず砦《とりで》二つをかるがるともみつぶした。

なお、前途に砦がある。

「揉《も》めや」

と、元親はむちをあげて進み、矢流《やながれ》という在所の砦に猛攻を仕かけ、それにこもる安芸勢二千をやぶり、その勢いに乗じて新庄、穴内《あなない》の二城をばたばたと陥《おと》した。

むろん、この当時の城や砦は、要塞《ようさい》として大したしろものではない。

土佐では城のことを土居《どい》という。まわりに堀を掘り、その土を掻《か》きあげて土塁をつくってある。石垣や天守閣などはない。この種の新しい城郭が出現するのは、これよりややのち、松永久秀が大和信貴山《しぎさん》城を築き、そのあと織田信長が近江安土《おうみあづち》城をきずくまで待たねばならない。

安芸氏の領内の土居はみな天険をたのんでいる。新庄城のばあいなどは北に大山をひかえ、南はただちに海に落ち入り、その海ぎわの波のくだける岩場をわずかに一筋の通路を通じさせてある。攻めるにはその通路を通るよりほかなく、その点これほど攻めにくい城もない。が、元親は海岸道路から攻める正攻法をとらず、大軍を山へひきあげ、頭上から城内にむかって射撃を加え、混乱に乗じて一挙に落城させてしまった。

「もう、山城はふるい」

と、元親は、攻城中に、予言的なことをいった。山城の時代はすぎた、というのである。天険をたのんで難攻不落を誇れたのは鉄砲出現以前のことであり、こんにち鉄砲という長距離（といっても有効射程は百二十メートルほどだが）に威力を発揮する飛び道具が普及してしまった以上、天険も意味をなさない。結局、この利器を最大限に利用すれば国中百以上もある「土居」はつぶれざるを得ず、一国の統一もおもったより早い期間に実現するであろう。

さて、安芸の本城に拠《よ》る安芸国虎は、つぎつぎと支城をおとされてしまったために、前途を絶望した。

——もはや、防ぎの見込みもない。

と、わが運命に見きりをつけ、その子をまず阿波へ脱出させた。

「あとは死戦して、わが武名を後世に残すあるのみ」

と、国虎は譜代重恩の士をさとし、みなその覚悟をかためて籠城《ろうじょう》した。

元親はそれを城外からながめ、急に攻撃をやめさせた。

「国虎は、死を覚悟したらしい」

元親は、この死にものぐるいの敵を攻めることによって味方の死傷がふえることをおそれた。元親の理論では、一国を統一するほどの大将は味方をできるだけ死傷させずに最大の戦果をあげる者でなければならない、という。そういう大将のもとには将士が多く集まり、自然勢いが熾《さか》んになる、というのである。

あとは、謀略しかない。

「おれを、腹黒いと思うだろう」

と、美濃人の閑斎にいった。武士の腹は真っ白でなければならぬが、しかし、大将はちがう。墨のような腹黒さこそ統一への最高の道徳だ、という意味のことを元親はいうのである。

ひそかに密使を城内の一郭をまもる小谷、専当の両武将につかわし、ばく大な恩賞の約束のもとに裏切りを誓わせ、その約束の手付けとして、城の三ノ丸にあたる浜手の町の柵《さく》のカンヌキをはずさせておいた。元親はらくらくと軍勢を入れ、いよいよ本丸攻めにとりかかった。

が、城は容易に陥《お》ちない。

元親は、攻めあぐねた。猛攻した、といえばていはいいが、ときには城方の侍大将黒岩越前という者が城門をひらいて打って出たため、全軍が蹴散《けち》らされ、逃げまどわねばならぬというはめにさえなった。

「これは、どうにもならぬ」

と、元親はくびをひねった。

案がひとつある。

が、これを用いることをためらったのは、元親がそれを用いた、ということが国中にひろまれば元親の声望は一時におち、一国平定の事業に支障がおこるかもしれぬ、ということをおそれたがためであった。

「どうであろう」

と、謀将の吉田大備後に相談した。ちなみに吉田大備後は幕末の土佐の宰相《さいしょう》として知られた吉田東洋の先祖にあたる。

「左様、それは」

と、大備後も首をひねったが、結局は元親の意中から出たものではないようにすればいい、それで済む、それがしがしかるべくとりはからいましょう、といった。

「それができるか」

「万一、人の口にのぼればそれがしが独断でそれをしたということに致しましょう」

が、大備後も、心中、自分がそれをしたということを、他に思われたくはない。

(横山民部にやらせよう)

とおもった。横山民部というのは、小谷、専当とともに安芸方から寝返って長曾我部方についた土豪である。

(どうせ恩賞に目がくらんで味方を売ったような男だ。悪名の上塗りをさせてもかまう

まい)

と思い、ひそかに横山民部をよび、相談だがきいてもらえるか、といった。

「なんなりとも」

横山民部は、気弱げな顔をあげた。小柄で色白の、合戦をするより寺の稚児《ちご》でもさせておいたほうが似合いそうな秀麗な貌《かお》をもっている。

「なんなりともおおせありますよう。それがしに出来ますことなら、なんなりともつかまつりまするる」

といった。寝返ってあらたに味方に参じた者の弱さで、民部はここで過度なまでに自分の忠誠心をみせねばならぬ心境にある。

大備後は、それを利用した。

「城内に井戸があるはず」

「いかにも井戸なくしては籠城できませぬ。本城台の東南にあるのが、安芸城内の唯一の井戸でござる」

「本城台の東南に、な」

つぶやきながら、大備後は金襴《きんらん》の袋を、横山民部の前においた。

(金か)

と、民部はおもった。どうみても砂金らしく、ずっしりと重そうである。

「それは?」

「毒だ」

と、大備後はいった。毒をその井戸にほうりこむ。それを飲めば士卒は斃《たお》れる。

「だけでなく、城兵どもに毒を投入したということを言いふらすのだ。もはや水が飲めぬとなれば士気はにわかに消え、あすには開城ということになろう。ただ、言いふらすためには、誰がほうりこんだかという名前が要《い》る。それがなければ人は信じまい。そのこともふくめ、そこもとにねがいたい」

「それがしの名にて？」

民部は、ちょっと鼻白んだが、もはややむをえないであろう。雨に濡れてしまった以上、河を渡ることを、濡れるからといってこばむことはできない。「つかまつる」といい、その袋を懐中に入れた。

（あわれな男だ）

と、元親は、毒を持って出かけてゆく横山民部をみておもった。悪人といえば、この場合、元親がもっとも悪質な悪人であろう。かれ自身が立案し、しかもかれの口からこのおそるべき案を示唆《しさ》しておきながら、彼は何くわぬ顔ができる位置に身を忍ばせている。敵味方という同時代人はむろんのこと、後世のひとびとも、この毒物投入をかれが指示したとはゆめ思わぬであろう。

（といって、家老の吉田大備後も食えぬ）

とも、おもった。大備後は、

――お家のためでござる。それがしが手を汚してそれを実施いたしましょう。

とさわやかに言ってのけながら、しかし実際にはその役目を横山民部に押しつけてしまっている。この男も元親自身に次いでわるい。

そこへゆくと、横山民部はどうであろう。裏切りという、すでにやってのけた悪事に、こんどは投毒という悪をかさねようとしている。悪事の直接の請けおい役である。この直接に手をよごす男の名こそ、同時代はもとより後世に対しても記憶されてゆくであろう。元親は思うに、かれ自身は大悪、吉田大備後は中悪、横山民部は小悪にすぎない。しかし世間の目には逆にうつるにちがいない。

（しかし、おれには、統一という目標がある）

そうおもった。本来、気の弱い元親はこれほどのことでも、自分に言いきかせてわが気持をひきたてざるをえない性格の男だった。統一という絢爛《けんらん》たる目的のためには、これほどのことは目をつぶらざるをえない。目的の貴《たか》さこそ、この手段を浄化してくれるであろうと元親はおもうのである。

そう思えば、この悪の評価は逆になる。

（吉田大備後の目的はなにか）

保身である。保身という程度ではその目的は神聖とはいえない。

横山民部はどうであろう。その目的は積極的な私利追求であり、どういう意味においいても神聖ではない。さればその悪はもっとも下劣であり、世間から軽蔑《けいべつ》され、憎悪されてもしかたがない底《てい》のものではないか。

（さればやらせておいてもいいのだ）

と、元親はおもった。元親はこの程度のことをするのに、これだけのことをあれこれと思わざるを得ない。元親が思うのに、いま中原《ちゅうげん》で活動している織田信長などは一つの行動を断行するのにこのようにまでくよく思っているかどうか。

さて横山民部は、安芸方から長曾我部方に寝返っているとはいえ、その党類の一部はまだ安芸城内にいる。それらにひそかに連絡をとり、井戸へ毒物を投入させた。

果然、その日の昼、その水をのんだ城兵のなかで血を吐いて死んだ者が四人、はげしい吐瀉《としゃ》をした者が十人内外あり、城内は大騒ぎになった。横山民部の党類が、それとなく城内で流言を飛ばした。

――井戸に毒物が投じられている。投じた者は横山民部である。

ということであった。この流説《るせつ》による衝撃は、元親の見たとおり、城内の戦意をその日にくじいてしまった。籠城のたよりは水であり、その水が使えぬとなればもう合戦も防衛もあったものではない。

「これまでか」

と、まっさきに戦意をすてたのは、城主安芸国虎自身であった。かれは抗戦によってこれ以上士卒のいのちを失うことをおそれ、元親に使いを送り、

「城を出て、浄貞寺で自害したい。ついては城の士卒のいのちを助けたまえ」と申し出た。元親の思ったとおりの結果になった。結局、国虎の申し出をゆるし、かれを自害せしめ、城をひらかせた。


「ではない」

と、この日、菜々の殿舎に渡ってきた元親を廊下で迎えて、菜々はいった。

「またお風邪でございますか」

元親は無愛想に答えた。

「でも、お顔の色がすぐれませぬが」

「そうだろう」

熱があるのか、唇が乾いているし、膜でも張ったような顔をしている。部屋に入ると、元親は、縁側でしゃがんだ。

「どう拝見しても、お風邪でございますよ。ひかれたのでございましょう？」

菜々も、しつこい。風邪であろうがなかろうが、どうでもいいことだが、いったんそうにちがいないと思ったことは、どこまでもそうきめこんでゆきたい性癖をもっている。それに対し、亭主の元親も元親だった。

「ちがう」

というのである。そのくせ水っぱなが垂《た》れそうになっているではないか。

「ひいたのではない。もとからひいている風邪が、なおらぬだけのことだ」

（なにをいっている）

菜々は腹がたった。それならそれで、そうだといえばしまいのことではないか。が、元親のほうが理屈にかなっている。いまひいたのではないから、「ちがう」とかぶりをふっただけのことである。

「おれの性分だ」

理にあわぬあいまいなことがきらいだ、と元親はいうのだが、それよりも根っからの理屈屋なのかもしれない。そういえば元親だけでなくこの土地のひとびとは理にうるさい。理屈がすきで、ものを論ずることに情熱をもっている点、美濃などにはみられぬ人間風景であった。

「去月のお風邪が、まだお癒《なお》りになっていないのでございますか」

「癒ってない」

元親は、やっとうなずいた。そのように正確な質問を発してくればこのように正確に答えるのだ、といわんばかりの、いかにも頑固げなそういう顔つきだった。

もともと、さほどに達者ではない。

虚弱とさえいえた。よく風邪をひくし、ひけばながびく。胃腸も丈夫というわけではなく、年中薬湯《やくとう》をのんでいるし、ときどき食膳《しょくぜん》のものをひと箸《はし》もつけぬこともある。

その男のどこにこれほどのエネルギーがあるのか、じつによく働く。なんのためにそれほど激しく働かねばならないのか、菜々にはこの点だけがわからない。

（どういうことかしら）

と思い、その点を、質《たず》ねてみた。ちかごろ、菜々も土佐言葉が多少つかえるようになっている。この言葉は美濃のように崩れたことばでなく、古語にちかい語法と明快な発音をもち、語尾の腰もしっかりしている。この言葉でいうかぎり、あいまいな意思表示をしようにもしにくいところがある。

「むずかしいことをきく」

元親は、生まじめにそれを受け、首をひねった。ちょっとした座興のやりとりなのに、この元親はなんと四半刻《しはんとき》（半時間）も考えつづけ、やがて、

「わからぬなあ」

と、菜々もびっくりするほどの声を出し、はげしくかぶりをふった。いかにも解けぬなぞだといわんばかりである。

「わからぬ。なぜおれはこの虚弱な体をもかえりみずに働くのか。なぜ大汗をかいて合戦をし、調略をし、敵を追い、領土をひろげようとするのか自分でもわからぬ。いやいや、たれにもわかるまい。おそらく一生の最後あたりになって、ふとなにやら、わかるような気がするのではないか」

それまで夢中に生きて働くよりほかない、それしかない、と元親はいった。

安芸氏をほろぼしてその所領を併呑し、元親はもはや土佐の三分の二を得ている。残る三分の一を、一条家が保《も》っていた。しかし家格はちがう。

比較にならない。

一条家は土佐の国司の家であり、この国の士の崇敬心からいえば都の天子のような存在であり、その当主はもっとも神にちかい存在であろう。

「菜々、たれにもいうなよ」

と、この日、そのあと、元親は侍女をしりぞけ、嫡子の千翁丸さえ乳母に申しつけて庭へ遊びにやった。幼童であるだけに、なにかにの拍子に、耳に入れた話の切れはしを口に出さぬともかぎらない。

(おおげさな)

とおもったが、しかし表面はきまじめにうなずき、

「申すな、と申されれば、口を裂かれようとも申しませぬ」

それだけが武家育ちの特技である、いまさら念をおされるのは笑止《しょうし》だとおもった。しかしそれにしても元親はなにをいおうとしているのであろう。

「おれはな」

背をまるめた。

その背のむこうの庭に、ゆらゆらと蚊柱がゆれている。空はなおあかるかったが、陽は香長《こうちょう》平野のむこうの海に落ちようとしている刻限であろう。

と、自分に言いきかせるようにいった。

「一条家をほろぼしたい」

「えっ」

菜々は、おどろいてみせた。みせた、というのはこの場合、本当の土佐人ならばのけぞってでも驚くであろうことを菜々は知っていたからである。一条家は、ただの家ではない。戦国ぶりの野心の対象にすべき家ではない。そのことは美濃うまれの菜々にはさほどの実感はないが、土佐人ならばそう信じている。もしこの場所に元親の家臣がいてきいているとすれば、即座に元親の袖《そで》をとり、

「そ、それはおやめ遊ばされよ」

と、目の色を変えてとめたであろう。ひとによってはその一言をきいただけで長曾我部家を退去する者があるかもしれない。たとえていえば、古社の神社に亭々として千年の樹齢を誇っているような神木を、斧《おの》でもって伐《き》りたおそうとするようなたくらみである。

「なぜ」

何ゆえ、どういう理由でそれを思い立ったか、ということを、菜々はあやうく跳びはねそうになるほどの好奇心をおさえて、それをきいた。この虚弱な風邪ひき男が、どういう心境と理由でそれを思い立ったのであろう。

「わからぬ」

真実、わからぬらしい。すでに元親は土佐の三分の二を得ている以上、いまさら一条家をつぶさずともよい。もし国外へ外征したければその三分の二の勢力をひきいて行けば十分ではないか。それに、国外に打って出ずとも三分の二の領土で満足し、それでもって生涯を送るのも安気《あんき》で分《ぶん》を心得た一生といえるのではないか。

「わからぬのだ」

理由などはない、と元親はいった。たとえば水がいったん堤を破った以上、ひろがるところまではひろがらねばとどまらない。人間の情熱も、そういう自然現象と同様であり、理由も意味もなく（それらはあとで作るかもしれないが）水の勢いのごとく奔流し、瀰《び》漫《まん》し、山麓《さんろく》にいたってやっとはばまれるか、天日に干されてしまうか、そのいずれかの限界にゆきつくまでとうとうとしてとどまらないであろう。

「そうとしか、言いようがない」

と、元親はいった。

「たれにも、言うな」

と、元親は、語りおわってからふたたび念をおした。

一条家はこの国のひとびとにとって右のように尊貴な存在であるばかりでなく、長曾我部家にとっても大恩がある。とてものこと、――ほろぼしたい、などとは、唇が腐ってもいえた義理ではない。

この家の起源から触れなければならない。

……………………

室町の末期、いや、すでに戦国の前ぶれといっていいかもしれない。足利《あしかが》政権が拘束力をうしない、市街を戦場にしていわゆる応仁《おうにん》ノ乱がおこった。このため京は一望の焼野となり、夕ひばりさえあがるほどに荒廃した。庶人のうち、気の強いものは足軽か盗賊になり気のよわい者は乞食になった。それさえできかねる者は河原で毎日群れるようにして餓死体になった。

年貢も都に入らず、公家《くげ》たちもこの都にいては日に一椀の飯にもありつきかねたため、その多くはみな天子を置きすてて地方へ逃げ、縁をたよって地方の大名のもとに寄食した。

公家のなかでも最高の名家のひとつとされている一条家のこの当時の当主は兼良《かねら》で、当代きっての学者として知られている。この兼良は奈良に疎開した。

兼良の長男は、前関白教房《さきのかんぱくのりふさ》である。父の兼良とはべつに、思いきって土佐に疎開することにした。土佐幡多《はた》郡が一条家の領地であったために、思いきって都をすて畿内《きない》をすてる覚悟をしたのである。公家の身でこれほどの決意をしたというのは、もうそれだけでこの教房という人物は尋常一様な男ではない。

「都をすてて土佐にくだる以上、もはやもどらぬ覚悟である」

と言い、摂津の浦から海に出たが、かといって土佐の土豪たちが自分をどう処遇するか、見当もつかない。ばあいによってはこの流亡の貴族を取ってからめて殺してしまうことも予想できたであろう。

が、幸いこの国は都からやってきた前関白を天人のように遇した。

「まことの関白殿下かや」

といって驚きさわぐ者もあり、目をあげておがめば目がつぶれるといってついに仰ぎ見ることさえせぬ土豪もおり、教房が使いすてたゆあみの湯を、

——飲めば万病にきく。

といって貰《もら》いさげてゆく百姓もあり、一国をあげての歓迎ぶりを示した。国中各郷の土豪たちもあらそって家人《けにん》になり、教房を押し立てて土佐の国司とし、その国都を幡多郡中村に造営した。このいかにもうますぎる話は遠国らしい無邪気な国柄であってのことともいえるし、時期がよかったともいえるであろう。いますこし遅れて戦国時代になってしまえば、人は実力をのみ尊び、家柄の尊貴さなどにこうもおどろかなかったであろう。

土佐ではこの一条家のことを、

「御所《ごしょ》」

と通称した。教房の子の房家にはひろやかな徳風があり、士民はよくなついた。さらに房冬、房基とつづき、不器量人がでなかったためにいよいよ家威はあがった。

しかもこの家は地方に土着しながらも朝廷から公家の待遇をうけ、官位は中央の公家

なみに昇進したから、土佐の国人はいよいよこの「御所」をありがたがり、尊崇のかぎりをつくした。その国都の中村は御殿のつくり、町割は京にならったため、

「都を見たくば中村へゆけ」

といわれるほどに典雅な城下になった。


一条家から大恩をうけている、と前にのべたのは、元親の父国親の代のことである。国親の幼時、長曾我部家は他の諸豪族のために城をうばわれ、国親は近臣に背負われて一条家の国都中村に落ちた。

当時の一条家は、房家の代である。

「それはふびんである」

と、この京都貴族は同情してくれた。

「自分が養い、成人後はなんとか身の立つようにはからってやろう」

と言い、中村御所で養育した。ある日、房家は近臣をあつめて酒宴をひらいた。たまたま、房家のそばでまだ十歳前後であった国親があそんでいると、

「いかに千翁《ちおう》」

と、房家がよびかけた。千翁丸は長曾我部家世襲の童名であるとは、以前にのべた。

「この高欄から下へ飛べるか」

酔っての冗談にすぎない。高欄から地面までは一丈ほどもあり、落ちれば足を折るか、

打ちどころがわるければ死ぬかもしれない。

「飛びおりれば、城をとりかえし亡父の名跡《みょうせき》を取らせてやるが、どうだ」

国親はものもいわずに走り出し、諸人があっというまに虚空《こくう》に飛んでしまった。みなおどろき、高欄に走り寄って下をみると、幸い怪我《けが》もなく地面に立ち、上を見てにこにこ笑っていた。

「思いきったことをする」

房家は、武士の子の所領、家名への執念というもののすさまじさを、十歳そこそこの少年のこの行動でみて驚いた。

酔っていたとはいえ、約束は果たしてやらねばならない。少年が十三になったとき、一条房家は、本山、吉良、大平といった長曾我部家をほろぼした諸豪族に申し入れ、

「本領をかえしてやれ」

と談じこんだ。そこは一条家中村御所の権威である。一同やむなく返した。この国親が五十七歳で死ぬまでのあいだ、一代かかって長曾我部の家運を再興した。

とにかく、一条家の恩の大きさは、長曾我部家にとって子々孫々にいたるまで忘るべからざるものであることは、この一事でもわかるであろう。

元親のこのころには、一条家の家運がめだって衰弱しはじめている。

この時期、一条家はすでに四世になっており、権中納言一条兼定という若者が当主であった。

「中村の御所様は、よほどのあほうに渡らせられる」

というのが、国中の評判である。多少の文字があり、歌もわりあいに詠《よ》める。この点ではさほどの愚人でもなかったが、政務をかえりみず、荒淫を好み、連日酒色で日を送っているという点で、戦国にあっては家を保ちうる人柄ではない。

「女と遊戯がすきなこと、無類だそうな。譜代の老臣たちも、もはや望みをうしないはじめている」

元親は菜々にいった。なるほど元親がほろぼそうとするには恰好《かっこう》の条件であろう。

「おいくつなのでございましょう」

「おれより四つ下だ。まだ若い」

と、元親はいった。その兼定でさえ、このたび土佐の三分の二を斬《き》り取ってしまった元親に対し、警戒心をおこしはじめているという。

「左様に疑われてはこまる」

と、元親はいう。当然であろう。警戒されてはこちら側がだましにくいからである。

元親にはもはや謀略の構想はあるらしい。

「それはまあいいのだが」

元親は顔を菜々にむけた。菜々にひとつ、大仕事をやってくれまいかということを、元親は言おうとしている。

——大仕事。

菜々は、聞くだけでも息がつまった。が、つぎの息を吐いたときには、叫んでいた。

「やってみます」

このあたりの軽率さは、菜々の生得のものであろう。もっとも軽挙妄動《もうどう》するたちだったからこそ、美濃から土佐くんだりまで嫁にきたのだが。

「やってくれるか」

「おもしろいことでございますか？」

「さあ、面白いかどうか」

元親は、ひどく顔色がわるい。のどがかわくのか、水を所望した。菜々はうなずき、侍女にまかせずみずから立って庭へ降り、庭のすみの井戸のつるべをにぎった。からからと物寂《ものさ》びた連続音がおこって桶《おけ》が水の中に落ちた。

（大仕事とは、どういうことだろう）

元親の顔色のわるさ、のどの乾きようから察して、どうやら仕事というのは菜々の生き死にと関係がありそうである。いやいやそう思えばそうもおもえる。権謀家の元親は、敵を権謀にかけるだけでなく、自分の妻をもその権謀にまきこみ、妻の生死をたねにひと仕事をもくろんでいるのではあるまいか。

（それでもいい）

そんなことよりも菜々はなににもまして冒険ずきであり、この日常の退屈からまぬがれるためなら、なにをしてもいい。

杉の小さな手桶に水を汲《く》みおわり、菜々は部屋にもどった。その手桶を傾け、水を素焼の碗にうつし、元親の前にさしだした。

元親は気づかない。

思案をしている。ふと手をあごにやろうとして袖で碗を倒した。

「あっ」

と、この男は、妻の好意をそのようにしたことで、気の毒げな、ひどく悔いた表情を作った。いままでこういう表情を菜々にみせたことがない。

「よろしゅうございます。左様なお顔をなさらずとも」

と、菜々はあわてた。また汲めばいい。さらに手桶をかたむけて、さっさと碗に水を満たし、

「どうぞ」

と、気さくにいった。元親は無言でそれをうけとり、一気にのみほした。

「じつは」

一条殿を油断させたい。油断というか、元親への好意をつづけさせたい。元親が一条家に野心がない、攻めはせぬ、ということを一条兼定に思いこませたい。そのために、菜々にいわば親善使節となって中村へ行ってほしい、と元親はいうのである。

「それだけのことでございますか」

菜々は、拍子ぬけがした。が、元親はかぶりを振った。一条家はそのまま菜々を人質にしてしまうかもしれぬ。その危険が多い、むしろ自分が一条兼定ならそうするだろう、と元親はいった。

「さらにまた」

元親はつづけた。ここからがむしろ重要であった。菜々の行列に、家老の江村備後守《びんごのかみ》を加えてゆく。江村備後守はかつて長曾我部家の対一条家外交を担当し、先方の重臣と知りあいが多い。親友といっていい連中もいる。菜々の中村滞在中に江村は別行動をし、それらの旧知のひとびとの肚《はら》をさぐり、できれば一条家を裏切らせようというのが、この謀略の本筋であった。要するに菜々が一条家へ参伺《さんし》する、ということが表むきであり、それを口実に江村を白昼堂々一条家に入りこませ、謀略行動をさせるというのである。もし露顕すれば江村の命はおろか菜々の身もあぶない。

(それはおもしろい)

と思い、つい菜々の心も表情もいよいよ弾んできた。その様子を、元親はなかばあきれる思いでみている。

(どうも、負けたな)

と、菜々の性格をおもった。菜々にはどこか神さまのようなところがあるらしい。いやいや菜々だけでなく、女とはおおかたそうしたものだろうか。

（おれは、人がわるい）

元親のこの策謀では、嫡子の千翁丸をやるほうが、より効果的である。大事な嫡子をやったとなれば、一条兼定も元親の誠意をゆめゆめ疑わなくなるであろう。

しかし、それだけに危険であった。嫡子を人質にとられたり殺されたりしてしまえば、元親の立場はたまらない。

そのかわりに――といえば人が悪いが、菜々をやろうとしている。

「おれは悪謀家だが」

と、元親はいった。

「どうも、心が弱い。ほんものの悪謀家ではなく、一心不乱、懸命に悪謀家になろうとしているところがある。だからこのように顔色がすぐれぬ」

元親は、最初は千翁丸をやろうとおもったがそれをやめたということを、正直にいった。

「まあ」

当然、菜々は気分をわるくした。

「千翁丸と私のいのちの重さをはかって、私ならば死んでもかまわぬ、とお思いになったのでございますか」

「そう思いはせぬが、結果としてはそうなるな」

だから菜々に悪いと思い、こうも顔色がすぐれぬのだ、と元親はいった。

「やめた」

菜々は叫んだ。

「待った、待った」

元親はとめた。どうも言葉のゆきちがいがあるらしい。待ってくれ、と元親はいった。

「戦国の大将というのは、たがいの命をさらしものにしている。互いに相手をほろぼそうとし、武略が劣ればげんに殺されてしまう。この元親も、一条家から逆に殺されてしまうかも知れぬ運命にある。つまり、おれも生死を賭《か》けているのだ。おれだけが安穏な場所にいて菜々を危険なところにやろうというのではない。おれ自身の命が、すでに賭け物になっている」

「だから？」

「それだけのことだ。それだけのことさえわかってくれればいい」

「わかった」

菜々はいった。どうもかるはずみである。すぐわかってしまうらしい。

「中村へ参ります」

この日から、出発の準備がはじまった。一条兼定とその内室、側室たち、諸重臣への贈り物もととのえねばならない。

「堺に人をやって、小西屋のおしろいか、南蛮渡りの織物などをととのえればいかがでありましょう。人に贈り物をする以上、思いきって高価なものか、よほど心のこもったものか、どちらかでなければ先方をよろこばせるわけにはいきますまい」

と、老女のお里はいった。菜々もそうしたいと思うが、しかすでに時間がない。

「いまから堺へ船をつかわしては間にあいますまい」

「なんの、風待ちの日も入れて十日もあれば往復できましょう。このお里が行って参ります」

「お里も、なかなかの者じゃな」

なかなかの者、というのは、ひどく行動力がある、という程の意味でいったのだ。お里はにこにこ笑って、

「そりゃ、おひい様のご家来でございますもの。似た者主従でござりまする」

といった。


菜々は、彼女が対決すべき――というと大げさだが、そのくらいの心組でいる――一条兼定という土佐国司について、さまざまな知識を仕入れた。

若い。

元親よりも四つ下であるという。しかしうわさによると、どうにもならぬほどに遊惰で暗愚なひとであるらしい。

極度に淫蕩《いんとう》で、性格はきわめて軽薄であり服装も異風をこのみ、連夜酒宴をこととし、しばしば大がかりな川漁をこころみて、民の迷惑をかえりみない。

七歳で国司を継ぎ、十六歳で隣国伊予大洲《おおず》の領主宇都宮《うつのみや》氏の姫をめとり、男二人、女ひとりの児を得た。

ところが、海をへだてた九州豊後《ぶんご》の大名大友宗麟《そうりん》の息女が国色無双といわれるほどの美人であるとききき、

「そのような者をわが妻にもちたい」

といいだした。

うわさできくだけの美貌《びぼう》だったが、この男にすれば大いに正気であった。このため現在の夫人を有無をいわせずに離別し、伊予大洲に返してしまった。群臣が反対したが、反対する者は容赦なく切腹を命じたため、たれも諫《いさ》める者がいなくなった。

さらに使いを、豊後の大友宗麟のもとにやり、その旨を申し入れさせた。

「風変りなお人よ。妻を離別してまでわが娘をほしいか」

と、宗麟ははじめ信ぜられなかったが、しらべてみるとどうも正気らしい。

宗麟はおりから伊予を征伐しようという野望をもっていたが、この申し入れをきき、

（幸い、土佐一条氏を使ってやろう）

と、一策をたてた。姻戚《いんせき》を結んで一条氏とともに伊予を南北から攻めようというのである。しかし娘をやるだけでは心もとない。

「一条家には嫡子がいるだろう」

そのとおり、いる。兼定が前妻に生ませた子ですでに元服をすませ一条内政《ただまさ》と名乗っ

ていた。

「それを人質によこせ。それならばわが姫をやろう。どうだ」

と、土佐の使者にいった。

使者はもどってきてその旨を兼定につたえると、「いとやすいこと」といって嫡子を人質に出す支度をはじめた。

これには家中《かちゅう》みな騒動し、老臣の土居宗珊《そうさん》は切腹を覚悟していさめた。嫡子を人質に出すなど、みずからすすんで属国になるようなものではないか。たかが美人を得たさに国を売るとはどういうことであろう。

——家中、総退去しよう。

という声まであがった。武士は主をえらぶ権利がある、こんな主人に仕えていては身のほろびになるばかりだ、とひとびとはさわいだ。総退去してすがるところは岡豊の長曾我部元親のもとである。

そんな声もあがっているということが、元親の耳にすでに入っていた。だからこそそんど菜々と江村備後守を派遣してひそかに一条家工作をしようというのである。

ともあれ、さすがの兼定もこの大友家息女の一件だけは思いとどまったが、その後いよいよふてくされ、酒宴のための別殿楼閣を美々しくつくりあげ、そこで日夜酒色にふけっているという。

それだけでなく、すこしの罪科があると家臣を容赦なく切腹させ、また斬首《ざんしゅ》に処した。

そういう酷刑主義こそ将士を御《ぎょ》する道だと平素豪語し、人をころすことにみずから陶酔しているふうがあった。

家臣こそ、やりきれない。

この寸刻も油断できぬ乱世に、兼定のような人物をうんでしまった一条家こそ不運であったろう。

京から流れてきた公家と、土着の武家の血が入りまざって兼定ができた。遊惰安逸という点では、公家の伝統的な精神習俗にちがいない。残虐粗暴という点では、武家の血がもつわるい面が出ているのであろう。

いずれにせよ、兼定の女ごのみは、とめどもない。

豊後大友家の姫君をあきらめざるをえなくなってから、兼定の暮らしはさらに酒色でただれた。

兼定の常住する国都中村から西へ五里、中筋川の渓谷ぞいに平田《ひらた》という郷がある。枚田ともかく。

ここに一条家の菩提所《ぼだいしょ》の藤林寺《とうりんじ》がある。兼定はつねにそのあたりまで猟にゆくが、ある日、耳よりなうわさをきいた。

平田郷の大百姓源右衛門の娘でお雪というのが非常な美女であるという。

「きめたわ」

　ぴしゃっ、と鞍をたたき、奇声をあげた。

「今夜はそこへゆく。たれぞ、源右衛門宅へ走れ。わがために宿をせよ、と申しつけよ」

　すぐ近習が駈け走って、そのとおりにはからった。

　その夜兼定は源右衛門宅で酒宴をひらき、お雪に酌をさせた。みると、思いえがいていたよりもはるかにうつくしい。

（これはどうじゃ）

と、おもわず杯をもつ手をわすれ、膝に酒をこぼした。

　その夜、お雪に伽《とぎ》をさせた。中村へ帰ってからも忘れられず、ついに平田郷の田を何反かつぶして壮大な御殿をつくらせ、そこにお雪を住まわせた。

「平田御殿」

という。戦国大名の経済力にあっては、この程度の贅沢《ぜいたく》でも国費にひびくほどの重大事であった。さらに兼定は毎日五里の道を平田へかよってゆくため、その沿道の百姓は耕作の手をやすめねばならず、平田郷一帯の百姓たちは、兼定の居すわりと連日の狩猟のためにほとんど農事ができなかった。

「せめては、お雪殿を中村御所にお移しなされませ」

　たまりかねた老臣の土居宗珊がいさめた。女ぐるいはいいとしても、二カ所に御殿をもつほど、一条家はゆたかではない。

「ばかめ、通うてこそのおもしろさよ」

と、兼定はいった。通うてこそ情趣もつのるというのであろう。

……………………

というような兼定の行伏を、菜々はききあつめた。

おりからお里が堺から帰ってきたので、菜々はそれらの荷駄をつくり、江村備後守に警固されて岡豊を出発した。

土佐は東西にながい。岡豊から一条御所のある中村まで三十里以上あり、女行列のばあい、五晩は道中でとまらねばならない。

道は非常な険路で海に出たかとおもうと、険峻《けんしゅん》な山にのぼったり、さらには岬の絶壁を命がけでまわったりしなければならない。

六日目に、中村についた。

(これは、京ではないか)

と菜々が目をみはったほど、京の町並に似ていた。東山と称する山なみもあり、鴨川《かも》にあたる四万十川《しまんと》もある。もっとも河容はあくまでも大きく水はあらあらしく、鴨川のような京さびた味はもっていない。しかしそれにしても、京をすてた公家が、この地を故郷に模倣させようとつとめたかなしみのようなものが、風景のそこここにこびりついている。

中村の御所

京の町の者は公家《くげ》のことを、

――ごっさん。

という。御所《ごしょ》さんをなまったのであろう。

御所とは天皇の住居をいうのがもとの意味だが、室町時代から言葉に下剋上《げこくじょう》がおこり、将軍の住居をも御所といった。だけでなく公家のうち大臣以上の屋敷をも庶人《しょじん》はそう称した。

土佐の一条家は、流亡しているとはいえ、歴《れっき》とした公家で、土佐にいっても京の宮廷に籍があるという異例の家柄である。このため、土地の者は、

「御所さま」

という。

菜々らの一行は御所さまのお城下である中村に入ったが、すぐには拝謁《はいえつ》できない。そこは京風の作法がやかましく、何日か滞在し、滞在するうちに、

――きょう、まかり出るよう。

というおゆるしがさがる。武家とはちがいこのあたり、都落ちしてきたとはいえ、公家の儀典感覚はなかなか荘重《そうちょう》にできている。公家の権威は千年このかた、こういう智恵でもって保持されてきたのであろう。

菜々たちは、一条家の重臣である土居宗珊《そうさん》の屋敷にとまることになっている。駕籠《かご》が土居屋敷の門前におろされると、お里が介添えして菜々を駕籠から出した。

菜々ははじめて中村の土を踏んだ。

門前に、土居家の家来たちが出迎えている。門をくぐると、そこに宗珊が迎え立礼をした。

頭に、一すじの毛もない。

赤銅色《しゃくどういろ》の顔が、微笑した。

「宗珊でござる」

土居宗珊というのは、一条家の四家老の筆頭であり、無類の忠臣として知られている。座敷にあがると、たがいにあいさつをかわした。菜々が想像していたような固くるしい人物ではなく、冗談のすきな、陽気な老人だった。

「これはいけませぬなあ」

と、ちょっとのけぞるようにしていった。菜々が美しすぎるというのである。

「――そんなことは」

ありませぬ、と菜々はいったが、宗珊はしきりと首をふり、どうもいかぬ、左様に美しゅうてはなりませぬ、あなた様はこの中村に来るべきではなかった、という。

「どういうわけでございましょう」

「ほれ、御所さまが」

あのように女好きのお方じゃ、もし拝謁なさればどうなりまするか、これはえらいことになる、と宗珊はいう。

最初は冗談かとおもっていたが、どうも冗談ではなさそうだと菜々は思いはじめた。

「せっかくでありまするが、これは拝謁をおあきらめになったほうがよいのではありませぬかのう」

「しかしそれでは、あるじより申しつかった役目は果たせませぬ」

「岡豊殿《おこう》(元親)は、どのようなお役目をお申しつけになりました」

と、宗珊は言い、ぎょろりと目をひからせた。この男は、菜々が帯びている両家親善の使命が、どうやらそれは擬態で、本当は一条家を油断させるためのものではないかと見ぬいているらしい。

「おやめなされ。御前は、拙者がよしなにとりつくろいましょう」

「いいえ、それではわたくしの役目がつとまりませぬゆえ、どうあってもお目通りをねがわしゅうございます」

「左様か」

それ以上は、宗珊も押せない。

さらに宗珊の配慮の手きびしさは、江村備後守にまで及んでいる。この日の翌日、江村が、一条家家中《かちゅう》の他の重臣に会おうと思っても、終始宗珊の家来が離れず、行動の自由をゆるさなかった。

結局、七日目に菜々は、一条兼定から目通りがゆるされることになった。

その使者というのは、ひどく若僧の、御所ふうに薄化粧などをした男だった。

「明日、よろしか、午《うま》ノ刻に御所へあがられよ」

と、若僧は権高《けんだか》にいい、横にいる土居宗珊には目もくれずに帰ってしまった。

あとで菜々は、宗珊にきいた。

「あれは、土佐侍の子ですか」

「左様、土地の子でござる。しかし侍の子ではなく百姓のうまれで」

察するところ、兼定の男色趣味でとりたてられたにわか武士であろう。そういう種類のいわばばけもののような男女が、兼定のまわりをとりまいていて、それが次第に権力をもつようになってきており、家譜代《ふだい》の家老たちは側から遠ざけられていた。

(宗珊どのも、そうだ)

と、菜々は、事情がわかってきた。宗珊は無類の主家おもいの男だけに、この哀れさは菜々がそばでみていても気の毒で目をおおいたいほどであった。あの薄化粧の使者は、宗珊にほんの流し目をくれただけで、ろくに会釈《えしやく》もしていない。

それに、本来ならば拝謁のことは宗珊を通じて菜々に達せらるべきはずであるのに、この老人（それほどの齢《とし》でもないらしいが、頭髪のかげんが、そんな印象をあたえている）は、無視されていた。

使者が帰ったあと、菜々は思いきってそのことにつき、宗珊に触れてみた。差し出がましいようだが、わが長曾我部《ちようそかべ》家に参られてはいかがと、――べつに夫元親の謀略の片棒をかつぐという意味ではなく、あまりの気の毒さについそこまで言ってみたくなったのである。

「ああ、拙者の」

ことですかな、という顔をしてみせ、宗珊はできれば話題をそらせたがっているようであった。

「時勢が、かわっています」

菜々は、中央で普通になりつつあるあたらしい武士の道徳について語った。こういう点では菜々はするどい観察者であった。

――いまはむかしの主従などではない。

と、菜々はいった。先祖代々の主家であるといって、ただそれだけで忠義をつくすのは犬の忠義である。人間の忠義は、自分を認めてくれる主人のために死ぬことであり、もし認めてもらえねば主家を去る、他によき主人をえらぶ、主人が家来をえらぶのでなくて、家来が主人をえらぶ時代になっている——と菜々はいった。

「七たび牢人《ろうにん》せずば一人前の武士ではない、という言葉さえ、上方《かみがた》でははやっているそうでございます」

武士が技能者化し、その技能を高く評価してくれる主人をさがして仕える、そんな時代になっている。よしあしはべつにしてそれが戦国というものです、土佐は遠国《おんごく》ゆえ、多少遅れているのでありましょうか、といった。

「国を保てず、家をほろぼす主人は見すてるべきです」

とも、菜々はいった。それらのことは中央ではあたりまえの風潮になっていたが、土佐地生《じば》えの宗珊にすればひとつひとつが平手うちをくらわされるほどの打撃だったらしい。

「御台所《みだいどころ》は、美濃うまれにおわす。美濃や尾張では左様な気質でございますか」

信長が出たこの地帯は政治や経済でも先進地帯だが、倫理風俗の点でもそうであった。そういう倫理風俗のあたらしい土壌のなかから出てきたのが織田信長であり、信長はその式で他家の有能な侍にまでよびかけて人材の結集をはかっている。が、ふるい意識の武士たちはやがてはほろびざるをえないであろう、と菜々はいった。宗珊は沈黙し、無言のままかぶりをふった。わしはわしの生き方がある、というのであろう。

翌日、午ノ刻、菜々は土居宗珊の家臣にともなわれ、中村御所へ参伺《さんし》した。

広御殿に案内され、はるか下座《しもざ》にすわるうち、ふすまむこうの廊下の方向から、

――おし、おし、おし。

というちょうど牛を追うような、耳なれぬ音響がきこえてきた。あれはなんでございましょう、という目を宗珊の家臣にむけると、

「いま廊下を渡っておられます。平伏なされますよう」

とおしえた。兼定卿がやがてあらわれるということを、先ばらいの小姓がそういう声音を出すことによってこちらへ知らせているのである。天子の出御《しゆつぎよ》の場合、お供が警蹕《けいひつ》の声を出すというが、それに類したものであるらしい。この土佐一条家は武家化したとはいえ、都の公家たちの風習を頑固にのこしている。

兼定は、御簾《みす》のなかに入ったらしい。菜々が平伏するうち、するすると御簾のあがる音がきこえた。

近習頭《きんじゆうがしら》が、兼定に菜々を紹介すると、兼定がうなずき（菜々にはみえないが）、

――まろが、兼定である。

といった。菜々はなお、畳に頭をこすりつけていなければならない。やがて近習頭が、

――おもてを、あげませい。

と大声でよばわった。

が、室町風の作法では、すぐには顔をあげてはいけない。畏《おそ》れるがごとく、肩をちぢめ、いよいよ平伏する。三度いわれてから、ようやく半ばあげる。それも目をあげず、

畳の二尺ばかりむこうを見つめる。兼定の顔などみえるはずがない。

「ゆるす。ゆるすゆえ、もそっと、面《おもて》をあげい」

と、兼定はいった。おそらくこの中村にまできこえている評判の菜々の容色を、この兼定はとっくりみたいのであろう。

「あげよ」

再三いわれたため、ついに菜々は顔をあげた。みるみる兼定の顔が充血し、あきらかに落ちつきをうしなった。

(貴人とは、こういう顔か)

菜々は正直なところ、公家というものをみたことがない。

その尊いことは知っている。なぜ公家が尊いのか。菜々が察するに、それはおそらく、日本国中の血の総本家であるからであろう。六十余州に蟠踞《ばんきょ》する大小の貴族は、みな、藤原氏、源氏、平氏、橘《たちばな》氏などを名乗り、その遠祖はみな京の貴種から出たと称している。それらの血の総元締めが公家であった。だから都の天子にせよ公家にせよ、なんの自衛力ももたぬのに、これだけの強食弱肉時代になりながら、たれもかれらだけは殺そうとしない。

(しかし、それにしてもお粗末なお顔)

菜々はむしろそのことにおどろいている。

薄っぺらい頭の、毛のないあたりが顔であろう。両眼に生気がなく、鼻だけは垂れたようにどろりと長い。唇が薄く、その唇が、濡《ぬ》れている。いや濡れているのではなく、紅をさしているのであろう。

眉《まゆ》は剃《そ》り、その上に天上眉《てんじょうまゆ》を置いている。さらにその上は、冠をかぶっていた。

「元親は、しあわせじゃな」

と、兼定はいった。さらに——きくところによるとそなたは美濃から買われてきたそうではないか。

「買われて？」

菜々はあまりのことに叫んでしまった。

「そう。そのような評判じゃ。いくらで買われた。もし元親以上の金をわしが出すとすれば、そなたはわしに買われるか」

兼定は、大まじめでそれをいっているのである。

そのあと、御所のなかの茶室で、茶を賜《たも》うた。兼定が茶室をえらんだのは、謁見ノ間とはちがい、茶室ならば主客という場だけで上下の礼式もない。話ができるとおもったのであろう。

菜々は兼定から茶を賜わるとは知らず、ただ案内されるままに茶室に入った。

「御亭主は、どなたでございます」

と、介添え役の御茶頭《おさどう》にきくと、御所さまにおわしまする、と、この茶坊主はこたえた。

（冗談ではない）

と、菜々はおもった。なるほど茶道は、室町礼式の窮屈さをやぶった自由な対話の場かもしれないが、男女が一室で茶事をするという例はない。通常、女の茶事は同性だけでおこない、介添えの茶の専門家も男を使わず、尼などを頼むものなのである。茶がいかに自由の形式とはいえ、この男女同席セズ、という儒教道徳だけは厳密にまもられているのである。

やがて権中納言一条兼定が入ってきて、亭主の座についた。お点前《てまえ》は、さほどうまくない。

「わしは、公家だからな」

と、兼定は弁解した。茶という新興芸術は、京の武家や堺の町人を中心にもてはやされてきたが、すべて伝統のなかで生きている公家の場合は、これを積極的にやろうとする者はまれだった。公家の場合には、連歌《れんが》がある。連歌も茶道と同様、雑多な階級が一堂に会して礼式にこだわらずに会話を楽しむことができるえがたい対人接触の形式だが、これは公家が得意とした。

「連歌ならばいいのだが、菜々殿は連歌をお好みか」

と、親しげに名をよんでいった。残念ながら菜々は連歌などはみたこともない。

「存じませぬ」

「こんど、教えて進ぜよう」

と、菜々の前に茶碗をおいた。

「わしの耳をみよ」

「お耳を？」

のぞきこんでみたが貧相な、肉のうすい耳がついているだけである。耳が、どうかなされましたか、ときくと、

「なにさ、地獄耳じゃというのよ。いろいろの声がこの耳に入っている。たとえば、そなたがこんど中村へ参ったのは、元親の調略じゃというが」

「なんのことでございましょう」

さすがに菜々も、ぎくりとした。菜々は心が顔にあらわれるほうで、

（われながら、いま、まずい顔をしている）

と気づきつつも、どうすることもできない。兼定はその顔をそっとのぞきこみ、

「さては、本当だったのか」

と、茶杓《ちゃしゃく》をつかいながらいった。

「いいえ」

「弁解せずともよい。わしは土佐の国主である。元親ふぜいがいかに小細工をしようともびくともゆるがぬわ。それより」

と、菜々の手首をとった。女ならばすぐなびくであろうというたっぷりとした自信が、

その手の力にこもっている。

「わしの伽《とぎ》をせい。二夜でよい。なぜ二夜かと申すに、一夜ならばたがいに遠慮があり、どちらも賢《さかし》らぶって、肌をあわせていてもどこかそらぞらしゅうておもしろうはない。二夜ならばもう他人ではない。たがいにあほうになれるわ」

「武家のむすめを」

と、菜々は急に立ちあがった。われながらすさまじい芝居ができる、と内心感心したが、立ちあがって裾《すそ》をたくしあげ、右足をあげ、
ぱっ、
と、茶釜《ちゃがま》を蹴《け》った。灰が朦然《もうぜん》と舞いあがった。「見くびったか」と菜々は叫んでいた。

菜々は、自分でも信ぜられないことをやってしまった。

(とにかく、これは逃げねばならない)

茶室をとびだし、廊下から庭へおりた。背後でなにかうめき声がきこえたように思うが、かまわずに駈けた。

中門をくぐると、そのそとにお里がひかえていた。驚いたらしい。

「どうなされたのでございます」

「早う逃げや。殺される」

「おひい様」

お里もあとで事情がわかったとき、菜々の乱暴さに腹がたったが、いまはなにごとかわからない。とにかく菜々の手をひいて駈けた。ところが菜々の馬鹿さかげんときたら、駈けながら、

「お里、おまえと私とどちらが足が早い」

ときくのである。お里はその悠長さに腹が立ったが、とにかく「そりゃわたくしのほうが早うございます」というと、

「ではおぶえ」

と、菜々はいった。菜々がおもうに、こうして二人で駈けているより、足の早い者が遅い者をおぶって逃げるほうが能率的ではないか。

「なんと、ばかな」

お里は駈けながらいった。おぶえば、とてものことこんな速さで走れませぬ、というと、菜々はひどく怒って、

「でも、おまえはむかしおぶってくれたではないか」

といった。お里も、もういかにあるじであるとてわがままは許せぬと思い、

「それは、おひい様の四つ五つのときまでのことでございます。いま、そのように大きいひとをおぶって走れば、お里は天狗《てんぐ》でございますよ」

「ああそうか」

菜々はべつに笑いもせずに走った。笑うどころの段ではない。

そのうち、背後から十数人の女どもが、なぎなたや棒、ほうき、火消のはたき、などのえものを手に手にもって追っかけてきた。

「おひいさまっ」

お里が、叫んだ。菜々がふりむくと、そのおそるべき光景がみえた。女どもの目がつりあがり、口が真っ赤にひらいている。

中村御所につかえる女官や命婦《みょうぶ》その他の女中どもらしい。一条兼定も、さすがに男どもに菜々の追捕《ついぶ》を命ずるのを遠慮したのだろう。男どもも、この時代の男どもは、女を追捕するなどは、いかに主命といってもことわるのがふつうだった。

このため、女どもに命じた。

——うわなり討ちと同様のことをせよ。

と、兼定は命じた。

うわなり、とは後妻のことだ。

夫が妻と離別して後妻をもらったりするとき、前妻が、自分の一族の女どもや女中をひきいて台所用具を武器とし、後妻の家に討ち入り、台所や調度をこなごなにくだく。むろん後妻のほうでも女どもをひきいてさんざんに戦う。それをうわなり討ちと言い、この時代、つまり戦国風俗のひとつとして天下に流行していた。兼定はその式であの元親の女房を打て、追捕せよ、と命じたのである。

ふたりは、つぎつぎと石段を走りおりた。ついに大手門まできた。ところが、すでに御殿から指示がきており、門番がすでに門を閉め、大いそぎでかんぬきをかけたばかりであった。

前から、女どもが攻めてくる。

「おひい様、どういたしましょう」

「もう覚悟をした。お里、ここで討死しよう」

菜々は門番のほうに走りより、その六尺棒をひったくった。うわなり討ちには、刃物はいけないことになっている。


菜々には、力がない。

武芸のたしなみといっても、薙刀《なぎなた》のあつかい方をひととおりその母から教わっただけのことであった。

が小柄である。足が軽やかであり、身ごなしも機敏なだけがとりえであった。いやいまひとつ取柄がある。彼女自身、われとわが身をおどろいたほどに乱暴であり、無鉄砲であることだった。

「お里、死ねやっ」

と、ただひとりの家来にはげましの言葉を残すや、彼女自身、六尺棒をふりかざして敵勢のなかに突進してしまっていた。

びゅっ、

と低目に棒を薙《な》ぎまわし、たちまち先頭の女のむこうずねを掻《か》っぱらってしまった。

きゃあーっ、という華やかな悲鳴を敵はあげたが、菜々はとんちゃくしない。

びゅっ、
とさらに振りまわして突撃し、他の女の向《むこ》う脛《ずね》をねらったが、これは心得のある女か、ほうきでもってからりと受けた。さらに、その女は受けをそのまま撃ちに転じ、ほうきをふりかぶりざま、菜々の頭にふりおろした。

菜々は、受け損じた。すさまじい衝撃に一瞬目まいがしたが、その痛みが感じられぬほどに菜々は気が立っている。

「そなた、無礼な」

というなり、棒をつき出した。女は右乳房を突かれ、両あしを天にあげてころがった。

そのあいだも、菜々は後ろにまわった敵からしたたかに撲《なぐ》られた。

「お里、お里」

菜々はきいろく叫びあげつつ乱軍のなかで戦っていたが、お里が来ない。

お里は、あわれであった。得物《えもの》をもたぬために素手を頭上にあげて突進したが、たちまちに叩《たた》き伏せられ、きーいっと泣いた。泣きつつも敵の足に嚙《か》みついた。

敵が、天に顔をあげて長い悲鳴をあげたがお里は離さない。

そのお里の背や頭を、他の者が寄ってたかって打ちのめした。菜々の目に、その光景が映った。

救おうとおもったが、雨のように降ってくる棒をふせぐのがやっとで、そこまでどうにも近づけない。

この光景を、石垣や石段の上から一条家の侍や足軽どもが見物している。たれも笑わなかった。笑うには菜々たちの景況があまりにも悲痛だったのであろう。ひとりの武士が、無言で門に近づき、かんぬきをはずし、自分の手で開門してやった。逃げよ、というのであろう。

それをみて一条方の女のひとりが、

「やあ、何右衛門どの、勝手なことをなさるな、このふたりは御所様のおん敵ぞ」

と、声をはりあげて抗議したが、武士はそちらをふりむきもせず、無言でどこかへ去ってしまった。

門がひらかれた、ということに気づいたのはお里のほうがさきである。叫んで菜々にもそれを教えた。

菜々は逃げだした。お里も、あとを追った。どちらも衣服はぼろのように裂《さ》けちぎれていたし、髪はおどろのようであった。

駈けた。

やっと郭内の土居宗珊屋敷の台所門に駈けこみ、そこを閉じた。その薄い門板を、一条方の女どもが乱打しはじめた。門を割ってでも突入するつもりであろう。

「お里、あくまでも防げよ」

菜々は、昂奮《こうふん》しきっていた。お里も、唇を切って血を垂らしていたが、はげしくうなずいた。

これには、土居宗珊屋敷もおどろいた。宗珊が縁からとびおりてきて事情をきくと、なるほど兼定がわるいようでもあり、菜々が乱暴すぎるようでもあり、

「岡豊の北ノ方は、お見かけの優しさに似合わず」

と、言葉をうしなってしまった。

しかし、なににしてもこの屋敷が、女合戦の戦場になりそうなのである。うわなり討ちの最終目的は、相手方の屋敷内に乱入し、台所のなべ、釜、水がめ、ひしゃく、膳部《ぜんぶ》などをのこらずたたきこわして引きあげるところにある。一条方の女どもはむろんそこまでやってのけるつもりらしく、台所門の門前にひしひしと詰めかけて気勢をあげていた。

それを、そうはさせじと菜々たちは台所を防衛せねばならない。

「これは、男の立ち入ることではない」

と、宗珊はへきえきしたらしく、頭をかかえるようにして逃げだしてしまった。が、その妻女に命じたらしい。

宗珊の妻は、お志加《しか》という。この場合、彼女が当家の妻女である以上、菜々に加勢して台所をふせがねばならない。分別のある、おだやかな中年女だが、

「岡豊の北ノ方、宿をおかし申した手前、加勢いたしまするぞ」

と、菜々に申し入れ、自分もたすきをかけ、邸内の女どもを十人ほどあつめてそれぞれに得物をもたせた。

「あなた様、御所さまのお茶釜をお蹴りなされたそうな」

と、お志加は戦闘準備がととのうあいだ、菜々にそういった。

「さあ、夢中でありましたので、御所さまのお手をふりきってのがれるときに茶釜につまずいたようでございます」

と、菜々はさすがに自分の乱暴さをとりつくろった。

「さあ、そのご様子をみると」

と、お志加はおかしそうに笑った。菜々のこの勇壮な様子をみると、どうせたかだかと足をあげて蹴ったのであろう、といいたげであった。

「おん大将」

と、お志加はあらためていった。この場合菜々が大将であり、お志加は侍大将ということになるであろう。

「いくさのてだては、どのようにつかまつりましょう。籠城《ろうじょう》をなさいますか」

当方が籠城をするとなれば、先方はきっと包囲し、夜はカガリ火を焚《た》いてこちらの門のゆるむのを待ちつづけるであろう。それでは当家の迷惑がいよいよ大きくなると菜々は思い、

「打って出ましょう」

といった。お志加は、わが意を得たりと大きくうなずいた。この婦人も、取りすました顔つきをしていながら、存外喧嘩《けんか》ずきなのであろう。それとも婦人の立場から一条兼定の乱行《らんぎょう》を憎んでいるのかもしれない。

「おかつ」

と、自分の女中のひとりを呼んだ。その女が、肩をゆすって出てきた。みれば、女ながらも甲冑《かっちゅう》でも着せれば似合いそうな娘で、お志加はどうやらこの娘を働き手にするつもりであろう。

「水がめを持ち出しなさい」

と、お志加が命じた。おかつという娘は、七、八貫はあろうと思われる水がめの、底に手をかけて抱きあげた。

作戦は成った。

まず、門をひらく。おかつが飛びだし、敵にむかって水をかける。敵がひるむすきに一同いっせいに打って出る。

「では、よろしゅうございますな」

お志加が、門のかんぬきに手をかけ、菜々にいった。菜々は棒をかまえて、うなずいた。

門をあけるや、菜々をはじめ菜々方の人数がどっと打って出た――といいたいところであったが、ありようは力持ちのおかつが、水がめをかかえてよたよたと進み出た、というところであった。

やがておかつはそれを頭上にさしあげるやぐわっと敵陣へ投げた。

敵が、ひるんだ。そこへすかさず菜々たちが得物をかざして突入した。

こんどは、逆に敵を打ちすえ、突きたおし、先刻の仕返しをさんざんにやってのけた。

敵はもう浮き足だち、やがて崩れ、みな逃げ散ってしまった。

菜々は棒を地に突き立て、ほっと息をついた。頰《ほお》に血がのぼり、その両眼が、折りから傾きつつある陽《ひ》ざしのなかできらきらとかがやき、野のわかわかしいけものをみるように美しかった。世が泰平なころなら、

――おそろしいおなごじゃ。

と、ひとびとはおぞけを立てるであろう。が、男であれ女であれ、勇気を最高の美徳としている時代に菜々はうまれている。勇をふるい存分に戦ったあとの満足と血の昂揚が、菜々をいまいっぴきのうつくしいけものにしていた。

「おん勝利、おめでとうございます」

と、土居家の女どもが口々に祝い、菜々を台所に連れて行った。ここが、いわば女合戦の陣営であり、この場所で戦勝祝いをしようというのであった。女どもは、大将の菜々のために木箱を一つ用意し、それを大将床几《しょうぎ》に見たててすわらせた。

「よくぞ、この台所をまもってくださいました」

と、土居宗珊の妻女のお志加も、進み出て菜々に礼をいった。

菜々はぼんやりすわっている。次第に平素の自分をとりかえしつつあるとき、土居宗珊があらわれ、

「いやはや、あっぱれでござった。さすがに織田家にそのひとありといわれた明智光秀殿の御縁者であり、斎藤内蔵助《くらのすけ》殿の妹御だけのことがござる。みごとな」

といったとき、菜々は急にはずかしくなり両掌で顔をおおった。

「どうなされた」

「いいえ、先刻までのわたくしは、いったいあれはどうしたことでございましょう」

と、小さく叫んだ。茶釜を足蹴《あしげ》にしたことといい、御所の大手門の門内で大合戦を演じたことといい、いまこの屋敷を城にみたてて寄せ手を撃退したことといい、どうおもっても平素の自分にはやれそうにないし、別な自分がこの体を借りて狂躁《きょうそう》したとしか思えない。

すぐ戦勝の祝い酒がはこばれてきた。酒といっても澄んだ琥珀《こはく》色の液体ではなく白濁して多少すっぱくもあるのが、この当時の酒であった。

菜々は、大きなさかずきを持たされた。それへ、土居家の児小姓《こごしょう》で千丸という者が美しく着かざって進み出、酒をついだ。おそらく三合は入るであろう。

「こんなに」

菜々はおどろいたが、まわりをみると、どの女もさかずきを持ち、たがいに酒器を傾けあって注《つ》いでいる。この土地は、女がこれほどの量の酒をのむのが普通になっているのだろうか。

「どうぞ」

とすすめられると、菜々のどうにもならぬおっちょこちょいな性格が首をもたげ、一気にのみほしてしまった。

そのあとは、覚えがない。奥の一室にかつぎこまれ、夜具をしいて寝かされたらしい。

その直後、御所から使者がくだってきて土居宗珊に対し、すぐ伺候するようにとの兼定の言葉がつたえられた。

すでに、陽が傾いている。

この刻限、御所より使者が差し立てられ、すぐ参れというのは尋常のことではない。

(あるいは、御所様に殺されるかもしれぬ)

と土居宗珊は、平素感じたことのない心気——胸さわぎというのであろう、そういう奇妙な感情がしきりとおこり、腰から下に力が失《う》せているのを感じた。

(なぜ、おれは殺されるのか)

むろん、尋常の大名の家中ならば宗珊のような不安はないであろう。殺されるべき理由もない。宗珊はこの一条家の筆頭家老であり、しかも忠良な男で、家中のほとんどが一条兼定の愚昧《ぐまい》ぶりに絶望し、西方の長曾我部家に心をよせはじめている昨今でも宗珊のみはなお兼定をたすけて一条家を保持しようとする姿勢をとりつづけていた。

が、兼定はただの遊蕩児《ゆうとうじ》ではなく、狂躁を勇気であると思い、暴圧を家中統制の最良の方法であると心得ている男だった。

いま、菜々の騒動があった。菜々はその旅宿である宗珊の屋敷に逃げこみ、その台所門を城門として籠《こも》り、うわなり討ちの連中と戦った。この場合、屋敷に逃げこんだ者を庇護《ひご》するというのがこの時代の慣例であり、宗珊も慣例に従い、妻のお志加をして彼女に加勢せしめた。

(おそらく御所様は、それを怒っておられるのではないか)

とすれば、殺される。

宗珊は門前の路上まで出ていたが、それを思うと屋敷にひきかえし、妻のお志加をよんで自分の下着をことごとくかえた。

人間の通常の感情に従えば、この場合逃げればよい。家族をひきい、夜陰にまぎれて中村から逐電《ちくてん》すればいいであろう。

が、宗珊はこの時代の美意識のなかで生きている。戦国は一見無秩序そうにみえて、どの時代よりも人はどうすれば美しくみえるかという行動美の基準が確立していた。宗珊は生をえらんで世の物笑いになるよりも、むしろ死におもむいてわが美をきらびやかに飾らねばならない。後世の者ならもっとも滑稽《こっけい》におもうかもしれないこの場所こそ、この時代の者の懸命の場であった。
「なぜ、わざわざ、お着かえになります」
とお志加は不審におもったが、宗珊はごく気軽に笑い、「ゆばりを洩《も》らしたのさ」と
いった。
かつ、お志加に、
「かの元親殿の妻女を、わしの登城中にお逃がし申せ。後難がふりかかるかもしれぬ」
といった。これで、お志加にはすべてがわかった。うなずき、左様につかまつります
ると答えた。
宗珊は屋敷を出た。
伺候すると、一室に案内された。その部屋のみあかあかと燭台がかがやいていたが、
しきい一つへだてた床ノ間のある座敷は燭がともされておらず、暗かった。やがてその
暗い間へ兼定があらわれた。
はたして兼定は、菜々をかくまった罪を鳴らしたが、宗珊は動ぜず、
「それが、武門のしきたりでござる」
といった。
だけでなく、兼定が菜々を手籠《てご》めにしようとしたことに触れ、平素の兼定の乱行を言
いならべ、そのようなことではお国が保《も》てませぬ、と忠諫《ちゅうかん》した。
が、兼定にすれば、宗珊があやまりもせぬばかりか逆手にとって兼定を攻撃してきた

ことを面憎《つらにく》くおもい、

「うぬは、主にさからうかあっ」

と狂声をあげ、大刀をひきぬくなり、「来《こ》よ、来よ、来よ」と座敷にまねきよせ、剣をあげて宗珊の胸をさしとおしてしまった。

菜々についてきている長曾我部家の家老江村備後守も、事態に不審を感じたらしい。そのうえ宗珊の言いおきもあって、

(これは、逃げるほかない)

と判断した。江村の想像では、一条兼定は、宗珊に命じて菜々らをとらえるか、殺そうとしているのであろう、ということであった。相手の気配を察して未然に手をうつのが兵略である。

「すぐ、この中村を退去いたしましょう。お支度を」

と、江村は菜々をせきたてた。菜々は酔いがまだ醒《さ》めず、じっとすわっていてもそのあたりがまわっているようである。

「とても、歩けない」

「むろんお駕籠を召して」

「駕籠はいけませぬ。なおさら酔いがまわってしまいます」

とむずかるのを、江村はかまわず、すでに土間までかつぎこませてある駕籠に菜々を

押しこんだ。お里も、徒歩《かち》はとてもむりだった。これは酔いではなく、打ち身や切り傷でとうてい足腰が動かない。これも、駕籠にのせた。

二挺の駕籠が、裏口から出た。土居家のお志加が、このようにして出てゆく菜々に対し、辞儀をあつくして見送ってくれた。よほど涼しく出来た人柄なのであろう。

江村は、騎馬である。士卒に駕籠の前後をかこませ、先頭の者の松明《たいまつ》をたよりに中村を脱出した。

二里ばかり行ったあたりで、馬助という小者が追いついてきた。この男は機転がきくところから、あとの様子を見させるために中村に残しておいた。ところがそれによると、土居宗珊が兼定に刺し殺されたという。これには、駕籠のなかできいていた菜々がたまりかね、ころがるようにしてそとへ出、

「備後」

と、江村をよんだ。

「聞きました。宗珊どのが殺されたそうな」

「左様なことでありまするそうで」

「そなたは、平気なのか」

と、闇《やみ》のなかでかすかに光っている江村の具足《ぐそく》の金具をみながらいった。

「めっそうもない。だからこそ、このようにして夜中、中村をぬけ出しております。はやく道をいそがねば、御所さまが追捕の人数をくりだしてくるかもしれませぬ」

「そなたは、武士か」

菜々は、とびあがるようにして叫んだ。

「宗珊殿やお志加どのにあれほど厄介《やっかい》になっていながら、その死をきいて逃げるとはなにごとです。いまからひきかえし、かなわぬまでも弔《とむら》い合戦をしましょう」

「奥方様は、まだお酔いでございますな」

と、江村は落ちついた声でいい、駕籠わきの女中に命じ、菜々をお入れするようにといった。菜々は、怒った。

「酔ってなど、おりませぬ」

そのくせ、体がぐらぐらゆれているのに、当の菜々は気づかない。

「酔ってなど、いるものですか。備後、わたくしの下知《げち》（指揮）に従いなさい」

「明朝、従いましょう」

江村はついに手をのばし、さからう菜々をむりやりに駕籠に押しこみ、すぐ出発を命じた。

途中、難渋《なんじゅう》のすえ、四日目にかれらは岡豊へ帰った。元親はわざわざこの一行を山麓《さんろく》の城門でむかえ、大いにねぎらった。

元親はまず、江村と対面し、中村における工作の結果と、例のさわぎのことなど、いちぶしじゅうをきいた。そのうち、菜々のけんかばなしには、この無口な男が腹をかかえて笑った。

「菜々、きいたぞ」

と、元親はこのあと、菜々と奥の一室でむかいあうなり、いった。

「きいたわ、あれは本気か」

「なんのことでございましょう」

菜々は、とぼけてみせた。第一、あの中村でのわが身のふるまいは、思い出すのもいやになっている。

「なにサ、茶釜の足蹴から女喧嘩の一件にかけてのことだ」

「備後のつくりばなしでございます」

「作り話なものか、お里のあの手ひどい打ちみのあとが証拠だ」

「こまった」

「困ったのはおれのほうだ」

せっかくの親善使節がこの始末になっては、元親のねらったことはすべて水の泡になってしまっている。菜々もその点を、気に病んでいた。

「どう致しましょう。わたくしは、いつもあのように思慮がございませぬ。そりゃもう、思慮がないからこのような土佐にまで嫁《き》たのでございますけど」

「言いやがる」

元親は、戛《かつ》、と口をあけて笑った。この男がこんな乾いた笑い声をたてるのはめずらしい。

「御所さまが、おいかりにまかせてこちらへいくさを仕掛けて参られましょう」

「そこまで」

元親は、ちょっと考えた。

「あほうにはおわすまい。女に茶釜を蹴られていくさをおこした大将は、古来きかぬ。もっとも茶釜を蹴った女も、古来きかぬが」

「もうそのお話は」

菜々は不愉快になり、本気で腹を立てた顔をした。元親は、苦笑した。この嫁は、こういうあたりもよほど気ままにできているらしい。

「怒るな、怒らねばならぬのはおれのほうだ」

「しかし、殿はしつこうございます」

「いや、もう言わぬ」

元親の多弁さは、菜々の顔をひさしぶりでみたから、というだけのことではない。

菜々の不始末を、元親は、

(怪我の功名かもしれぬ)

とおもっている。

この一件で、もっとも気の毒な目にあったのは、一条家の家老土居宗珊だった。かれは一条兼定にうとんぜられていたから早晩、不測の不幸を蒙《こうむ》ったかもしれぬが、それにしてもかれが死をまねく直接のはずみをつくってしまったのは、菜々の不始末だったろう。

すぐれた謀略家にとって、謀略とはわざわざわなをつくりあげることではない。たまたま発生してくる事象を、それを材料として手もとへひきよせ、ごく自然にちかい作為を、ほんのわずかだけほどこすだけのことである。みえすいた作為をするのは、それは虚偽漢であって謀略家ではないであろう。

元親は、土居宗珊の死に、ほんのわずかな作為をほどこした。

すぐ、その遺族へ弔問《ちょうもん》の密使を送った。その口上も、口うつしに教えた。

「自分の妻の軽率のために、あのような不幸を見せてしまったことはなんとお詫《わ》びを申してよいかわからない。そのおわびとして、ご遺族の身の立つようにしたいゆえ、当家へ参られよ。知行《ちぎょう》の地も用意してある」

というものであり、さらに、宗珊を殺されたことで怒っているであろう土居家の縁戚《えんせき》や他の重臣たちにも調略の配慮をわすれなかった。おそらく宗珊の死で、他の重臣たちもあすはわが身と思い、兼定に愛想づかしをするであろう。その気運をあおりたてるとともに、いつでも長曾我部家がかれらの後《うし》ろ楯《だて》になる旨を、それぞれへ申し入れさせた。

この当時、日本各地の情勢や情報、うわさをつたえる機関はない。

が、六十余州に割拠している大名や豪族たちは、渇《かわ》いた者が水をほしがるよりもはげしくそれを欲した。

「うわさはないか」

「いま、何国ではたれが勢力を得ている」

などということを、あらゆる手段をもって知ろうとした。ふつうは、旅の雲水《うんすい》や山伏、高野聖《こうやひじり》、伊勢の御師《おし》といった宗教的理由による旅行者が、その役割をはたしている。それらが領内にくると、武将たちは宿をし、酒をあたえ、さまざまなはなしをさせた。

たとえば織田信長のまだわかいころ、甲斐《かい》の武田信玄ははやくも信長がおそるべき存在であることに気づき、尾張からきた僧を歓待してそのうわさをきいた。

信玄は、信長の能力（当時はまだ尾張でもさほどに買われていなかったが）だけでなく、その性格、性癖まで知ろうとした。たとえば信長は独創的な鷹狩《たかが》りをするとき、そのやりかたをくわしく知ろうとした。

――唄は、どういううたを好む。

――左様、かような。

と、僧は、信長が愛唱する幸若舞《こうわかまい》の敦盛《あつもり》の一節である例の「人間五十年、化天《げてん》のうちをくらぶれば」のうたを紹介すると、信玄はそのふしまで知りたがった。

――どういうふしか、唄うてみよ。

――いいえ、拙者はうたは不調法でござりますれば、ご容赦ねがわしゅうござります。

といっても、信玄はきかない。やむなく僧はそのうたをうたった。信玄は目をつぶってそれを聴き入った。信玄は、信長が好む鷹狩りの法によって信長の発想法を知ろうとし、その愛唱歌によって、性格の底にあるものを懸命に汲《く》もうとしたのであろう。それほどまでして、他を研究した。

元親も、かわらない。

「よく知る者は、よく謀《はか》ることができる」

と考えている元親はその点では群をぬいてその収集に熱心だったといえるであろう。元親の上方関係の情報源は、堺商人であった。堺の船が入るたびにその商人や船頭を岡豊城へよんで歓待した。

「長曾我部殿には、みやげはいらぬ。話さえもってゆけばよろこばれる」

とかれらは思い、堺港を出港するときにはできるだけの多くの情報を、できるだけくわしくかきあつめて持って行った。

天正元（一五七三）年九月、堺からやってきた播磨屋《はりまや》宗玄は岡豊で元親に拝謁し、

「織田殿は、かようでござりまする」

と信長の近況をつたえた。信長はこの八月、ながいあいだ敵対関係にあった近江《おうみ》・浅井と越前・朝倉の連合軍をついにほろぼし、近江を平定したという。

「やったか」

元親は、おもわず声をあげた。これによって信長は、その本国の美濃、尾張のほかに近江と京都、それに越前、伊勢の一部を掌握する大勢力になった。

「しかし、織田殿には敵が多く、そのために封殺されるかもしれませぬ」

と宗玄はいったが、元親はもうきいておらず、視線を虚空《こくう》にすえおいたまま身うごきもしない。

元親は衝撃をうけた。この男は早くから信長を遠いはるかな国にいる競争相手として見据えていたのだが、いま話をきくと、そこまでに織田家は成長したという。が、元親はなお土佐一国七郡のうち、六郡まで得たにすぎず、一条氏をどうすることもできなかった。

「――ということだ」

と、元親は菜々の部屋で寝そべりながら、そういった。この表むきはひどく行儀のいい男は、菜々の部屋にくると人変りしたように容儀がだらしなくなる。寝そべって菓子盆をひきよせ、堺の商人がみやげにもってきてくれたまんじゅうを食っていた。

「ということさ」

元親は、駄々っ子のようにいった。信長が上方でみるみるうちに成長してゆくのに、自分は土佐一国をまだとりかねている。そのことについてのわが身の不甲斐《ふがい》なさと無念さを、まるで鼻を鳴らすような、そんな声調子でこの男は表現しているようである。

「そもじ」

と、元親はわざと上方語をつかった。そなたのそにもじ（文字）という接尾語をつける。湯もじ、かもじ、などといったように、御所言葉らしいが、ちかごろはそれがほうぼうにひろがっている。

「そもじの兄もそうだ」

菜々の兄の斎藤内蔵助も、織田家の膨脹とともに大いに男をあげてきた。岐阜の隣家の明智光秀が、牢人の境涯で織田家につかえ、仕えてまだ十年そこそこというのに織田家における五大軍団司令官のひとりになり、南近江で二十万石をあたえられ、内蔵助はその侍大将として明智軍団をとりしきっているという。

「おれはまだこの調子だ」

「よろしいではございませぬか」

菜々は、相手にならない。元親という男の複雑な性格は知りぬいているつもりである。

(このひとは、じつはこう言いながら、他のことを考えている)

そうにらんでいた。他のこと、というのはむろん菜々にはわからない。

「菜々も、まんじゅうを食え」

「いやです」

「きらいか」

と、元親は言いながら口に入れた。皮のなかに餡《あん》が入っている。なんと不可思議な食いものであることだろう。上方ではもう五、六十年以上も前に、京の裕福な寺――たとえば臨済禅《りんざいぜん》の京都五山《ござん》のような――ではこれを食っていたという。なんでも京の禅僧が明《みん》に留学していたが、帰国するとき、かの地で使っていた下僕が別れたがらず、日本まで ついてきて、帰化した。その男が奈良に住み、このまんじゅうをつくって売りはじめ、その子孫が京に移住して大いに人気を得ているという。

「気味のわるい」

菜々はいった。そのぐにゃりとした感触が、どうも菜々の好みにあわない。

「おれは好きさ」

と、この酒のみは、この甘いものを、むしろそのぐにゃりとした感触ゆえに愛していた。食いながら、

(一条御所を、どう始末するか)

それのみを考えている。一条兼定を始末せぬかぎり、土佐を征服したとはいいがたいし下手《へた》に始末すれば世の非難をうける。一条家は父祖以来の恩ある家であるし、それに形だけとはいえ土佐武士にとっては主家にあたるのである。

元親は、菜々の事件このかた二年、いかに兼定が悪玉であるかということを世間に十分吹聴《ふいちょう》しているし、その家臣に工作して兼定と離間させようとつとめてきた。つまりは一条家を立ち腐れに腐らせてしまう策略をほどこしてきたが、結局、最後は荒療治をしなければならない。

(もはや、涅するか)

そのことを、先刻から考えているのである。

権謀家というのは、かれの謀略がもっとも活動しているときは、かえって退屈そうな顔をしているものらしい。

もう、野山に春がきている。その日、菜々の部屋へやってきて、

「あすは、梅をみにゆこう」

と、いった。城山の裏に梅林があり、三分がたほころびはじめているという。このところ退屈だからな、と元親はいった。

（なにかある）

菜々は、そう思った。察するに元親ははるか西方の中村御所一条家に対し、なんらかの策をほどこし、その結果を待っているのであろう。

「うれしい」

と、菜々はいった。観梅のことである。みなもよろこびましょう、と手をうつようにしてはしゃいだ。

元親が去ってから奥の女どもにそのことを告げると、みな躍りあがりたそうな表情をした。観梅といっても、この本丸郭内からほんの四丁も坂道を上下したところの崖《がけ》っぷちまでゆくだけである。そこに梅林がある。それだけのことであった。

しかしもうそれだけのことで、奥は準備に大騒ぎになった。弁当をつくらねばならな

いし、衣装も考えねばならなかった。

娯楽とは、日常性からの脱出でなければならない。わずか四丁むこうの崖っぷちにゆくにしても、日常的でない設定をしなければおもしろくなかった。食事も、ござを敷いて草の上でする。たべるものも、うんとご馳走《ちそう》でなければならない。それに女どもも御酒《ごしゅ》を頂戴《ちょうだい》して無礼講で酔い痴《し》れなければ日常性からの脱出にならなかった。もうそれだけで、後世の者が百日のヨーロッパ旅行をするのと同質の悦楽が得られるのである。

翌日、朝から出発した。

草をわけて小径《こみち》をのぼり、さらにくだってほんの二十分もすれば、目的地についた。すでに元親夫妻の場所に幔幕《まんまく》がはりめぐらされていて座がしつらえられてあった。

「千翁丸《ちおうまる》は、まだ来ぬのか」

と、元親がいうと、菜々が、おそらく参りますまい、といった。傅人《めのと》の福留隼人が無類のやかましやで、

――奥の女どもが遊楽する場所など、若君には御無用でござる。

と言い、城内の七夕《たなばた》ノ尾《お》という場所で弓の稽古をしているという。

「隼人のかたくるしさよ」

と、元親は苦笑した。千翁丸はすでに九歳になっており、昨年から諸芸の稽古をはじめていた。弓もそのうちのひとつである。

元親は、千翁丸の教育に熱心で、礼式を教えるために家中の桑名太郎左衛門と中島与

市兵衛をわざわざ京へ留学させ、小笠原家に入って相伝をうけさせたほどであった。さらに貴族としての教養を身につけさせるために鼓《つゞみ》は勝部勘兵衛という名人を泉州堺からよんで知行をあたえた。笛は家中の小野菊之丞に学ばせたが、この菊之丞も、千翁丸に教えるために京にのぼってその第一流のものを学んだ。元親は碁も教授課目に加え、そのために家臣の大平捨牛、森勝介のふたりを京へやり、本因坊につかせている。

槍も、甲藤市之介という名人を京からよんだ。家中でまかなえたのは、薙刀《なぎなた》、太刀、弓、鉄砲、それに手習いの師匠だけであった。

——あれを、天下第一流の男にするのだ。

と元親は言い、師匠はみな抜群の男どもであった。

元親は、酒が好きである。というより酔うことが必要な性格かもしれない。

——おれは、酒がなければ弛《ゆる》めぬ男だ。

と、平素いっている。元親にとっては謀略は芸術のようなもので、碁打ちや兵法使いや能楽師が、夜半の目ざめにもその芸を思い、芸について思案するように、謀略家であるかれもそうであった。その緊張をゆるめてくれるものは、酒だけしかない。

飲めば、したたかに酔う。

酔えばなにをいいだすかわからないから、この用心ぶかい男は、

「おれが酔おうとするのは愚人の幸福に立ちかえりたいからである。そのときのおれの

言葉はきくな」

と、左右にも言ってある。べつに兇暴なことはしないが、昂揚すれば狂人のようにほがらかになり、ときに沈潜すれば婦人のように泣いたりする。

宴なかばであちこちの梅の下を歩きはじめ、ついに草の上に大の字になって寝そべった。まげが、土にまみれた。菜々は眉《まゆ》をひそめた。この国の痛快さは豪酒家が多いことだが、それにしても度をすごしすぎる。元親だけではなく、女中どももまで酔いつぶれているのがあり、元親を介抱しにゆこうとする者がない。

菜々はやむなく立ちあがり、元親のそばに寄り、女中どもの手前ちょっとはずかしかったが、

「わたくしの膝《ひざ》を」

といって、貸してやった。元親は目をつぶったまま菜々の腰をかき寄せ、その膝にあたまをのせたが、つい、

「小少将か」

と、側室の名をよんでしまった。菜々は腹がたち、膝の上の元親のほおをぴしゃりとたたいてやると、

――なんだ、菜々か。

と、だらしなく笑っている。それを、むこうの梅の下にいる年若い女中が、くすくす忍び笑った。菜々は、その娘をにらみつけた。

「狭いのう、なあ菜々」

と、元親はまぶたをあげ、そのあたりを見まわした。

「わたくしの膝が、でございますか」

「天地がだ」

元親は青い空をみつめている。

「天地は広うございますのに」

「ちがう、おれの天地がだ。おれは鬱《うつ》を晴らそうとして梅林で酒をのんでいる。この場所をみろ」

なるほど、狭い。それも城山のなかの崖っぷちであり、さざえが自分の殻のなかで酒をのんでいるようで、日本国という規模からいえばこれは浅ましいほどせまい。

「おれは天下六十余州を庭にして酒をのんでみたい。武士もあきんども、国々を自由にゆききできる世をつくりたい」

天下統一をしたい、ということであろう。

が、現実の元親の天地は、土佐七郡のうち六郡までひろがっただけで、このさき、天下を望むとすれば気の遠くなるほどの将来を待たねばならぬであろう。

「天下統一といっても、六十余州のうち二十州を切りとれば石を山上にひきあげたのも同然で、あとは勢いにまかせて石を坂にころがすだけのことだ。土佐の場合も二郡の主になるまでが大変だったが、そのあとは勢いがついた。いったん勢いがついてしまうと、おそろしい。諸豪も当方から求めぬのにどんどん慕い寄ってきて、他の四郡はまたたくうちにこちらのものになった。残るはあと一郡だ」

それが、幡多《はた》郡をもつ一条氏である。

その宴なかばで、意外な使者が岡豊城にのぼってきた。僧であった。

僧がめずらしいわけではない。中村からきた、ということが重要であった。さらにこの使いの僧は一条家の老臣の安並という者および羽生、為松をふくめた三人連名で出した者であるという。

「すぐ、会う」

元親ははね起き、酔いをさますべく崖をおり、湧《わ》き清水《しみず》に顔をつけた。水が、つめたい。

（待っていたものがきた）

というよろこびが、顔をあらっている元親の動作を激しくした。

城内の広間で引見した。僧は中村の東郊の寺を住持する慈音という若い禅僧で、死んだ土居宗珊の実弟にあたる。

「聞こう、申されよ」

と、元親はいった。

慈音のいうところでは、土居宗珊が兼定によって殺されてから、他の老臣はみな興醒《きょうざ》め、もはやこの君の下にいても詮《せん》はない、わが身がほろぶか御家がほろぶかどちらかであり、その亡びを座して待ちたくない、むしろすすんでかの暴君兼定を追い出したい。追いだしたあと、兼定の子の内政《ただまさ》を立てて一条家のあとをつがせたいが、この企てに御賛同くださるかどうか、ということであった。

（それ、思う壺《つぼ》にはまったわ）

と、元親は内心つぶやいた。元親としては軍事的に一条家をほろぼすのはわけのないことだが、それをやっては国中の非難をうけ、土佐一国の心服をうしなう。むしろ一条家の老臣を陰に陽にそそのかしてクーデターをおこさせることであった。それならば、元親は世の指弾を受けずにすむ。

「わしに、何をして貰いたいのか」

「要するに」

と、僧が三老臣の意思を代弁していうのには、そのクーデター兵員は三老臣の手勢で十分だが、そのあと長曾我部家にいまと同様かそれ以上の処遇で仕えさせてもらいたいということと、兼定の子の内政の身の立つようにしてもらいたいということであった。

「申されていること、よくわかった。しかしながら」

と、元親は、表面あくまでも事の意外さに驚いている、という様子をつくらねばならない。

「しかしながら事の重大であるゆえ、老臣にも諮《はか》りたい」

と言い、その夜、城下はもとより在郷々々に触れをまわしてできるだけ多くの士分以上のものをあつめさせた。

あくる午後、大評定《ひょうじょう》をひらいた。

「中村から、こう申してきている。みなはどうおもうか」

と、討議させた。

――主君を追い出すなどゆゆしきことでござりまするが、ちかごろの御所様の御乱行はとどまるところがないとか。三老臣の非常の覚悟も、弓矢の御家を守らんがためにやむをえざることと存じまする。御当家にありましては、かれらをおたすけするのが、義の道でありましょう。

と、長曾我部家家老の江村備後守がまず口火をきっていった。江村が対一条家の謀略の直接担当者であることは、家中の者の全員が知らない。なにしろ筆頭家老の江村の言葉であり、みなも、つい賛同した。この賛同を、元親はほしかったのである。土佐人にとっては一条家は都の天子にもひとしい存在である以上、自分の家臣をふくめた世間のなっとくが元親には重要であった。

「それでは、お申し越しのこと、この元親はよくよく料簡《りょうけん》した、と帰って申されよ。事の成就《じょうじゅ》をお祈り申す」

と返答した。

使いの僧が中村にもどり、かれを派遣した安並、羽生、為松の三人の一条家老臣に元親の意向をつたえた。

「ああ、長曾我部殿の御了承が得られたか」

元親が暗黙のうしろ楯《だて》にさえなってくれれば、主人を売ろうと殺そうと、もはや勝手である。あとあと、元親が、三人の生命と所領の安全は保障してくれるであろう。

「やるべし」

と、密計がめぐらされた。

このところ一条兼定は隔日に中村御所を留守し、はるか五里むこうの平田郷へかよっている。

平田には、寵姫《ちょうき》お雪のために建てた通称平田御殿がある。それへ泊まり、翌日には中村へ帰る。そういう生活である。反乱軍にとっては、うってつけの条件であろう。

あすは謀叛《むほん》という夜、細雨が降り、西土佐の山野をぬらした。その夜雨に乗じて三老臣の部隊の一部は平田郷にむかって走り、ひそかに御殿を包囲して夜あけを待った。

夜あけとともに御殿に踏みこみ、うむをいわせずお雪とその父源右衛門を召し捕った。

「なにごとでございます。なにごとでございましょう」

と、お雪は声をあげたが、軍兵《ぐんぴょう》たちはあくまでも沈黙し、御殿のなかに急造の牢をつくってそこへ入れた。

一方、兼定である。この日も平田郷へゆくために百人ばかりの供まわりを従え、中筋《なかすじ》川ぞいの街道を進んだ。右手は山、左手は崖になり、渓流がながれている。その右手の山中からにわかに軍兵が駈けおりてきて行列の前方を遮断した。

「何者であるか」

と兼定はわめきつつ背進しようとすると、背後の斜面からも軍兵が駈けおり、またたくまに行列の人数を蹴散らしはじめた。

「逃げよ、逃げよ、逃げる者は追わぬ」

と反乱軍が叫んだため、供はみな河原へとびおりて逃げた。うち馬廻りの少年ひとりが剣をぬいて手むかったが、たちまち得物をたたきおとされ、河原へ突き落された。はるか下の河原で起きあがったところをみると、たいした怪我はなかったのであろう。

兼定は、単騎になった。剣をぬいたが、たちまち十本あまりの熊手に袖《そで》、えりなどをからめられ、馬からひきおとされた。

「御免」

ひとりの武者が、兼定を組みふせ、その手から剣をうばい、それをちょっと拝んでまわりの者にひき渡した。

「どうぞ、あれなるお駕籠へ」

と、別な武者が言い、ひきたてるようにして兼定をおしこんだ。駕籠がかつぎあげられた。

「何者が、わしを何とするぞ」

とわめいたが、引戸に錠がおろされているため、もはやどうにもならない。そのまま中村御所につれもどされ、そこで三老臣にかこまれ、退位をせまられた。

退位なさらねば弑《しい》し奉《たてまつ》る、とかれらはいう。兼定はやむなく退位し、自分の嫡子内政にあとをゆずった。

そのあと、老臣たちは兼定に頭をそらせて出家させたが、それでもなおかれが土佐の地にいることをおそれ、陸路宿毛《すくも》湾までつれてゆき、そこから船にのせ、海へ押し流した。船は沖へ出、やがて九州豊後《ぶんご》にたどりついたが、その後の兼定はもはや亡命者にすぎない。

平田御殿のお雪は四万十川に身を投げて自殺した。

「むごい」

と、あとでこれらの詳細をきいた元親はつぶやいたが、この戦国の世では、兼定のような大将にとっては当然の運命である、とも自分に言いきかせた。

「おれは、悪人だろうか」

と、ある夜、元親は菜々の部屋で酔い、ほとんど泣きそうな顔でいった。このあたりが権謀家の元親の、およそそうらしくもない弱点であった。権謀をめぐらすときには碁打ちが碁に熱中するように熱中しているが、その謀《はかりごと》の結果があらわれるころになると、あとは数日、酒をのんでも悪酔いし、ひどく陰気な男になってしまう。

「一条御所様のことを悔んでいらっしゃるのでございますか」

「そうだ」

「兼定卿を海へ捨てよ、とお命じになったのは殿でございますか」

「ちがう。あれは安並、羽生、為松の三人がやったことだ」

「むごいこと」

菜々はぞっとするのか、えりをかきあわせた。自分の主人を生きたまま海へすてるというのはどういう神経であろう。いっそ殺すほうが、まだしも人間らしく思われる。

——と、菜々はそのようにいうと、

「あの連中に殺せるものか。あれらは、地獄を怖《おそ》れているのだ」

元親はいった。かれらは主殺しの罪の深さをおそれて海へ流したのだという。せめてそれで地獄はまぬがれたとかれらは思っているらしい。

「しかもこっけいなことに」

と、元親はいった。安並、羽生、為松の三老臣は、地獄極楽をつかさどる仏たちと一種の取引きをしている。兼定に頭をまるめさせて僧にさせ、自得宗惟《じとくそうい》という僧名も名乗らせ、その上で海にすて、西へむかって押し流したのは、兼定に極楽詣《まい》りをさせるためであった、といっているという。そこまで兼定に親切にした以上、仏たちは仏罰をかんべんしてくれるだろうと思っているらしい。

「あほうなやつらだ」

元親は、いかにも土くさいかれらの小悪人ぶりをあざわらった。来世に極楽往生したいというようななまぬるい性根でこの乱世を生きぬけるか、というのである。

余談だが、このころの武将の死生観にすこし触れたい。のちに元親と豊臣政権下での同僚になった前田利家《としいえ》は、まさに死のうとするとき、その老妻のお松が泣きながら、

「殿は、お若いころからいくさに出られ、戦場でおおぜいの人をお殺しあそばしたゆえ、後生《ごしょう》がいかがおなりあそばすか、それのみがおそろしゅうございます。この経帷子《きょうかたびら》をととのえましたゆえ、これをお召しくだされますように」

といったところ、利家は怒り、おれは乱世の武士の家にうまれたがゆえに人を殺さねばならなかったが、一度も非道なことをしたことはない。それゆえ地獄におちることはないが、万一、地獄におちればおれよりさきに行っているおれの家来どもを従え、大いに地獄征伐をしてやろう、と言った。症状からみてガンであるように思われるが、利家は臨終のまぎわあまりの苦痛に腹をたて、剣をとり、みずからの胸を突いて死んだ。利家の旧主の信長も無神論者であったし、秀吉もそうであった。

元親はかれらほどに来世の問題を割りきれないが、かといって一条家の三老臣ほど神仏に対して臆病《おくびょう》ではない。

（菜々でさえそうか）

と、元親は別なことを考えていた。菜々でさえあの三老臣のやり方をむごいという。おそらく地元の中村では大いに不評判であろうし、その不評判が土佐一円にひろがり、

やがては元親にはねかえってくるであろう。

（かれらを、自滅させることだ）

と、元親はおもった。

——柿も熟すれば落つ。事というものはときに策をもちいず自然を待つほうがいい場合がある。

と、元親は言い、すでに一条兼定も亡命し去ったというのに、その旧領に入ろうとしない。だけでなく、兼定を追った三人の老臣に対しても、なんのねぎらいの言葉も送らず、沈黙しきっていた。

（待てばきっと変化があらわれる）

元親はそうみている。かれは、自分の思う壺に入った三人の老臣と、実のところ手をにぎりたくはない。にぎれば奸臣《かんしん》どもの黒幕であることをみずから白状するようなものであり、世間はなんというであろう。

——できれば、かれらを、自滅させたい。

それが、元親のねらいであった。悪人はたがいの手でほろびよ、そう祈るだけでなく、極秘裏に手も打っていた。

流説をふりまくことであった。兼定を追ったのは元親の指しがねではない、三老臣の勝手な野望によるものである、ということを、この三老臣のいずれにも属せぬ国侍たちのあいだに触れまわらせた。

「その証拠に、元親殿は事件のあとも岡豊から動かれる気配もないではないか。それどころか元親殿も、この一件に腹を立てておられる」

と、言ってまわらせた。

一条家の家中はさらでだに、兼定追放事件で動揺し、沸騰している。それだけにこれらの流言が簡単にうけ入れられた。この間、元親はさらに密使を送り、一条家の側近衆と国侍どもを連繫《れんけい》させ、三老臣に対抗させた。ついで、兵を送り、国侍連合軍に加勢させた。

「お家の奸臣をほろぼせ」

というのが、元親がかれらにあたえた正義であった。最高の謀略とはひとびとの正義感を刺戟《しげき》しそれを結集することであろう。元親は、それをおこなった。

かれら国侍は勇奮し、元親の援兵と合して三千人になり、まず安並和泉の居城である尾崎城を攻め、三日三晩火の出るように攻めたてついに落城させ、安並を自殺させた。

為松若狭はこの城に籠《こも》っていたが、落城とともに落ちのび、自城の鍋島城にこもったが、ここも三日で落ち、為松は城に火を放って自殺した。すでにこの前に三老臣のひとりである羽生丹波は病死していたから、問題はない。

この乱が片づくと、元親は国侍ら三十数人を岡豊城におよび、

「足下《そつか》らの奮戦によって、一国の正義が大いに振起《しんき》した」

と大いに賞し、それぞれに知行地をふやしてやり、長曾我部家の傘下《さんか》に入れた。

（ふしぎなことを、なさる）

と、これをきいた菜々はおもった。元親のために功が大きいといえば一条兼定を追った三老臣ではないか。そういうと、

「あれは、悪人だ」

と、元親はいった。とすれば、その悪人をそそのかした元親はどうなるのであろう。

「おれは悪人ではない。調略家である」

菜々には、その理屈はわかりにくい。元親はさらに、

「おれは悪人はほしくない」

といった。なるほど主人を追放した前科者を元親としてもかかえたくはなかったろう。それよりも、一条家のためならば命をすてて忠戦した国侍のほうがはるかに頼もしい。政治とはこうか、と菜々も、その内幕を知っているだけにひそかにおぞけをふるった。

かたばみの旗

元親はこの年の暮、西は足摺岬《あしずりみさき》から東は室戸岬まで、ちょうど大いなる鳥が翼をひろげたようなかたちのこの国全土を平定し、みずから称して、

――土佐守。

と名乗った。武家の官位は、本来ならば将軍の手を経て朝廷に奏請し、朝廷で除目《じもく》されてはじめて正式なものになるのだが、乱世ではそういうこともなく、諸国の豪族のほとんどが勝手にそういう官を称しており、この点では元親も変りがない。

「きょうから土佐守である。そう心得よ」

と、家来どもに達示《たつし》をしただけであり、それで事を済ませた。

あとは、外征であった。その経済上の理由がある。土佐を平定するにあたってともに戦った譜代《ふだい》や外様《とざま》の武士たちに領地をあたえねばならない。かれらのすべてに恩賞をあたえるには、土佐は山岳が多く田地がすくない。自然、他国へ踏み出し、それを切り取ってはかれらに分与してゆかねばならない。

「とにかく、そとへ踏み出さねばならぬ」

元親は菜々にもいったが、言うのみで容易に兵を動かさず、そればかりかかれ自身の顔色も日にすぐれなくなった。

むりもなかった。太古このかた、この土佐の者が領土的野心をもって国境外へ攻めこんだということは一度もない。他国からも攻めて来ず、たがいに国境を守りあって相侵すことはなかった。つまり、どの国でもおなじだが――他国へ攻め入るほど強力な軍事・政治の権力を、自国で確立しえた独裁者は出なかったというべきであろう。信越地方では上杉謙信がそれをなしとげ、甲信地方では武田信玄がなした。尾張から出た織田信長が、そのもっともすぐれたひとりであることはいうをまたない。

いずれにせよ、土佐の例でいえば元親があらわれるまでは一国というものはなく、村落が割拠しているだけの姿であった。村落にはそれぞれ領主として武士がおり、二十人三十人の郎党《ろうどう》をひきいて他村と戦ってここ百年をすごしてきている。

(それらが、まとまるか)

というのが、元親の心配であった。元親はかれらを統一し編制をあらたにして有史以来最初の土佐軍団というものをつくりあげたが、しかしかれら相互の内側には先祖以来の敵味方の関係が複雑に入りまざっており、いざ外征しても敵国にあっては味方同士が仲間喧嘩《げんか》をし、分裂し、弱体化せぬともかぎらない。心配はまずそれである。

「まず、大丈夫でございましょう」

と美濃出身の菜々はいった。美濃と尾張がいい例なのである。この隣りあわせのふたつの国は、尾張の織田家が信長の父信秀の代から活動が活潑《かっぱつ》なため双方合戦をくりかえし、憎悪は一朝一夕《いっせき》のものではない。

が、信長がついに美濃を制し、その首邑《しゅゆう》岐阜に根拠地をすすめ、美濃人の有力な者や有能な者を傘下《さんか》におさめ、ただちに伊勢攻略を開始した。尾張人も美濃人も、あたらしい敵である伊勢人に立ちむかったとき、はじめて融和し、織田家の旗のもとで心を一つにする気風ができた。

だから土佐の場合、相手が阿波であれ、伊予であれ、ともかく一歩国境を出れば、かつての村落割拠の気風が一時になくなり、統一土佐軍のあたらしい意識が殻《から》をやぶってうまれ出るであろう。逆にいえば、土佐の国内を統一しようとすれば、外征ほどいい方法はない、ともいえるのである。菜々は自分の故国のはなしをし、

「そのこと、ご心配にはおよびますまい」

といった。

そのようなとき、元親にとっておもわぬ事件がおこった。

事件の当事者――被害者というべきだが――は、元親の弟であった。

元親には三人の弟があり、そのいちばん末を、弥九郎という。姓は事情あって、島と称していた。

大柄なうえにひどく快活なたちで、ひまさえあれば角力《すもう》をとっており、元親のようなものごとをおもいつめて考えるたちではない。

（物事に気むずかしい長曾我部《ちょうそかべ》家の血族にしては、めずらしい）

と、菜々はおもい、かねてこの若者に目をかけてきている。ところが昨年あたりから急に食欲がおとろえ、衰弱がめだち、すこしばかりの運動をしてもそのあと床に入らねばならぬほどに疲労した。医師は、

「労咳《ろうがい》（結核）かもしれませぬ。摂津有馬《ありま》ノ湯へでも湯治《とうじ》なさればあるいは験《げん》があるかもしれませぬ」

といった。結核に湯治などはかえってよくないかもしれないが、この当時、あらゆる病いを有馬ノ湯がなおすと信ぜられていた。

「それならば、やらねばならぬ」

元親も、いった。かれもまたこの弟を愛しており、嫡子の千翁丸《ちおうまる》にも、

――あの叔父《おじ》のようになれ。

といっていた。叔父のように、というのは物事を諸事あかるく解釈してつねに陽《ひ》の照っているような、そのような男になれという意味であろう。それだけにこの弥九郎の病いを元親は心痛し、

「有馬への船支度や人数をととのえてやる」

と、みずから船手方を指揮して恰好《かっこう》の大船をえらび、それに武器、食糧などを積みこ

ませた。この当時、有馬へゆくだけでも航海と陸路に非常な危険を覚悟せねばならなかった。

やがて弥九郎は人数を三十人連れ、浦戸を出航し、途中風待ちなどして土佐の海岸をすぎるだけで三日もかかり、やがて室戸岬をまわって阿波の海域に入った。

そこで風の方角がかわり、波も荒くなったため、順風を待つべく、阿波海部《かいふ》郷の那佐《なさ》港に入った。

「このあたりは、あぶないかもしれぬ」

と、供のなかには言う者があった。なぜならば阿波海岸の小城主たちは海賊働きをする上、土佐人に対して反感がつよく、もしこの船が長曾我部家の連枝《れんし》の座乗船であることが知れわたればどういうことになるかわからない。

が、弥九郎は頓着《とんちゃく》しなかった。

そのうえ、風が夜に入っていよいよ強くなり、翌日もやむ気配がなく、船は港内にあってもゆれつづけており、とうてい航海ができる状態ではなかった。

三日、待った。

ちょうど三日目の未明、まだ夜があけぬころ、舷側《げんそく》に、
かちっ、
という、物を突きさしたような比較的大きな物音がひびいた。

(妙だな)

と、胴ノ間にいる弥九郎が、病人特有の敏感さで目をさましたが、他の者は船ぐらしの惰気《だき》も手つだってなかなか目をさまさない。そのうち、両舷からしきりとこの物音がひびきわたってきた。弥九郎はふと、水軍の者が用いる縄かぎをおもいだした。それを海上から投げては船にのぼってくるのではないか。

「起きろ」

弥九郎が剣をつかみ、大声でさけんだときは海部郷吉田の城主で越前守と通称されている男が、兵六十人をひきいて船へのぼりつつあるときだった。

戦いは、船上でおこなわれた。

弥九郎ははげしく戦い、その最中、何度か咳《せ》きこみ、一度は血をはいたが、

「ひるむな、臆《おく》すな」

と、諸人を叱咤《しった》し、

「敵はすでにわれらが土佐人なることを知る。わが名が長曾我部家の弥九郎なることを知る。臆せば末代までの恥である」

わめきつつ斬《き》りふせいだ。末代までの恥である、というのが鎌倉以来の武士の倫理の手きびしさであり、そのためには死をもいとわない。むしろ生を恥じた。戦国の武士道は弥九郎のそれよりももっと個人的であり、合理的であり、この場合も身ひとつで逃げてもかまわないのだが、土佐は僻地《へきち》であるため、鎌倉風の武士気質が根づよく残り、こ

れが土壌にしみ入って幕末までつづいてゆく。

　ついでながら、国によって士風がちがう。信長や秀吉の機略や合理性を生みそだてた尾張は、海内《かいだい》有数の交通の要地であるために、早くから商業が発達し、商人の気質が濃く、武士も多分に商人じみ、鎌倉風の気質などはほとんど片鱗《へんりん》もない。その隣国の三河《みかわ》はまるで気質がちがっている。純農地帯で、武士も頑固で質朴な農民気質をもち、その気風がここで発祥した徳川家康とその家臣団を特徴づけている。

　弥九郎の敵の衆は、阿波人である。土佐とは、四国山脈一つをへだてた国でありながら、まるで別人種かとおもわれるほどに気質がちがっていた。阿波はその東郊いっぱいが紀伊水道に面し、その海岸線には多くの商港があり、それらが海峡ひとつへだてて上《かみ》方《がた》とむかいあっているため、古来ゆききがひんぱんで、ほとんど上方圏といってよく、気風もよく似ている。上方は公家《くげ》、僧侶、商人のにおいの濃い土地で、鎌倉時代でさえ、いわゆる鎌倉武士の気風はもたず、武士らしいいさぎよさの美意識はこの圏内ではほとんど育たなかった。

　ともあれ、弥九郎とその人数三十余人は、まず最初は銃弾でうち白《しら》まされ、ついで矢をもってさんざんに射すくめられ、散らばって戦うところを寄ってたかって突き伏せられ斬りきざまれて一人のこらず戦死してしまった。

「船を焼けや。証拠をのこすな」

と、阿波衆は口々に叫んで火をつけてまわり、数時間後には死骸《しがい》もことごとく灰になり船もろとも海底に没した。

元親は、当初知らなかった。そのうわさがきこえてきたときも、

（まさか）

と、おもった。いかに戦国とはいえ、平和な目的で航海中の者を殺して船まで焼くとはすぐには信じられない。しかも阿波衆とは、いま交戦中でもなく、太古以来、両国が戦争をしたこともないのである。

すぐ密偵を放ってたしかめさせた。意外にも事実であった。

「まことか」

元親は、むしろぼう然とした。あの快活な、ほとんどかがやくまでにあかるかった弥九郎がもはやこの世にいないというのは、どういうことであろう。

「菜々、これが信じられるか」

と、元親は菜々の殿舎に渡ってくるなりそう叫び、こぶしをあげ、涙をかいなぐった。

「弥九郎は、死んだぞ」

菜々は、おどろき、とりみだした。正直なところ、この元親にはいえないが、あの弟のほうが菜々は男としては好きであった。

「どこで」

「阿波で、殺された」

ときいたとき、菜々はつっ臥《ぶ》し、顔を蔽《おお》って泣きだした。

阿波へ放った密偵がつぎつぎに帰ってくるにつれ、弥九郎の最期《さいご》とその事件の全ぼうがほぼあきらかになった。

「阿波衆が、なぜ殺したか」

元親は、菜々に説明した。

阿波衆は、その国人の性格として日常の平穏をこのむ。それが、わざわざ乱をもとめ、土佐の貴公子である弥九郎を殺したのには、多少の理由がある。

「もとは、おれだ」

と、元親はいった。そのとおり、遠因はといえば元親であった。かれがその土佐征服事業のなかでもっとも手を焼いたのは、土佐東部の海岸線から山中にかけて住んでいる安芸《あき》衆の頑強さであった。その首領の安芸国虎を討ちほろぼすにおよんでようやくこの地方を手に入れたが、安芸衆の残党は国境の山岳地帯を越えて阿波海部郷に落ちのび、そこの海部越前守をたよって身をよせた。その連中が、那佐港に入った土佐船に目をつけ、内偵してその搭乗者が元親の弟の弥九郎であることを知った。

——すわ、仇《あだ》を討てや。

と、かれらはよりより相談した。土佐安芸衆の気質はひとつは剽悍《ひょうかん》ということであり、ひとつはうらみをわすれぬというところである。

かれらだけの力では復讐できぬため、海部越前守に談じこみ、越前守を港の番所の楼

上へつれてゆき、港内を見おろさせ、

「あの船は、何国の船で何者がのっているとおぼしめす」

と、説きはじめた。

要するに、長會我部元親はもはや土佐一国を切りとっただけでは満足せず、つぎは阿波をねらっている。手はじめにこの海部郷を食らい取ろうとしているに相違なく、そのなによりの証拠があの船でござる。弥九郎めはその物見として港に入っているのでありましょう、とたきつけた。

「まことか」

越前守は、戦慄《せんりつ》した。恐怖が行動を飛躍させた。

かれがことごとく簡単にそのことを信じたのは、もうこの時期、阿波の国境付近の豪族のあいだでは、元親に対する恐怖が真夏の疫病のように蔓延《まんえん》していた。

「蛇のように執念ぶかく、狐のようにずるく、虎のようにむごい」

というのが、その風評であった。元親の敵の側からみればこの評はなかばあたっているであろう。決して猪《いのしし》のように単純でもなく、兎《うさぎ》のように可愛くもない。しかも元親によって再編成されつつある土佐兵の勇敢さは、無類であった。

「それは、瞬時もすてておけぬ。合戦の妙は敵に先んずることにある」

とし、兵をあつめて船を押しつつみ、ついには弥九郎を討ちとったというのである。

——そういうわけだ。

と、元親は菜々にいった。

菜々は、ついとりみだした。業《ごう》だ、とおもった。元親の行動が、思わぬ因縁のたねをつくって、阿波で弥九郎を死なせてしまっている。なんとばかなことであろう。

「それでは、まるで殿がお殺しあそばしたのと同然ではありませぬか。もういくさなど、おやめなされまし」

と、叫んだ。

元親は、菜々がときどき突拍子《とっぴょうし》もなくとりみだすことに馴《な》れている。表情も変えずに菜々をみつめていたが、やがて、

「弥九郎が好きだったのか」

といった。菜々ははげしくうなずき、「千翁丸もどうか弥九郎殿に似た若者に育ってくれとのみ祈っておりました」といった。その弥九郎に死なれては、千翁丸の前途さえ気づかわしくなる。そのことが、菜々をとりみださせた。

この弥九郎の事件で、長曾我部家の家臣たちは激昂《げっこう》し、

「仇を、討つべきではないか」

と、さわいだ。元親のもとにもそのようにいってくる。

が、元親はそれについてはなにもいわず、沈黙したきりであった。ひとびとはついにあやしんだ。

――弟君が、可愛くないのか。

そういう者もあり、殿も存外腰ぬけにおわすわ、と高声でわめく者もいる。例の福留隼人《はやと》などはとくに内謁《ないえつ》を乞い、鐘を突きならすような声調子《こわぢょうし》でそのことを談じ入った。

元親は最後に、

「仇とは、たれのことだ」

と、おだやかにきいた。

「知れたこと、海部越前めでござりまする」

「家中《かちゅう》は、みなそう思っているか」

「あたりまえのこと。それとも下手人は海部越前ではないとおおせあるや」

「侍どもの可愛さよ」

元親は、声をあげて笑った。

この男の心底は複雑であった。仇を討つとすれば、たかだか海部越前程度の小豪族が相手ではなくなる。もし元親が押しよせるとすればかの者は阿波の主権者三好氏に救援を乞うであろう。敵は阿波国そのものになる。

（このさい、いっそ阿波をとってやろう）

という感情的な野望と、

――とてもとても。

という理性的な計算が胸中でたたかいあっている。とてもとれぬ、とも思うのだ。

阿波の政情もよくは知らぬ。

隣国でありながら、巨大な山岳地帯でへだてられているため、長曾我部家の家中のなかでも阿波の地理に通暁《つうぎょう》している者はほとんどまれといっていい。

しかも、これは信じられぬようなはなしだが——阿波と土佐が一国をかけて戦いあったことなど、この日本列島に人間が住みついて以来かつてなかった。六十余州のほとんどの国々がそうであり、この戦国期に入ってようやくほうぼうの地域で国境を越えて侵略と統一活動の現象がおこりはじめている。たとえば中央部の織田氏、信越方面の上杉氏、甲信の武田氏、関東の北条氏、中国の毛利氏、九州の島津氏といったいわゆる英雄豪傑が出るにおよんではじめて日本人どもは国々の国境をこえて他人の国へ攻め入った。

よほど、平和が好きな民族なのか。

それとも民族としてのエネルギーが中国や西洋にくらべて小さすぎるのか。それとも他国を攻めとるほどの経済力や軍事力が、大化改新いらい千年にしてようやくこの列島の土壌のなかにつちかわれ終えたのか、つまり、日本社会がこの戦国になってやっとそこまで成熟したのか。

理由はそのそれぞれの総和であるのにちがいない。そしてもっとも直接的な理由は、統一事業ができるほどの英雄が、そうざらには出なかったことでもあろう。

(四国ではおれだ)

と、元親はひそかにおもっている。他に、自分ほどの人物がいないであろう。

しかし、おそろしい。土佐一国のなかでの一郷一郡の切りとりならばともかく、他の国を攻めとるなど、人間として太古以来やったことのない経験をせねばならぬのである。未知への恐怖というものが、元親の胸をこまかくふるわせつづけている。

さらにいまひとつの憂いは、土佐の侍どもの欠点であった。かれらはこの戦国期にあっても、部落単位の戦いをしてきただけで、その思考範囲は小さい。敵への憎悪といってもせいぜい他部落の酋長に対するものであり、戦争の規模も部落抗争程度であり、大軍を動かしたこともなければその一員になったこともない。

元親は、天性の策謀家らしい。

——殿は、煮えきらぬ。

という声がごうごうとおこりはじめても、元親は沈黙している。

(みなを、怒らせるのだ)

つまり阿波人への憎悪をいやがうえにも盛りあげようとしている。それがためには、元親自身がまっさきに怒ってはいけない。どちらかといえば、煮えきらぬ態度でいるほうがいちばんいい。

阿波人への憎悪をかきたてることによって、村落割拠的な意識の土佐人を一国の士民として育てあげようとしていた。

——煮えきらぬ。

という印象をひとびとにあたえつつも、弟弥九郎の葬儀は空前の大規模にとりおこなった。葬儀には侍だけでなく、百姓、町人、乞食までも参加することをゆるした。このため他郡からも四日五日の山路をこえて参加する者もあり、その人数は十数万をこえ、まるで国中がことごとく浦戸の寺にあつまったがごとき観を呈した。

（国民意識をつくりあげるのだ）

というのが、元親のねらいであった。

その葬儀にあつまった連中のつぶやき、雑談なども、配下に命じて洩《も》れなくきかせた。そのなかで、

「土佐人が、おのれの小天地をすてて、名実ともに長曾我部家のかたばみの旗のもとに結集すれば、なんの阿波ぐらい斬りとれぬことはない。殿が煮えきらぬというが、われわれのほうがわるいのだ。われわれが結集して殿を元気づけるべきだ」

という声さえあって、元親がかねて考えていた大土佐主義も気運としては盛りあがりつつあるようであった。

（されば、外征はできるか）

とおもうのだが、しかし事が事だけにそうかるがるとは踏みきれない。

そうしたある夜、元親は菜々の部屋で寝、夜半うなされて目がさめた。

「どうなされました」

と、菜々が案じ顔でのぞきこんでいた。

「わるい夢をみた」

元親は床の上にあぐらをかき、ぼう然としている。

「どのような？」

「わるい夢だ」

「夢は五臓六腑《ごぞうろっぷ》のつかれと申します。このところ疲れていらっしゃるからでありましょう」

「祈禱《きとう》をすべきか」

元親は、気にした。めったに祈禱などというようなことをいわぬ男だが、こういうことを言うこと自体、神経が疲労しているのであろう。

「こういう夢だ」

と、元親はいった。

夢のなかで元親は山中をゆき、一人の巨人をみた。七尺八尺もありそうな大男で、元親にいどみかかろうとする。元親はあわてて弓をひき、
ひょうっ、
と射たつもりが、意外にも弦《つる》が切れ、矢が足もとに落ちた。あわててひきさがり、逃げて岩蔭にかくれ、弦をかけかえた。

やがて岩蔭から出、突進してくる巨人に対しふたたび矢をつがえ、弓をひきしぼったがこんどはどうしたわけか、矢の柄《から》がこなごなにくだけて飛び散った。

夢は、そこでさめた。

「阿波を征するは不吉ということであろう」

その一事が、いま元親をぼう然とさせている。

「織田殿も、こうか」

と、元親はいった。悪夢などを気にするような男か、という意味である。

織田信長は、無神論者である。天性の性格からくる合理主義者であり、実証主義者であったからであろう。

「神仏など、おれは見たことがない。見たことがある存在をのみおれは信ずるのだ」

と信長がいっているということを菜々はきいていたし、さらに信長は、

「死ねばなにも残らない。霊魂などこの世には存在せぬのだ」

と、かれを説教にきた南蛮僧にいってきかせている。信長が哲学的性格であるというだけでなく、よほど思想人としても豪胆な証拠であろう。

「そのようにきいております」

「おれはだめだ」

と、元親はいった。多少ともかつぐ。吉凶が気になるし、神仏や霊魂など、ないとまでは言い切れる勇気はない。

「だから、夢が気になる」

「それほどにお気になさるのなら、占いを立てさせてごらんになればよろしゅうございましょう」

「たれが、よかろう」

「岡豊八幡宮《おこうはちまんぐう》の谷左近がよろしゅうございましょう」

菜々が谷を推薦したのは、この神官がひどく強気で性格があかるく、ものを暗く解釈するようなところがないとみていたからであった。それに、岡豊八幡宮といえば、この城の守護神でもある。元親は大いにうなずき、まだ夜があけていないというのに山をおり、たいまつをともさせて森の下草を分け、八幡宮の社頭に立った。

「左近はいるや」

と、元親はみずから大声でいった。その声におどろき、森のふくろうの声がやんだ。

左近は、むろん、神主《かんぬし》屋敷の奥で寝ている。が、元親の声にすぐ気づいて身をきよめ、装束《しょうぞく》し、シトミ戸をはねあげさせた。

(これはまた、支度の早いことだ)

と、社頭に立ちながら元親はあやしんだほどであった。

「殿が、火急の御社参でござる」

と、近習《きんじゅう》がいった。

「なんぞ、わるいお夢でも見られたか」

谷左近は即座にいった。

「さすがは神主どの、わかりますか」

近習がおどろいていった。元親はそのやりとりをきいていた。

やがて左近は参籠殿《さんろうでん》のみあかしをことごとくつけおわると、元親をそこへ招じ入れた。畳も円座もなく、古風な板敷の上にあおあおとした簀掻《すがき》一枚を置いただけの簡素なものである。元親はそこへすわった。

左近は神前でのりとをあげ、ついで元親の頭上をおはらいし、さてどのようなお夢でござった、ときいた。じつのところ、ひとあしさきに菜々の侍女がやってきてすべてを語ってしまっていることを左近はあかさない。

──よきような占いをしてくだされ。

と、菜々からのことづけをもらっていたからこそ、心の支度ができていた。

「そのこと、めでとうござる」

と、左近は全身に喜色をうかべ、元親を賀し、賀しただけではたりず、跳ねあがるようにして神前へゆき、何度も手をうち、あたまをさげた。

「いやさ、めでとうござる。弦が切れたと申すのは、お弓が強すぎるからでござる。お弓が強すぎればこそ、弦も切れ申す。御家の兵馬はまたたくまに阿波を席巻《せっけん》いたしましょう」

「矢のくだけたのは？」

「それも御矢が強すぎたからでござる。いま全四国にむかって御馬をむけたもうにあたり、その御矢のさきはたまり候まじ」

といった。なるほど、と元親の心も自然あかるくなった。

凶夢は、吉夢になった。

が、それでもなお元親はうごかない。数日表情を暗くし、無言のままでふさぎこんでいる。

――物狂われたか。

と、そのふさぎぶりをみて、口さがない侍女たちはごく罪のない軽口をかげでささやいた。菜々はお里からそれらの蔭口をきき、元親に対し、

「いますこし、陽気になされたほうがおよろしいのではありませぬか」

と、それとなく侍女たちの蔭口を伝えた。

「なるほど」

元親は、べつに怒るでもなくそれをきき、ちょっと首をかしげて、

「物に狂うてみえるか。いや、事実狂うているかもしれぬ」

と、自分の異常さをみとめた。認めざるをえないほど、かれ自身、この外征への野望と失敗へのおそれという矛盾に悩みぬいている。

「慎重はおれの性分だ。おれに物狂おしいところがあるとすれば、おれの尋常でないこの慎重さという一事だろう」

「ほかに、なにがご心配なのでございます」

「心配？」

といえば、すこし語感がちがう。

「いや、心配ということではなく、打つ手をわすれてはいまいかということだ。もはや打つべき百の手のうち九十九の手までは打ったような気がするが、ただ一つだけ残っているようだ」

「どのような？」

「信長だ」

と、元親はいった。

「信長の了解をとりつけておいたほうがよいようにおもう」

「織田殿の？」

これには、菜々はおどろいた。信長といえば美濃の岐阜にいる。この土佐の岡豊からみればおよそなんのかかわりもない人物であるはずなのに、阿波を攻めるのに信長の了解をえておくというのはどういうことであろう。

（やはり、おかしいのではないか）

と、菜々はそれとなく元親の表情に注意をはらった。元親は、なおこの一点を思考しつづけているのか、視線を宙空にただよわせている。

「その必要はある」

「なぜでございますか」

菜々が知っているかぎりでは、信長は京を制しているとはいえ、その版図《はんと》は美濃、尾張、近江《おうみ》、伊勢を中心とし、ほかに東海、北陸の一部と摂津などを得ているにすぎず、この遠い四国の土佐にかかわりがあろうはずがない。

「それが、あるのだ」

と、元親はいった。元親が四国征伐のため一歩国外へふみだしたとたん、敵どもは信長か、あるいは信長の敵（中国の毛利氏、大坂の本願寺など）に救援をもとめるにちがいない。もっとも救援をもとめられたところで信長にしても、遠い海のむこうの騒ぎに手を出すような余裕も興味も現実感もないにはちがいないが、しかし元親のみるところ、ゆくゆく信長は近畿を平定したあと、中国か四国に手をのばすであろう。そのときこそ、元親はかれと正面衝突せざるをえないにちがいない。

「だから、いまから友誼《ゆうぎ》をえておきたい」

（ずいぶんとさきの遠いはなしを）

と、菜々はおもった。冷静にみれば、織田氏が遠い四国で元親と衝突するほどにまで成長するかどうかさえわからないのである。

「岐阜へ使いを出したい」

と、元親はいった。

岐阜には、菜々の実家がある。おもえば、十二年前菜々をめとったというのもこんにちこの役に立つためであったといえる。

元親は、岐阜の信長に使者を出すことにきめた。

使者には、中島可之介《べくのすけ》という老臣をえらんだ。さらに案内者としては、むかし菜々をめとるときに橋渡しの役目をつとめた堺の商人宍喰屋《ししくいや》こそ適当であろう。

「ししくいやを、すぐ堺からよべ」

と、元親は命じた。まず宍喰屋をよぶことからはじめねばならぬ点、遠国《おんごく》だけにたいそうなことであった。しかし海上の風のぐあいがよく、十日目に宍喰屋がやってきた。

「織田家に使いしてほしいのだ」

と、元親は用件の内容を話した。

内容は、親善と四国征伐についての了解のとりつけである。しかしそれを表だてるのはいかにも骨張って話がぎすぎすしすぎると思い、

「おれはかねて織田殿を慕うている。じつは嫡子の千翁丸をちかぢか元服させねばならないが、ついては信長殿から信の一字を頂戴《ちょうだい》したい」

ということを、表むきの用件とした。

こういう次第で、老臣中島可之介と宍喰屋が土佐を発《た》ったのは九月のはじめであった。途中、海が荒れたために堺へ上陸するまでに海上十五日もかかった。

ついで陸路をゆき、まず両人は近江坂本をたずねた。じつはこのところ近江は織田家

の版図になり、南近江二十万石はその部将明智光秀の封土《ほうど》になっており、その居城が琵《び》琶湖《わこ》南岸の坂本にある。

菜々の兄の斎藤内蔵助《くらのすけ》はいまは光秀の第一将になっており、坂本城にいた。まず両人は信長に拝謁《はいえつ》するまでの順序として内蔵助をたずねた。

「それは、殊勝な」

と、当然、斎藤内蔵助はよろこび、さっそく主君の光秀のもとに両人をつれて行った。

光秀も、

「おもしろや」

と、大いによろこんだ。光秀にすれば、はるかな土佐を領している大名が、岐阜の信長と友好関係をむすびたいという奇抜な――あまりに縁の遠そうな関係であるためにひどく奇抜にさえみえるこの着想がおもしろかった。

「日本六十余州もせまくなったものだ」

と、光秀はいった。

「して菜々どのは達者か」

光秀は、かつての岐阜城下で容色ならぶ者がないといわれた菜々の顔をおもいうかべつつきいた。

「それはもう、むかしにましてお元気におわしまする」

「それにしてもおもしろいことよ」

と、光秀というこの一見冷徹にみえる男が、相好《そうごう》をくずしておもしろがった。このおもしろい、というのは、あの縁組のとき、光秀自身が信長にとりつぎながらも、

――よくも小娘の身で土佐などへ嫁《ゆ》くものかな。

と、菜々の大胆さを感心していたものであった。しかも当時の長曾我部氏といえば一郡の領主にすぎず、海のものとも山のものとも知れぬ存在だったのである。

それがいまや土佐一国の国主になり、このように織田家に対し堂々親善使節を送るまでになっている。その一事が、光秀にはかぎりなくおもしろくおもえたのである。

「ともかくも、おもしろくもあり、なにもかもめでたくもある。わしは岐阜へゆかねばならぬ用事もあり、いっそ岐阜どのの御前へはわしが伴うて進ぜる」

光秀がそういったのは、光秀にとってもこの外交関係を自分の手で結びあげておくのは自分の手柄になることでもあり、信長の機嫌のためにもよかろうとおもったのである。


土佐の使者中島可之介と宍喰屋が岐阜に入ったのは、雪をかぶった飛驒《ひだ》の山々さえ遠がすみにみえる晴れた日であった。

「あの山の白さは」

と、可之介は声をあげた。話できく飛驒の白雪であるとはおもうが、この秋のあたたかい日に雪をみる驚きを声にしてみたかった。

「南海の土佐国にはおもいもよらぬこと」

と、案内の織田家の侍にいった。声が大きく、耳やかましく、織田侍は城下を案内しつつも閉口した。

城は、岐阜にそそり立つ稲葉山にある。山上から山腹にかけて攻防用の要塞《ようさい》施設がとりまき、その山麓《さんろく》は信長の居館になっていた。

「りゃりゃりゃりゃ」

と、可之介は、居館の門を入るより前に舌をまいた。その居館の壮麗さはどうであろう。もはやきもをつぶしてしまい、

「これはこれは。まるで話にきく竜宮城か。なんともはや、夢をみているようじゃ」

といった。織田侍もこうまで驚いてくれれば案内の仕甲斐《しがい》があるであろう。

「ルイス・フロイスと申す南蛮人も、貴殿とおなじくおどろきおり申した」

フロイスはこの居館を見、ポルトガルから日本に来るまでのあいだにみたいかなる宮殿よりも精巧美麗清浄である、といった。

「左様か、南蛮人も驚き入り申したか」

可之介はいった。

居館は三階建で、各階ごとに望台があり、その高欄にもたれれば町を見おろすことができ、高欄は金銀をもってかざられており、下から見あげるだけでも目がくらむようであった。

「庭園は、六カ所ござる」

と、織田侍はその一カ所の枝折戸《しおりど》をひらきこっそりとのぞき見させてくれた。巨大な池があり、石組のあいだから滝が流れ落ちている。

そのあいだに、信長は三階の一室で明智光秀から土佐人来訪についての事情をきいていた。

「土佐の長曾我部とは、そちの家老斎藤内蔵助の妹菜々が片づいた家だな」

と、記憶のいい信長は、十年以上もむかしのことをよくおぼえていた。

「元親といえばあのときはようやく一郡をたもつにすぎぬ地侍ときいていたが、それが土佐一国を切り取ったか」

信長は、考えこんでいる。一地侍の使者ならばじきじき会うこともないが、土佐の国持ともなれば親しく会い、話もきき、元親の様子も知っておかねばならないであろう。

それに光秀の説明では、こんど阿波と伊予に出兵する、そのことについて織田殿から御好意をうけたい、という。

「さては四国を切りとる肚《はら》か」

「いや、まさか」

と、光秀はいった。

「まさか、あの宮内少輔《くないしょうゆう》にそれほどの器量はござりますまい」

「宮内少輔と称しておるか」

「左様にききまする」

「ほほう、宮内少輔とな」

信長は、それがどうにもおかしいらしい。この男のあたまの地図では土佐も南蛮もさほど離れておらず、ひょっとすると南蛮人が宮内少輔と称しているとと思ったのだろうか。

「おかしや」

諸事、めずらしいものが好きなのである。

「土佐人の侍というものをわしは見るのがはじめてである。早うつれて来《こ》よ。それに土佐の事情、四国の事情、かつは元親の器量、いくさのしかた、一国成敗《せいばい》の仕方などをとくときいてみたい」

遠く上段ノ間に、信長がいる。土佐の使者中島可之介はかねて出発にあたって習いおぼえた小笠原流の礼法どおりにふるまおうとするのだが、どうもかたちになりにくい。汗をかいている。

(田舎者《いなかもの》であるとしてばかにされまいか)

と思い、すっかりあがってしまった。信長は遠くからその様子をみてよほどおかしかったのだろう。

「なんだ、なにをしているのだ」

と、信長は笑いながら声をかけた。この男自身がそういう礼式がきらいで、すこしも頓着していないことを、中島可之介は知らなかった。

「早う来よ」

と、信長はついに手まねいた。可之介は立ちあがり、膝《ひざ》をかがめ、腰をかがめ、顔をふせて進んでゆく。やがてすわり、平伏した。

信長はその様子を興味ぶかげにみていたが、やがて、

「それは、土佐の礼法か」

ときいた。南蛮には南蛮の礼法があるとおり、土佐国には土佐国の礼法があるのであろうという口ぶりだった。

(冗談ではない)

可之介は、腹が立ってきた。

「京の小笠原宗家の礼法でござりまする」

「あっはははは、それが小笠原流か。いや、怒るな、おれも礼を習わぬわい。しかしながら、土佐では小笠原の礼法を学ぶのか」

小笠原の武家礼法というのは、かつて室町幕府が制定した筋目の武家の作法だが、戦国風雲のなかで勃興《ぼっこう》した新興の家々ではあまりこういう風儀になじんでいない。尾張の織田家もその例外ではないのである。

「長曾我部家では、侍にそれをならわせるのか」

「はい、替え馬の一頭もひく身分の者ならなるべく習え、というのが元親のおきてでござりまする」

「元親の」

めずらしいことを思いつくやつだ、という顔つきを信長はした。

「むかしからそうか」

「いえいえ、ちかごろでございます。それより前は猪に衣装を着せるがごとく、意のままにふるまうのがわれら土佐者でござりました」

「この織田家の家中もそうだ。元親という男はどうもおかしいことをする」

さらに質《なず》ねると、元親はこの正規の武家礼式を普及させるために人を京にのぼらせ、わざわざ礼式を学ばせたのだという。戦国風雲のおりになんと悠長なことをするではないか。

「どういうわけだ」

「はい」

家中の統制のためであるという。しちめんどうな礼式をもって人間をしばりあげ、主君をいやがうえにもえらくみせる以外に、七郡対立、村落割拠の姿のままで近年まできた土佐人を統制する方法がないのだと可之介はいうのである。さらにはまた土佐人は血気があらく、争闘を好み、わずかな間違いもたがいにとがめだてして喧嘩沙汰《ざた》におよぶ。その気風は合戦の場で吐きださせれば美徳になるが、日常のなかでは一国を以前のごとくこなごなに割るもとになる。それを国中一つにまとめる一工夫がこの礼式であるというのである。

「おもしろい男らしい」

むかし、漢の高祖が田舎町の不良少年の境涯から身をおこして四百余州を統一したとき、創業の功臣たちが宮廷で怒号し、つばを吐き、剣をにぎって喧嘩しあうなど、どうにもしめくくりがつかず当惑したとき、ある儒者が礼式の制定をすすめた。高祖はそのとおりに採用すると、群臣は一時に静まり、おどろくほどに効果があり、高祖自身、群臣の礼をうけて、

――おれはこれほどえらいのか。

と、つぶやいたという。元親も、高祖のねらいをねらおうとしたのであろう。

信長は、さらに質問した。

「先刻から、おきておきて、と申しておるが長曾我部家にはおきてがあるのか」

「元親が作り申して候《そうろう》」

と、中島可之介がいった。式目《しきもく》のことである。成文法といっていい。

織田家にしろどの家にしろ、その家法は多くは慣習による不文律で、わざわざ文章にし、箇条にしたものはまれだが、元親はちゃんと条文をつくり、布告しているというのである。その一国社会のつくりかたは、他国にくらべてよほど進歩しているとみていい。

「何条ある」

「五十条ばかりございまするが、ゆくゆくはこれをさらにととのえ、百カ条にしたいと元親は申しておりまする」

「ほう」

それが、元親の土佐統一法であるらしい。しかしそれにしても、成文法をもつというのは土佐侍が一般に文字が読めるという証拠ではないか。

「土佐の者は、みな、文字が読み書きできるか」

「ほとんどが相出来まする」

「ふむ」

信長は、あごをひいた。べつに口惜《くや》しくはないが、その点では織田家のほうが未開野蛮であるかもしれない。しかし信長は家中に文事をすすめることなどいっさい考えていない。

「学問のことも、家中のおきてにござりまする」

「法できめてあるのか。それも、元親の意向か」

「すべて元親の意向でないものはござりませぬ」

元親のおきてによれば、

「三史五経七書などは、まさに熟覧すべき書である。つねに師に就《つ》き、習学すべきこと」

とある。織田家の侍にあっては、三史五経七書ということばを知っている者すらまれではあるまいか。

「土佐は田舎じゃとおもうたが」

信長は、そろそろあきれはじめた。元親という男は、土佐を京にするつもりではあるまいか、と可之介をからかった。

「いえいえ田舎のがんばりと申すものでござりましょう。元親がそれをするまでの土佐ときたら」

と、可之介はその田舎ぶりを説明した。まるで原始社会とかわらない。人間も粗豪ひとすじで、武士どもは大月代《おおさかやき》をそりあげ、てっぺんにたかだかと茶筅髷《ちゃせんまげ》をむすび、はかまはひざまでのものをうがち、物をほす竿《さお》のような長刀をカンヌキ差しに腰におび、肩をいからせ、ひじを張ってうろつくのがよき侍とされていた。

元親にすればそれを締めあげて一国に統一社会をつくりあげるのがなんとも困難に思えたのであろう。それには蛮風を恥じ、文雅の心を貴《たっと》ぶ気風をつくりあげるのが第一であるとおもった。この点、先進地帯の尾張を根拠地とする信長とは大いに事情を異にするのである。

元親のおきてにいう。

「乱舞、笛鼓《てきこ》、蹴鞠《けまり》、茶会などの技芸たりといえども、ほぼ相たしなむべし。他国にいたり、赤面に及ぶはすこぶる恥辱たるべきこと」

武士にわざわざ法律をもって芸能をすすめているのである。元親のねらいは、土佐を一挙に未開段階から文明社会にひきあげようとしているのであろう。この点、奥州の伊達氏、越後の上杉氏、甲斐の武田氏、薩摩の島津氏など有力な戦国大名の自国経営とかわらないが、土佐は土佐人みずから遠国意識がつよいだけにその奨励についての強調が他よりも二倍も三倍もつよくなっているらしい。

信長は、さらにきいた。

「元親は、四国をきりとるつもりか」

「はて」

中島可之介はにわかに緊張した。これについてはへたなことは言えない。

「自然の勢いかと存じまする」

「うまいことをいう」

「元親は無理をせぬお人柄で、しかも欲は薄うござる。水が高きより流れて低きにつくがごとく、もし勢いにてそうなればそうなるでございましょう」

「いうわ」

信長は、からからと笑った。先刻からきいている元親像からすれば、いかにも英雄の風ぼうをもっており、あるいは四国全土をきりとるかもしれぬ。そうとなれば、

（わが敵だ）

と、信長ははっきりとおもった。いつかは瀬戸内海をはさんで元親と対決せねばならぬ日がくるであろう。

「それで、一子千翁丸の元服につき、わが名の一字をほしいときいたが、そうか」

「そのことでござりまする」

可之介は、大声でいった。そのことではるばるとこの岐阜表《おもて》までまかりこしてござりまする、という。

「なぜだ」

「元親はかねて」

と、信長を見あげた。元親はかねて信長を敬慕することがあつく、ぜひ一子千翁丸にその英気をあやからせたいと考えてきた。理由はそれでござりまする、といった。

「おれのことを、元親はなぜ知っている」

信長にすれば土佐ほどに遠い国の大名が、岐阜の自分を慕うているときくのは、何度可之介にいわせてもわるい心持はしない。

「なぜだ」

「御内室さまから、いろいろと殿のことをお耳になされており、まだ見ぬお人とも思えぬ、と日ごろ申しておりまする」

「あっははは、日州《にっしゅう》、きいたか」

日州とは明智日向守《ひゅうがのかみ》光秀のことである。

「元親とはよほど、物めぐりのいいおとこらしい」

「左様」

光秀も、頭をさげた。物めぐりがいいとは想像力がゆたかである、ということである。見たことのない遠い岐阜の信長のことを、ありありと想像できるなどはおもしろいではないか。

「わしも、他人のような気がせぬ」

これは信長の本音であった。慕われてわるい気のする者はいないであろう。

「あたえてとらす」

信長は左右に命じて料紙《りょうし》をもって来させ、それに花押《かおう》をかき、ついで料紙のなかほどに、

――信。

と一文字、大きく書いた。

あてなは、長曾我部弥三郎殿、である。弥三郎は千翁丸の元服後の通称であった。

「いま一字はなんとするのだ」

「長曾我部家は親《ちか》の字が世襲でござりますゆえ、信親殿と相成りまする」

「信親とは、いい名乗りだ。ゆくすえ、ひとかどの大名になるであろう」

「ありがたきことで」

「酒を食べるか」

「信親が、でござりまするか」

「いや、そちだ」

「これまたありがたきこと」

と、可之介は大いによろこんだ。この酒ずきな男は、織田家の酒はどのような味かと

思い、それを楽しみにやってきたのである。

信長は光秀に命じ、可之介を十分にもてなしてやった。


中島可之介が岐阜から帰国したころには、元親はかれの跳躍台ともいうべき阿波攻撃の準備に没頭していた。

「織田殿は、どうであった」

と、元親は報告をきいたあと、信長についての印象をきこうとした。

「美男におわす」

と、可之介はいった。

色白で目がするどく、鼻筋がとおり、ほそおもてである。声はかん高い。背は中ぐらいといっていいであろう。

「それだけか」

「それだけでござりまする」

(どうにもならぬ)

それだけでは絵師でもつれて行って信長の肖像をかかせるだけで事足るではないか。

「本当に、それしか見なんだのか」

「酒は、やや召しあがるかとおもいまするがいかがでござりましょう」

(こいつはばかだ)

元親は、失望した。中島可之介といえば多少は機転がきき、物の本も読め、他国に使いさせてもはずかしくない人物だとおもったのである。他にもっと力量のある家来が長曾我部家にはいるが、しかしかれらは粗野で、土佐ことばしか話せず、もしそういうことから他国の軽侮をうけてもとおもい、この様子のいい男をやったのである。

（まちがいだったな）

元親は、信長という人物の性格、内面、才能、その可能性などについての警抜な人物評がきけるものとおもってその帰国をたのしみにしていたのだが、どうやらそれは中島可之介ではむりのようであった。

（世に、人物とはすくないものだ）

いざ事をおこそうとおもうとき、たれしもが思うなげきである。左右にふんだんに人材をそなえておれば、いかに土佐の片田舎から身をおこそうとも、北は奥州外ケ浜から南は鬼界《きかい》ケ島《しま》まで攻めとることも容易なのである。

（可之介では仕様がない）

元親は、おかしくなった。ある人物をひとに観察させるとき、よほどの器量の者にそれを見せなければ印象をあやまる。であるのに可之介程度を使者にやってそれを期待するのは、そもそも自分がまちがっている、と元親はおもった。その印象を欲するなら、元親がゆくべきであろう。

「織田家の侍の生国はやはり尾張が多いか」

と、きいてみた。この点では、よき官僚である可之介は十分にしらべていた。

「ではございませぬ」

という。重臣のなかでも、尾張出身者は、柴田勝家、林通勝、佐久間信盛、丹羽《にわ》長秀などの譜代の者、木下藤吉郎のように小者からとりたてられた者ぐらいで、あとは他国出身の者が多い。明智光秀は美濃であり、滝川一益《かずます》は近江甲賀郷のいわゆる甲賀者のあがりである。新付《しんぷ》の者も、京都出身の細川藤孝、近江出身の和田惟政《これまさ》など旧幕臣もいる。

「しかも織田家では、人の立身は門閥によらず器量によるということで家中も励み、遠国からもそれを伝えきいて仕官をのぞむものが多い、とききました」

「土佐ではむずかしい」

と、元親はいった。尾張や美濃は古代以来の交通の要衝で人の智恵も早くすすみ、かつ近世に入ってはこの地で商業が栄えはじめたため他国の者が大いに流入し、このため他国人であるからといって格別な見方はしない。

土佐の場合は、他国人をとくにきらうという偏狭さはないが、しかしなんといっても尾張などとはちがい、いま元親が統一したばかりのできたての国家であり、ここへいかに人材であるといっても他国人はもって来にくい。この点、織田家とくらべて元親は不利であった。


さて、戦略である。

まず阿波へ入るが、こそこそと侵入して行ってはかえってしくじるかもしれず、土佐人の士気にかかわるだろう。

「どうせやるのだ、大きくやりたい」

と、元親は重臣たちを山上の本丸にあつめていった。

「土佐一国をこぞってわあっと打ち出してゆきたい。留守などはほとんど残さず、国をからにしてみな戦場に出したい」

「それは、どうでござろう」

と、重臣のすべてが反対した。土佐が十分おさまったとはいえないときに、国をからにして外征するとは非常識きわまる。

「と思うか」

と、元親はみなを見まわした。その全員がうなずいた。

「物事というのはな」

元親は、物の考え方についてあらためて説き、かれらの頭脳を教育せねばならなかった。元親の事業は、単に統一だけでなく、土佐人を教育してゆかねばならない。

「一面だけをみるな」

「両面をみるのでござりまするか」

重臣のひとりがいった。わかりきったことをこの殿様はいうとおもったのであろう。

「それならばわれらもみております」

「しかし両面だけでは足りない」

「両面以外に」

「ある。人間の目なら紙でいえば両面しか見られぬが、神仏の目でみれば、上からも、そのうちがわからもみることができる。みな、神仏になったと思ってもう一度考えてみろ」

「神仏に」

「そうだ。神仏の目でみよ」

みな、わからない。

元親も、これがわからぬのは、自分のことばが足らぬからであろうとおもった。要するに、物事は両面からみる。それでは平凡な答えが出るにすぎず、智恵は湧《わ》いてこない。いまひとつ、とんでもない角度——つまり天の一角から見おろすか、虚空《こくう》の一点を設定してそこから見おろすか、どちらかしてみれば問題はずいぶんかわってくる。

「どうだ」

「わかりませぬ」

「言ってみれば、なんでもないことよ。土佐中をからっぽにして他国の戦場に立たせれば、もう国内で反乱をおこしたり、一郷一村同士の喧嘩沙汰もすまい。それだ」

「なるほど」

重臣たちは笑いだした。

「笑うな」

と、元親はいった。主君の前で無遠慮に笑うということは小笠原礼式にもとる。

「だいたい、土佐の者は無遠慮にわらいすぎる。主君の前ではつつしめ」

「しかし、これは殿をおわらい申したのではなく、われらの迂愚《うぐ》をわれら自身で笑ったのでござる」

「内容はどうでもよい」

要は、形式である。殿中では笑わぬ、というのが京家《きょうけ》の作法であるときいている。されば笑うな。他国に行ったときに土佐人は大田舎者よ、と軽侮されるぞ、というのである。

（それはどうかな）

重臣たちの表情は、不足そうであった。そんなばかばかしい都ぶりの形式などどうでもよいのではないかとみなはおもうのだが、元親の自国教育にとってはひどく大事らしい。このあたりは、信長ならいだく必要のない地域的な劣等感が、元親にはいだかざるをえないのであろう。元親はいまから広い世間に出てゆくにあたって、田舎者だといわれたくない気持が濃厚であった。

「しかしながら」

と、重臣は、はなしを元親の戦略論にもどした。国中をからっぽにして外征するというのは、なるほど結構ではある。なにしろ土佐はその長大な南部海岸線のむこうは太平洋であり、留守中に外敵にせめられるということはない。さらに北部は、東に阿波、西に伊予と国境を接しているが、その国境線には道路がほとんどなく、あったところで、馬一頭が通れるか通れぬかという悪路である。となれば北部からも敵は侵入してこない。だから元親のからっぽ論はまことにけっこうであるが、しかしそんなおおぜいが狭い阿波との通路にひしめきあって行軍できるかどうか。

重臣の疑問はそこである。

「殿、考えてもごろうじろ」

と、ひとりが無遠慮にいった。無遠慮さはこの当時の土佐人の特徴であった。

「なにを考えるのだ」

「いっぺんに阿波をまるごと奪《と》るのではござるまい」

「あたりまえだ」

奪ろうにも、阿波には侍がいる。侍がいるという程度ではない。阿波の三好党《みよしとう》は一時は、つまり織田信長が出てくる以前は、海峡をこえて近畿に入り、ながいあいだ京を占領していた連中である。合戦にも長《た》けているし、大小の城のかずは、一国に五十も六十もあろう。一時に大網をひろげたようにしてはとれるはずがなく、実際上は、国境にちかいとりやすい城から攻めおとしてゆかねばならないのである。

「それゆえ、必要な人数だけを送ればよろしく、他は征《い》ったところで用もなく野に立ち山に臥《ふ》せていねばならぬのではありますまいか」

結局は、元親のいう一国からっぽ論は、その実際面で不可能である、ということであった。元親はうなずき、

「それだけか」

と、いった。言いたいのはそれだけか、ということである。元親はふたたびここで重臣たちに物の考え方を教育せねばならない。

「物を考えるとき、とらわれてはいけない」

と、元親はいった。

「そのほうたちは、合戦をさせればその勇猛さは六十余州の国侍のなかでもすぐれたほうに入るだろう。しかしながら、他国の侍とはちがい、料簡《りょうけん》がせまい」

「狭うござるか」

重臣たちは、不服であった。

「せまい」

と、元親はうなずいた。なにしろついこのあいだまで部落同士のたたかいや駈けひきだけをしていた連中なのである。どうしても料簡がせまいであろう。

「もっと、ひろびろと考えろ」

「と申しまするとも？」

「手は二本あるのだ」

元親のいうところでは、なにも阿波だけを攻めねばならぬことはない。片方の手では

阿波を攻め、片方の手では同時に伊予へなだれこめば、国中からっぽになるではないか、というのだ。

「あっ」

と、さすがに重臣たちは声をのんだ。いわれてみればなんだと思うようなことだが、阿波にのみとらわれてしまうと、そのことには容易に気づかない。なるほど伊予へも細い山路があるだけだが、それへ土佐兵の半分を送りこむことによって国中ががらあきになり、外征の留守中に反乱がおこるような心配もなく、みな一様に外征経験をすることによって一国統一の心理効果も期待でき、かつは阿波と伊予が援軍を送りあったりすることもふせげる。

元親はさらに自分が練りあげた作戦計画を語りはじめた。

土佐の地形は外洋にむかって大きくつばさをひろげたようなかたちをしている。

東西にながい。

郡は七つあり、それが横にならんでいる。

その七郡のうち、東のほうの安芸、香我美《かがみ》の二郡の兵を阿波に侵入させ、西のほうの高岡郡、幡《はた》多郡の兵を伊予へ侵入させる。中央部の三郡の兵を元親直属とし、それを元親がにぎり、この両面作戦の進行中、必要に応じて兵力を投入してゆく。つまり予備軍であった。

「いやはや、それは大きゅうございますなあ」

と、重臣のひとりが声をあげた。いままでの自分たちの合戦の規模からおもうと、信じられぬほどの大規模な構想である。

元親はそれぞれの大将、軍監などの人事をこまかく発表し、異論があればそれをきき、不自然なところがあればすぐ訂正した。やがて計画はできあがった。しかも、この日、一日のうちに、である。

「あとは、おのおのが働くばかりだ。すぐ陣触《じんぶ》れをせよ」

すぐ陣触れをし、敵の虚をつかねばならない。

長曾我部軍が行動をおこし、まず阿波へむかって進撃を開始したのは天正二（一五七四）年の十一月なかばであった。大げさにいえば、これは日本史的な事件であったであろう。一つの国が未開割拠の状態から統一社会を完成し、その余力を駆って他国を攻めるのである。本土ではいくつか例はあるが、さほど多くはない。

阿波にむかった長曾我部軍は、その数七千である。

阿波へ越えることそれ自体が、とほうもない難事業であった。

直線経路はない。迂回《うかい》せねばならないが、それがばかばかしいほどの大迂回であった。まず、土佐の海岸線にそって岡豊から五日のあいだあきもせずに右手に海をながめつつ一列縦隊の行軍をしてゆかねばならない。途中、有名な室戸岬がある。そのするどい逆三角形の尖端《せんたん》までゆき、つづいて他の一辺に沿いつつえんえんとゆく。来る日も来る日も右手が海である。ついに阿波との国境ちかくに出る。そのまま海岸線はつづいているがしかしそこで皮肉にも海に山が突き出し、道路はなくなる。

あとは奥山をかきわけて迂回し、山から阿波へ越えねばならない。この山が、険峻《けんしゅん》をもってきこえた野根《のね》山である。

野根山にのぼるには、野根川の渓谷をさかのぼってゆく。渓谷は奇岩に満ち、激流が走り、道はあるかとおもえば消え、そのつど道をつくり、馬や荷駄を通さねばならない。季節はすでに冬であり、夜になれば全山に霜がおりた。行軍は容易にすすまず、途中の作業には上士も足軽もなく立ちはたらいた。先頭、中軍、後衛には、長曾我部家の家紋であるかたばみの旗がつねにひるがえり、その土佐統一の象徴旗をあおぎつつ諸兵は這《は》うように進んだ。その難行軍のなかで元親がかねて期待したようにかれらは出身部落の割拠意識をしだいになくし、同国人であるという、歴史のなかでかれらがはじめてもったあたらしい感情にひたった。むしろその昂奮《こうふん》が、これほどの難行軍を、可能にしたといえるであろう。

ついに野根山の山頂に立ち、前方に阿波の盆地群を見おろしたとき、

「われらは土佐人である」

という感動で、ほとんど抱きあっている者どももいた。

元親は、その居城の岡豊からうごかない。かれ自身が外征軍の先頭に立たないのは、その留守中にこの統一そうそうの国内で反乱がおこってはこまるからであった。

つねに、岡豊から作戦を指導した。やがてこの年の暮に、外征軍が阿波南部の一角を占領したという戦勝報告をうけとった。地名でいえば宍喰《ししくい》、海部《かいふ》といったあたりである。宍喰は商港であり、ここをおさえることによって堺からの鉄砲輸入がうまくゆくであろうし、海部は阿波南部の唯一の平野で、このあたりが外征軍の兵糧《ひょうろう》の供給地になるであろう。

「めでたき次第でござりまする」

と、重臣たちがつぎつぎに祝賀にきた。が、元親はいっこうにうれしそうな顔をしない。

「殿はなぜそのようなお顔をなされておりまする」

と、重臣のひとりが無遠慮にきいた。元親は、おれも人が変わったらしい、といった。

「お人が？」

「そうらしい。変わった。いまのおれは以前のおれではないような気がする」

「どのように」

「欲が、際限もなく出てきた。宍喰、海部をとれば、それをよろこぶよりもつぎをまだとっていないことの焦燥《しょうそう》しか感じられぬ」

この言葉は、その夜奥に入ってから、菜々にもいった。

「すると、強欲《ごうよく》におなりあそばしたのでございますか」

「いや、あきんどが銭を貯めたがるような、百姓が年貢《ねんぐ》を出しおしみするような、そういう強欲でもなさそうだ」

「どういう欲でございます。例えば？」

「左様、たとえば商人や百姓よりも、猟師に似ている」

「猟師に」

菜々は、笑いだした。なるほどそういわれてみると、元親の顔は百姓顔でもなく商人顔でもない。山の猟師にはこのような顔の者が多いようにおもわれる。そういってからかうと、

「なにをくだらぬ」

元親は、にがい顔をした。どうも菜々にはそんな単純なところでわらいこけてしまって、話の腰を折ってしまうところがある。

「おれのいっているのは、そういうことではない」

「左様でございましょうとも」

菜々は、あわてて笑いをおさめた。

元親のいうのは、猟師の欲というのは、欲得をはなれたところがあるという。たとえばかれ——猟師が山の奥で白毛の大鹿をみつけたとする。それに魅了され、それをとろうとし、それを一年も追いつづける。それに憑《つ》かれたがために、もはや途中で出あう並の鹿や猪がひどくくだらなくなり、そんなものは獲物でもないとおもうようになり、つい矢もむけようともしなくなる。獲《と》らねばその日のくらしにこまるし、いくら小鹿でも

あきんどの感覚からいえば獲ったほうがそれだけのもうけなのだが、猟師のかたぎではどうもそのような気がしない。

「白毛の大鹿が、四国制覇ということでございますか」

「天下制覇ということでもある」

「その小鹿や猪が、海部城や宍喰であるというわけでございますね」

「まあ、そうだ。おれはどうやら、おかしな男になりはじめているらしい」

いままで百姓が土地を耕しひろげるようにして土佐での領土をひろげていたこの男が、飛躍への野望をもやし、その野望の実現へ一歩踏みだしたということであろう。元親はいままでとはちがう世界に入りこんだということを、そんな表現でいっているらしい。

阿波国からの最初の勝報に接するや、元親はすかさず伊予国への進撃を、その担当二郡に対し督促した。いよいよ両面作戦がはじまった。

すでに年があけ、天正三年正月になっているが、なお寒気つよく、伊予への山路は積雪がふかい。南国の土佐人たちは雪を踏んで四国山脈を越え、伊予の城々をおとしはじめた。

元親はこの間《かん》、みずから阿波の占領地へゆき、うばった海部城の新城主として弟の香《こう》曾我部《そかべ》親泰《ちかやす》を置き、阿波南部の司令官とした。

元親が占領地にいるあいだに、阿波南部の諸豪族は大いに動揺し、油木、日和佐《ひわさ》、牟《む》岐《ぎ》、桑野、椿泊《つばきどまり》、仁宇《にう》などの諸城主はみな人質を送って降を乞うた。元親はそれをゆるし、人質をとりまとめて土佐に帰ったが、その帰路、ひどく気になることがあった。

酒である。

占領地へゆくと、土佐侍たちは毎日毎夜酒をのみ、ときには槍もてぬほどに酔っている番卒もいた。占領地の村々も、土佐人の機嫌をとるためにあちこちから酒瓶《さけがめ》をかついで陣中見舞にやってくる。それを土佐人どもは大よろこびでのんでいる。

（こまったことだ）

と、元親はおもった。阿波人がその気にさえなれば土佐人を酔いつぶしておいて陣を急襲することもできるのではないか。

（なんと酒好きな連中であることか）

一歩そとへ出てみて元親自身にもわかったことだが、阿波人はさほどには飲まない。伊予人も、土佐人ほどではない。

（これは、うかうかするとせっかくの四国制覇の夢も、士卒どもの大酒でくずれさらぬともかぎらぬ）

そうおもった。

岡豊城に帰ってからもこのことを考えつづけ、ついに肚をきめた。

禁酒を法律化することである。

諸事、元親はとりきめを成文化して法律にすることがすきであり、これをもって一国社会をつくりあげてゆこうとしたが、ともあれこれに禁酒の一項をくわえようとした。しかしひとの嗜好《しこう》を禁ずることでもあり、最初は多少ためらいもし、菜々にまで相談した。

「どうだろう」

と、菜々にいった。

「お酒をおやめになるのでございますか」

菜々は、元親個人の禁酒だとおもい、結構でございますとも、といった。

「いや、わしだけではない。国中の侍にも百姓にもさかずきをもたせぬのだ」

「国中に」

法律を施行するのだ、という。菜々は、この亭主の法律ずきにはあきれたが、しかし禁酒そのものにはさほどの関心をもたなかった。以前、中村の土居宗珊《そうさん》の屋敷で濁酒を馳走《ちそう》され、目をまわしたおぼえがあるだけで、酒というものにはどうにもなじめない。

「結構ではございませんか」

と、ごく気軽にいった。

元親はこの法律を施行するにあたって、重臣にも下相談したが、この男のずるさ――いや気の弱さかもしれない――は、酒ののめぬ者にのみ相談し、豪酒家たちにはいっさいだまっていたことだった。下戸《げこ》には、もともと飲酒家への同情が皆無なのである。

「つくづく酒のみほどいやなものはございませぬ、それはさっそくお布令《ふれ》あそばすがよろしかろうと存じます」

と大いに賛成した。

元親はこの法を出す前夜、あびるほどに酒をのみ、夜半ぴたりとさかずきを伏せ、

「向後《こうご》酒をのむこと、まかりならぬ」

という法を出した。

この禁酒法が施行されるや、土佐じゅうが迷惑した。

この当時は、行政組織は土佐だけでなく、諸国どこでもそうだが、ととのったものではない。徳川時代ならば民政組織の末端として五人組の組織ができ、その連帯責任と相互監視、密告という三要素をもって幕府は民衆をおさめた。

が、元親の時代は、ごく自然発生的な社会であるにすぎず、法令などはなかなかしもじもまでゆきとどかない。このため禁酒法といっても、酒をのんだ連中をいちいち発見してはしばりあげるというわけにはいかず、結局は、

——酒をつくるな。現在溜《た》めおきの酒もすてよ。

ということを徹底させるよりほかなかった。

それも、村落領主（武士）が、世話人株の大百姓をよびだしてはそれを伝えるのである。

むろん、非常な悪評であった。

「殿様は、気でも狂われたか」

と、小作人のはしばしまで不平をこぼし、しかも従わず、かたちばかりは酒をすててみせるがひそかに隠匿《いんとく》し、また密造する者も多い。

第一、村民に言いわたす村落領主じたいが、飲酒家が多く、

「なあに、めだちさえせねばよいのだ」

と、領民にもこっそり注釈をつけ、たとえ酒瓶《さけがめ》をみつけても、

「これは酒であるまい、すだろう」

といってすませてしまう。ただし元親のひざもとの岡豊の城下屋敷や付近の町家、農家はそういうわけにはいかず、もしみつけられれば辻にひきだされ、罰として笞《むち》をもって打たれた。

自然、怨嗟《えんさ》の声が多い。そのうらみが、禁酒についてだけでなく、政道一般についての他の不平までをよび、にわかに国中が暗くなったような観さえあった。

「これはならぬ」

と家中ではそのことを憂える者も多いが、みな元親をおそれ、たれも諫《いさ》める者がない。

そのなかで、

（おれが、この法をぶちこわしてやる）

とおもったのは、元服をおえた信親のめのとの福留隼人であった。

「こんなばかな法があるか」

と、隼人は、家中の溜《たまり》ノ間でいった。隼人にいわせれば、国主の役目というのは盗賊

を出さぬことと士民にその日が食えるようにすることであるという。

「本朝はおろか、唐《から》・天竺《てんじく》でもそうだ。そのふたつしかない。たとえばみょうとの寝間のことまで制限したりする王侯が古来いないのも、当然なことである。それは政道のそとだからだ」

酒も、夫婦のこととかわらない、という。

「おなじことだ。それを法でしばる、考えられもせぬことを殿はなさる」

しかも禁酒の影響するところはかり知れぬ、と福留隼人はいう。まず、人に表裏をすめるようなものだ。酒をのみたい者にとって酒はめしよりも大切なものだが、それをやめよといわれてもやめられるものでないから、ついかくれて密造したりする。

さらには、村々の領主にも、主君に対して表裏ができる。かつ、酒をのまぬ領主は取りしまりにきびしくなり、酒をのむ領主はそれに手加減をするとなれば、土佐は下戸と上戸のふたつに割れ、場合によってはその不平や対立がまわりまわって別な不平をよびさまし、おもてだった反乱をまでひきおこすはめにならぬともかぎらぬ、というのである。

「よせ」

と、隼人が諫止《かんし》しようというのを、忠告する者もある。

「殿も、面目《めんぼく》があるだろう」

というのである。いったん出した禁酒法をすぐひっこめるはずがない。場合によっては国主としての面目をたもつために隼人を殺すかもしれない。

「戦場で死ぬことは武士の本望であるが、しかしこのようなことでかるがると命はすてられまい」

と、ひとはこの土佐きっての戦場の勇者をおしむあまりそういった。

「おもしろや」

隼人はいった。この時代の武士は徳川時代の武士とはちがい、従順ではない。むしろ事を好むふうさえある。

「殿がおれのいうことにめざめてあの悪《あ》しき法度《はっと》をやめられるなら、長曾我部家にも見込みはある。おぬしどもは、命をすててこの家に尽すという甲斐もあろう。しかし殿がおのれの面目にこだわり、法度をやめぬばかりかおれを殺すとあっては、長曾我部家も見こみがない。それがどちらであるか、おれがためしてやる」

隼人は、機会をうかがっていた。

そのうち、元親がどうやら奥ではこっそりと飲んでいるらしいといううわさが隼人の耳に入った。

「頼りにならぬ殿よ。おのれだけは飲むというような法があるか」

とおもい、さらに機会をうかがっていた。そのうち、ある昼、隼人が不時ながらも山上の本丸にのぼろうとすると、門を八、九人の下役人が入ってゆく。見ると、酒樽《さかだる》をかついでいる。

「それは、なんだ」

と、隼人はそばへ寄った。想像したとおり、酒樽であった。二人が一樽ずつかついでいるから、つごう四樽である。隼人はものもいわずに下役人のえりがみをつかまえて引き倒し、その樽をうばい、かたわらの大石をさしあげてつぎつぎと樽をくだいた。酒は川のようになって坂道をながれ、門外にまでおよび、芳香がそのあたりにみちた。

下役人どもは隼人におそれをなして山上へ逃げたが、むろん事件はぶじにすむはずがない。それを、元親に訴えた。

「しわざは、隼人か」

と、元親は大いにいかった。この統制主義者にとって、統制に服せぬ者ほど憎くおもうことはない。

（隼人は惜しい。が、法は法である）

とおもい、すぐ呼べ、と命じた。

隼人は山上にのぼってきて、元親に拝謁した。元親は、なじった。

が、隼人はけろりとして、

「あれは酒でござるぞ。殿がまさかお飲みなさるはずはござらぬというのに、かの下役人どもは樽をかついでゆく。これはおそらく上《かみ》の御用といつわり、おのれが飲もうとしたものに相違ないとおもい、むしろ法度をまもるがためにあのようにこらしめたわけでござる」

といった。元親は、つまった。

「それとも、殿の御用のお酒でござるか」

「隼人」

元親は視線をとまどわせた。言うかいうまいかを、迷っているのであろう。やがて苦笑し、かんべんせい、おれの酒だ、と正直に白状した。

隼人は平伏し、やがて身をおこしてひざをたたき、元親の率直さに感謝するふうをみせ、つづいて禁酒を国法化することの弊害をるるとのべた。

元親は、その法を廃した。


一つ屋敷に重心のような場所があり、そこに立って術をもって徐々にゆさぶってゆくとやがて地震か、とおもわれるほどに家鳴り震動するという。

(そういう場所が、四国にもあるはずだ)

と、元親はこのところずっと考えつづけてきた。四国を制覇するとすれば、まずそこがどこかをさがし、そこをおさえねばならない。

要するに、四カ国に通ずる道路の交差点のような場所である。

「どこがそれか、知らぬか」

と、家中で他国を歩いた経験のある者をあつめて評議した。が、結論をえなかった。

「わからぬか。その場所にさえ立てば土佐へ行く道も、讃岐《さぬき》へ出ている道も、伊予へゆく道も、阿波へゆく道も出ているという場所だ」

たれも、わからない。

ところが城下に四国を十度巡礼したという老人がおり、それをよびよせると、

「阿波の白地《はくち》というところでございますよ」

と、すらすらといった。そこで白地はどういうところかとしらべさせると、なるほどその条件にあう場所である。

四国第一の大河である吉野川の上流にこの土地はある。吉野川は土佐の北境石槌《いしづち》山にそのみなもとを発し、途中、大歩危《おおぼけ》、小歩危《こぼけ》の奇勝をつくりつつ山岳地帯を割って北流し、やがて東流するが、このまがりかどのあたりに白地がある。こんにちの地理では、池田町にちかい。

以下は余談だが、なぜ、白地というような漢音の奇妙な地名がおこったのか、筆者も解せない。

羽久地ともかく。

いずれも、あて字であろう。

想像するに、もとは伯地であろうか。

清和源氏の小笠原氏のことを、別称で、

——伯どの
と世間ではよんだ。むかしこの家系から宮中の神祇《じんぎ》伯《はく》が出ていたからで、足利幕府の

殿中でも伯どの、伯どの、とよびならわしている。

この時代、阿波を支配している三好氏は、清和源氏の小笠原流であると称している。その三好氏の支族である大西氏が、この白地のあたりの大西城に居城し、あたり一帯をおさめていた。その伯どのの土地だから伯地——白地といったものか。

筆者は、それを信じたい。さらにこじつければ、兵法に、

——衢地《くち》
ということばがある。街道が四方からあつまってきてその場所で交差している、そういう地点をいう。こういう場所には大軍の集結が容易だから、大戦がおこりやすい。有名なところでいえば美濃の関ケ原が衢地であり、四国では、この白地が衢地であろう。むかし阿波三好氏の兵書読みが、白地あたりのことを、あれこそクチである、といったのが、ハクチとあやまって言いならされたものであろうか。

このふたつの想像は、たとえあやまっているにせよ、この白地という土地の実相をよく説明できるとおもい、わざわざ記した。

「その白地をおさえよう」

と元親はいったが、軍事的に攻略すれば白地の領主阿波大西氏はよくふせいで何年かかるかわからない。

（調略してやろう）

と、元親はおもいめぐらした。だまして手に入れるのである。だますとなれば、誠心

誠意、だまさねばならない。

まず、どうだますか。

「大西覚養入道とはどういう男だ」

と、元親は、そのだますべき男の人柄や器量について、阿波の事情にあかるい家来たちにきいた。

――並以下のお人でござりまする。

というのが、一同の評価であった。臆病《おくびょう》でご都合屋で信念がなく、無能で、おだてに乗りやすく、そのうえ虚栄心がつよい、という。元親はありがたや諸菩薩《ぼさつ》、と天に感謝した。この時代、敵の無能ほどわが身の幸福はない。

「南無八幡、臆病で、虚栄心がつよくおだてに乗りやすいか」

と、何度もつぶやき、つぶやきながら策をめぐらした。

いい材料がある。

じつは大西覚養入道には兄がいる。母の身分がいやしかったために家を継がず、出家しており、しかもそれが近年土佐の足摺岬のあたりの寺の住職になっている。元親はその僧を、鄭重《ていちょう》に岡豊城にむかえた。

「わざわざ御足をはこばせましたこと、かえすがえすも痛み入る。じつは御実家の阿波大西家についておもいまするに」

と、元親はいんぎんな口調で語った。

要するに、大西覚養入道こそ阿波の大御所の位置につくべきである、というのである。現在の阿波の大御所は覚養入道のオイの三好長治《ながはる》であるが、この人物の不評判については土佐にまできこえている。意志薄弱で武事をこのまず政治をかえりみず、毎日遊蕩《ゆうとう》をことしている。この長治をばいずれは拙者がほろぼします。そのあとの大御所といえば三好家の血をもっとも濃く伝えている大西覚養入道である。拙者はぜひ推したい、と、元親はいう。

「なるほど」

僧は、感激した。いまの元親のいきおいでは阿波を攻めとるであろうが、話をきいているど元親は阿波をわがものにせず大御所家である三好家をのこし、その当主に大西覚養をつかせたいという。

「一族としてはねがってもないこと」

「されば、覚養入道どのにその旨のお使いをしてくださらぬか」

と、元親はたのんだ。

僧はこころよくひきうけ、土佐を出発し、三日の難路をへて白地にちかい大西城につき異母弟の覚養に談じ入れた。

「おれを阿波の大御所にか」

覚養はあわれなほどこの提案に魅入られてしまった。なるほど本家の当主に阿波をまかせているかぎり、国がほろぶどころか三好家もほろんでしまう。その滅亡からふせぐために自分が立つのだ、とこの男はその理屈でみずからの良心をねむらせ、大いに欲心をもやした。

「兄者《あにじゃ》、土佐の国主へとりなしをたのむ」

と言い、さっそくながら同盟のよしみとして白地を提供することにし、かつその約束のしるしとして元親へ人質を送ることにした。

人質とは、覚養の弟で、かれが養子にしている大西七郎兵衛という人物である。僧はそれをともなって土佐へもどった。

（なんと、すばやく事が進んだことよ）

と、元親は人質と対面しつつ内心大いによろこんだ。

よほどこの調略の成功がうれしかったのであろう、そのよろこびを、菜々まで告げた。

菜々はふと首をかしげた。

「なんだ」

と、元親は見とがめた。

菜々はだまっていたが、人というのはそれほど容易にだまされるものだろうか、とふしぎにおもったのである。

数日たって、元親も不安になってきた。

（なるほど、大西覚養はあまりにもすらすらとだまされてくれたが）

とおもうのである。

欲のふかい人間ほど、だまされやすい。しかしそういう男ほど、他に別な欲の刺戟《しげき》材料があればそちらへ鞍替《くらが》えし、先約を裏切ってしまう。

(思慮あさく欲深き人物ほど、信じがたいものはない)

とかねがね元親はおもっているのだが、阿波の大西覚養こそそれにあてはまる人物ではあるまいか。

それが、事実となってあらわれた。

この約束ができて一月とたたぬこの年（天正四年）の夏、にわかに裏切った。

「さっそくか」

元親はその飛報に接し、おどろくよりもちょっとぼう然とした。

「覚養という男は、よほど馬鹿だ」

と、元親はその重臣にいった。もともと覚養は土佐に与《くみ》して本家の三好氏を裏切ったのだが、そうときまった以上、もはや利害を考えずまごころをつくして裏切る行為をつらぬくべきであり、そうすれば別なまごころのひかりがにじみ出てきて、元親はもとより、阿波の族党たちも覚養を支持し、かれの運がひらけるもとになるであろう。

(しょせんは、小人なのだ)

そうはおもったものの、問題は人質としてあずかっている覚養の養子大西七郎兵衛をどうするか、である。

むろん、定法により殺さねばならない。

「さあ、それはいかがでございましょう」

といったのは、重臣のひとりである笠原中務《なかつかさ》である。

「あれはいい男でござりまするよ」

と、笠原はいう。

さわやかで、いかにも男らしい若者であるという。だから、情として殺すにしのびませぬ、と助命を乞いはじめたのである。笠原がいいはじめると、他の重臣たちもそれに和した。理由は、

――いい漢《おとこ》
ということだけであったが、ただそれだけの理由でみながこれほどにいうとすれば、よほどの男なのであろう。

「そうか、おれはよく知らぬが」

と、元親はいった。元親はかれが人質にきたときに対面したのみで、よくは知らない。

「いちど、存念をきいてみよう」

と、元親はこれへよぶように命じた。

やがて七郎兵衛があらわれた。なるほど、いろいろ物語をしてみると、からりとよく晴れた夏の空をみるような、あかるい気分の若者である。

「そなたの気象、まことにさわやかである。侍はあかるくなければならぬ。家中のおと

な(重役)どもも助命を乞うているし、わしもむざと殺したくはない。いっそ、許す。阿波へ帰るのもよく、あらためてわしに仕えるのもよく、どちらでもわが思うようにせよ」

といった。

元親は、この言葉の効果を期待していた。翌日、七郎兵衛は笠原中務にともなわれてあらわれ、

「御当家にお仕えしとうござる」

といった。

人情として当然かもしれない。兄の覚養は七郎兵衛の首が刎《は》ねられるのを見越したうえで裏切った。七郎兵衛にすれば捨てられたにひとしいが、この長曾我部家では命をたすけてくれたうえ、自分の器量をみとめてくれた。士としては、自分を愛し自分を知ってくれる者のために死すべきであろう。

元親は、権謀者である。

権謀者にとって全世界の人間は利用されるために存在している。それが悪徳である、という思想は、東洋にはない。むしろ人を利用するにしても私心をわすれ、誠心誠意利用すれば薄情な善人よりも多く人を感動させる、という思想は東洋にある。

大西七郎兵衛は、感動したらしい。

「拙者を先鋒《せんぽう》にしてくだされませ」

と、元親にたのんだ。元親もさすがにおどろいた。七郎兵衛にとって自分の実兄であり養父である大西覚養の城を攻めるのに自分を先鋒にせよ、という。先鋒とは道案内と主戦部隊をかねたような位置である。

(どちらも、どちらだ)

と、そのはなしを、その夜元親からきいた菜々は、さすがにぞっとした。元親も元親なら、七郎兵衛も七郎兵衛である。

「そうおもうか」

と、元親は、菜々がなにもいわぬのにその顔色を読みとって言った。それがこの男の気のよわさというものであった。

「まだなにも、申しておりませぬのに」

「色に出ている」

「でも」

と、菜々はおもいきっていった。元親が行動をしようとしているとき、その出鼻をくじくようなことはできるだけいうべきではないとおもっているが、菜々の性分で、どうにも肚《はら》に溜めておかれない。

「殿さまはつねづね学問を家臣たちにご奨励あそばしていらっしゃいます」

「そうだ、奨励している」

元親は、うなずいた。この時代の学問とはのちの科学というものではなく、社会的存在である人間の生き方と道徳といったようなものが主になっている。

「でございますのに、なぜ七郎兵衛どのをそそのかしてその養父であり実の兄である覚養どのを討つ先鋒におさせあそばすのでございますのか。骨肉相食《あいは》むのようなことは人倫の道ではないはずでございますのに」

「そう申すとおもった」

元親はいった。元親もじつはこのことになやんでいる。

「おれだけは、別なのだ」

と、元親はいった。家来は人道を学び、人道を踏みおこなえ、しかしその支配者である自分は人道のそとにある、というのである。

「でなければ、家はほろびるわ。自家を興隆させ、四国も統一できぬ。もともと目的が相手をたおすことであり、たおさねば生きられぬ。それがおれの道だ。釈迦《しやか》や孔子の道とはちがう。目的のために悪徳が必要であるとすれば、悪徳も大いに使わねばならぬ。なぜならば、勝つということが唯一の正義なのだ。織田殿もそうではないか」

「織田殿はもっと」

「そうだ、おれよりもはるかにすさまじい。おれなどは、このようにさまざまにみずからをかえりみるが、そのぶんだけ織田殿よりも小さいわ」

それはべつとして元親が菜々にいわねばならぬのは、出陣のことであった。こんどの大西攻めは元親みずから馬を出すという。

それから三日後、元親は大軍を発し、吉野川上流の渓谷の道をとって四国山脈を越え、阿波に入り、大歩危・小歩危の難所をとおり、白地にせまった。

沿道の阿波の城々はその威風におそれをなし、つぎつぎに城をひらいて帰属してきたため、それら阿波兵を先鋒軍に加え、大西七郎兵衛に指揮させ、さらにさきへ進ませた。


阿波の大西覚養は、長曾我部の軍が国境をこえたときいたとき、

「来るはずがない」

と、断定した。

地理的理由である。古来、吉野川渓谷のこの道を伝って大軍が阿波へ入ったためしがないのである。馬は、一頭も通れなかった。旅なれた行者や巡礼さえも崖《がけ》から落ちる者が多く、ましてや軍馬や荷駄が通れるはずがなく、たとえ元親が大軍を催したところでこけおどしであろう。

「途中で、ひきかえすはずだ」

と、覚養はたかをくくった。その程度の観察で結構楽観できるたちの男で、あいかわらず武備をせず、毎日遊楽していた。

げんに、土佐軍はある程度まですすんでそれ以上は動かなかった。動くにも断崖のくぼみに足をかけて伝わねばならず、進めるはずもない。

が、その軍中から先鋒の大将の大西七郎兵衛が単身ぬけ出し、二十日ばかり姿を消した。調略のためであった。かれは大西系の在郷侍のおもだつ者を歴訪し、

——自分に従え、覚養をすてよ。

と説いてまわった。この説得は大いに効果があった。かれらもまた土佐軍の来襲をおそれており、このままでは大西氏の没落は必至とみている。大西氏が没落すれば、自分たちは元親から所領を追われて流浪せねばならない。

ところが、七郎兵衛に属すればそれはまぬがれるというのである。覚養にそむいて七郎兵衛を擁したところで、大西家そのものに対する不忠にはならない。

ほとんどが、内々七郎兵衛に属する約束をした。

その調略を終えてから七郎兵衛は帰陣し、わずかに兵五百だけをつれ、馬は用いず、兵糧も腰兵糧のみをつけて岩場をつたい、渓流を飛び渡り、夜は山にかくれ、やがて大西城に接近した。

覚養はそれを知り、

「上名《かみみよう》の吊《つ》り橋を切りおとせ」

と命じた。その吊り橋さえ落せば、土佐人は一兵も近づくことができぬであろう。が、侵略者たちは、それをも平然と渡ってきた。橋守りが、七郎兵衛に内通していたからであった。

どっと城の諸門に攻めかかったため、覚養ははじめて鎧《よろい》をつけ、

「まことか、まことに来たか」

と何度も窓へかけよっては、眼下の寄せ手をみた。やがてそのなかに自分とおなじ番雁《つがいのがん》の紋を染めだした旗をみつけ、七郎兵衛が寄せ手の先鋒大将になっていることを知り、土佐人たちがなぜここまで来ることができたかという謎《なぞ》が解けた。覚養は絶望した。さらにかれを絶望させたのは、かれの家来たちがいっこうに防戦せず、城外に出てはつぎつぎと姿を消してゆくことであった。

となれば、覚養はいくさをする機能をさえうばわれたというべきであろう。城をすてて逃げるよりほかなく、着けたばかりの鎧をいそいでぬぎ、土民に身をやつし、夜を待って城を落ちてしまった。

「覚養は、落ちたか」

元親は、はるか後方でこの戦勝をきき、すぐ兵を前進させた。このためほとんど一兵をうしなうことなく大西城とその領内の白地を手に入れた。白地を手に入れた以上、もはや四国全土はてのひらのなかにあるといっていいであろう。

白地に入るや、さっそくここに城をきずき、長曾我部家第一の勇将ともいうべき谷忠兵衛を城将として入れた。

覇者の道

この四国制覇の戦略基地たるべき白地《はくち》を得たとき、元親には逸話がある。

元親は里の者をよび、

「このあたりでもっとも高い山はどこか」

ときくと、

「雲辺寺山《うんぺんじ》でございます」

という。なるほど、名をきくだに高そうな山である。その山のいただきに立てば、阿波と讃岐《さぬき》、伊予はひと目で見おろせるというのである。

「のぼってみよう」

と、このための人数をととのえ、ある朝、登山のために出発した。登山といえば大げさだが、要するに街道からの山坂二里あまりをのぼりきらねばならない。途中、胸に迫るような急坂があり、息切れに堪《た》えるうち、やがて山頂に出る。山頂に寺がある。雲辺寺という。海抜三千尺である。

雲辺寺は四国八十八カ所のうち第六十六番の霊場で、

　はるばると
　雲のほとりの寺にきて
　月日を今はふもとにぞ見る

という御詠歌《ごえいか》は、この寺のためによまれたものである。

登りつめた元親は境内《けいだい》に入り、そのあたりの石に腰をおろした。

「なるほど、これは一望である」

と、元親は前後にひらける三カ国の山野を見おろしつつ大いに満足した。

家臣が庫裡《くり》へ走ってこの寺の住僧であるという六十年配のやせた僧をよんできた。

五尺に足らぬ小男である。

「拙僧が、この寺の住僧でござる」

と、頭をわずかにさげた。征服者に対してこの程度の会釈《えしやく》ですませるのはよほどの胆力のもちぬしなのであろう。

「これは、どなたの開基か」

「ご存じないとは、おどろき入る。弘法大師《こうぼうだいし》の草創にして、嵯峨《さが》天皇の勅願寺《ちよくがんじ》でござる」

「足もとに三州の山野を従えつつ毎日読経《どきよう》をなさるとはいいお気持であろう」

と元親は世辞をいうと、

「申されるまでもない。この一山で経をとなえれば声は天を駈けてやがて三州の野にしみわたる。よき気持は拙僧にあらず、朝夕、天より経を降りくだされる三州の民のほうでござろう」

（大きいことをいう）

元親はべつに腹も立たず、なかばおもしろがってきいていた。このように人里離れ、地よりも天にちかい山寺に暮らしておれば、そうとでもおもってみずからなぐさめているよりほかあるまい。

「貴殿は、ちかごろこのあたりに軍を進めて参られたという土佐の国主長曾我部《ちょうそかべ》宮内少《くないしょう》輔《ゆう》どのでござるか」

「左様、身はその名である」

「この山に登られ、めあてはいかに」

「三州を見たいと思い」

「見たいというめあてはいかに」

「いずれわが手に併呑《へいどん》されるであろう山河を、雲の上からながめておきたい」

「申されしものかな」

僧は大いに笑った。もともとこの侵略者に好意をもっていないのであろう。

「三州はひろい。人煙もおびただしい。お国の土佐のように人のわずかにしか住まぬ国とちがい、大いにかまどが賑《にぎ》わっておる。その広大で人の数の多いこの三州を、わずかな土佐の兵で征服しようとするのはもとより無理でござる。いわば、大いなる釜《かま》に、薬《や》缶《かん》のふたをもって覆《おお》おうとするようなもの。元来ができぬ相談でござる。わるいようには申しませぬ。いまから土佐へ帰られ、土佐一国の民を愛撫《あいぶ》することに専念されよ」

と、おそれげもなくいいきった。

（なんと、おそれを知らぬ坊主よ）

とおもいつつ、元親は怒りもせず、強《し》いて笑顔をつくって聞いていた。

「貴僧は土佐に帰れといわれるのか」

「そういうこと」

と、小さな老僧は背をそらせていった。なるほど、侵略者にむかってこれほどの態度がとれるのはよほどの勇気がある証拠であろう。

「まず、茶なりと」

と、僧は言い、みずからさきに立って庫裡に案内した。庫裡といっても寺くさい建物ではなく、豪族の屋敷といったふうのもので、なかは京ではやりの数寄屋《すきや》ふうに仕立てられている。

「これに、讃州ノ間というのがござるゆえ、それへどうぞ」

といって元親を招《しよう》じ入れ、茶菓が運ばれてきたころ、かたわらの明り障子をからりとひらいた。

むこうは天である。その下に地がひろびろとつらなっている。讃岐の国が一望に見わたせるために讃州ノ間と名づけたのであろう。

「讃州十一郡と申すは、大内《おおち》、寒川《さんかわ》、三木、山田、香川、阿野《あや》、鵜足《うたり》、那珂《なか》、多度《たと》、三野《みの》、刈田、これでござる。みられよ、一瞬一望でござろう」

「なるほど」

「して、土佐国は何郡でござる」

「七郡」

「七郡をもって十一郡をとる。それゆえやかんのふたで釜をおおうようなもの、と申すのでござるよ。そのほかなお阿波、伊予に手をのばされること、正気ともおもえず」

「まあ、ごろうじろ」

元親はいうよりほかない。あと二、三年でみごと四国にふたをしてみせる、それをみてから申されよ、というのである。

「なんのためにふたをなさるか。讃岐の者も阿波の者も伊予の者も、ふたをしてくれと望んできたわけでもござるまい」

「天が、それをわしに命じておる」

「天が」

僧は、首をすくめた。

「わしはこのように仏に仕えて五十年になるが、いまだに仏というもののお声もきかず、お姿も拝したことがござらぬ。宮内少輔どのは、天の声を、その耳にきかれたか」

「笑止なことを申される。神仏の声は心できくもの、天の声は智恵できくもの、耳できくものではないわい」

「負けた」

と僧は菓子をとりおとし、膝《ひざ》をそろえ、ふかぶかと頭をさげた。

元親は、山僧のその芝居じみたふるまいがおかしかったが、結構、かれもこの僧との対話を楽しんでいる。

「時というものは、どうにもならぬ」

と、元親はいう。鉄砲が渡来し、天下に普及した。これが世を変えようとしている、と元親はいうのである。それまでの日本は山間に小豪族が割拠し、山の上に小城をかまえて日本を幾千幾万となく細分化しておさめていたが、鉄砲という火器が山城の守備力を無力にし、難攻不落の城というものをなくしてしまった。このため力のある者が日本をあらごなしにならして平均しようとし、中央では織田信長が出、ほうぼうに類似の者が出てそれを懸命にやっている。これが民によいことかどうかは知らず、しかしながら世の進む勢いである、それが天の意思というものだ、というのである。

「天の意思に善悪はない。それを善にするのが人である。自分も天の意思によって天下を平定し、わが意思をもってそれを善きものにしたい」

と、元親はいった。

その後数年、元親は白地に大本営を置き、讃岐、伊予、阿波三国の天地で雷神がはためくように荒れくるった。

三州の国主や大小の豪族にとってはたまらなかったであろう。かれらもよく戦い、かつ自力では防ぎがたいため、本土の強大な者の後援を乞うた。瀬戸内海岸の者は毛利氏をうしろ楯《だて》とし、大坂湾にむかいあう阿波の者は織田氏のもとに泣きつき、その応援を乞うた。

ともあれ、難戦の連続であり、元親も何度か、

——やめるべきか。

と、心のくじけることが多かった。ゆらい元親にはそういう癖があり、苦しくなるとつい故郷の岡豊《おこう》の山河を想い、隠遁《いんとん》を想った。

が、事態が、元親をひきずった。坂をころがりだした巨岩は行きつくところまでゆかねばとどまらぬように、元親のこの立場も同然であった。

——たいそうな所へ、自分の運命《よい》を置いてしまった。

と、陣営で将士が寝しずまった宵など、ひそかにほぞを噛《か》むおもいをどうすることもできない。人も、死んでゆく。土佐兵は三州の山野に屍《しかばね》をさらし、そうした兵員の補充にこまるようになってきた。

讃岐藤目《ふじのめ》城の攻防など、戦いに馴《な》れた元親でさえその悽愴《せいそう》さに声をのむおもいであった。

藤目城は、讃岐きっての猛将といわれた新目弾正《あらめだんじょう》が兵五百をもってまもっている。ほんの痩《や》せ城にすぎない。本来ならば、元親はこれを調略によって血ぬらさずにとるところだが弾正にはそれがきかない。調略のきく相手というのは、欲が深いか、臆病《おくびょう》か、その麾下《きか》の士卒のあいだに分裂のきざしがあるという場合にかぎるが、弾正はそうでなかったためこれはどうにもならなかった。

城は、山岳の上にある。櫓《やぐら》は崖《がけ》の上にそびえ、雲にかける梯子《はしご》でも立てかけなければとうていよじのぼることができない。

元親は、雪のふりしきる朝、五千の土佐兵をひきいて藤目城のふもとを取りまいたが、

――どう攻むべきか。

という方途にまよった。ゆらい要塞《ようさい》攻撃というのはおびただしい血が必要である。流血をできるだけ少なくして攻めるというのが将の道だが、その方法が思いうかばないのである。陣中、評定《ひょうじょう》をひらいてみたが、日没前になっても妙案がでなかった。

元親の部将に、浜田善右衛門という血気の男がおり、軍議のきまらぬのにいらだち、みずから一隊をひきいて岩場をよじのぼりはじめたことから、すさまじい血戦を誘引した。さきにのぼった浜田隊百人は崖の途中でことごとく殺され、その死体が空中から落下し、空堀《からぼり》はそのしかばねでうずまり、浜田善右衛門も落命した。本隊はそれをすておけず、手に手に熊手をもって掻《か》きのぼったが、つぎつぎと射落され、斬《き》り落され、そのしかばねを踏んでさらに別の兵がよじのぼってゆく。結局、一夜で城は落ち、城方は

弾正以下五百人ことごとく死に、かろうじて奪うことができたが、このときの土佐方の死者は七百人であった。痩せ城ひとつを得るのにこれほどの犠牲をはらわねばならぬというのはどういうことであろう。元親は敵味方の死屍《しし》の散乱した戦場に立ってもはや立っていることさえ堪えきれず、その場に祭壇を設け、僧をかりあつめ、みずから喪主《もしゅ》になって戦没者をとむらった。戦場で供養するような例は諸国にもないが、これも元親の気の弱さのあらわれであろう。

「予は戦いを好む者にあらず、統一を好む者である」

と、元親は士卒にも言い、敵にも言い、みずからにも言いきかせて、戦いの悲惨さのためにともすれば弱まろうとする気持をかろうじてひきたてていたが、しかし、天正四(一五七六)年から数年にわたる四国各地の戦場では、かぞえきれぬほどの悲劇をうんでいる。そのうちのいくつかをひろうと、讃岐の財田《さいた》城を攻めたときの挿話がある。

敵の城将は、財田和泉守《いずみのかみ》という者で、土佐軍の包囲にたえかね、ついに強行脱出を試みようとし、兵二百をひきい、一団となって包囲の稀薄な部分にむかって突撃してきた。土佐軍のなかに横山源兵衛という勇者がいる。それが単騎をもってむかえ討ち、財田和泉守と林のなかで槍を合わせ、突き殺し、たちまち首をあげた。

その首を槍にかかげて敵味方にむかって勝ち名乗りをあげたとき、あげおわらぬうちに源兵衛の声は絶え、折りくずれて死んだ。横あいの草むらに忍んでいた和泉守の寵童《ちょうどう》の菊之助という少年が鉄砲をもって仕とめたのである。横山の死体に駈けよりいそぎ主人の首をうばいとって逃げた。

横山源兵衛には、子がいる。隼太郎《はやたろう》と言い、十六歳の初陣《ういじん》であった。父のそばに駈けよってみるとこの始末であり、気をとりなおして菊之助のあとを追った。

一丁ばかり、小笹の山坂を駈けのぼってゆくうちに、はるか林間をとおして菊之助が駈けてゆくのがみえた。

「父のかたき、とってかえせ」

というと、この四国は後進地帯であるだけに鎌倉風の士風がのこっていたのであろう、菊之助はそこで足をとめ、いわれるままにとってかえし、

「かたきとは、まさしく私である」

と、隼太郎に会釈し、たがいに太刀をぬいて打ちあった。さんざんにたたかううち、隼太郎のはたらきがいかにも軽捷《けいしょう》で、このため菊之助は右腕をつけねから切り落されてしまった。

「これまでである」

と、菊之助はいった。

「私はすでに主人のかたきを討って、恩を報じた。これで十分である。おぬしも私を討って父のあだを討ち、その恩に報ぜよ。双方、それによって侍の冥加《みょうが》が立つというものではないか」

と言い、隼太郎に討たれて死んだ。この隼太郎も、つぎの戦場では戦死している。伊予の陣のときである。

この国の攻略をうけもったのは、長曾我部家の筆頭家老久武内蔵助であった。久武は二千の兵をひきいて伊予に転戦し、数年でそのなかばを攻略したが、天正七年、大規模な作戦をおこし、七千の兵をもって伊予宇和郡の岡本城をかこんだところ、逆に攻められ、主将の久武は重傷を負い、多くの将士が討たれて敗走した。

この敗報が、五日目に土佐岡豊城に入った。全滅であるという。

その報に城内は衝撃をうけた。なかでも久武の部将の竹内弥藤次の妻はことし十八歳で、妻になってほどもなかった。夫の死を悲しみ、辞世の歌をよんで自害して果てた。竹内弥藤次は死んでいなかった。土佐に帰ってこの始末を知り、おのれも死のうとし、剣をぬいて腹に突き立てようとしたが、妻の父などが力ずくで押しとどめたため、かろうじて思いとどまった。

「この惨は、おれの業《ごう》である」

と、元親はあとでこの話をきき、深刻な衝撃をうけ、いつもながらの内省癖をおこし、数日食欲をうしなった。

天正四年、信長は近江《おうみ》に安土《あづち》城をきずき、それに移った。

信長はつねに四面に敵をもち、その生涯の多忙さは、かれほどの多忙を史上で経験した者はないといっていいほどだが、安土にうつってからはおなじ多忙でもやや気持にゆとりができた。織田政権の所領は近畿を中心に五百万石に近く、しかもさきに強敵の武田信玄が病没し、さらに天正六年上杉謙信が死んだため、東方や北方からの脅威が去っている。

天正七年から八年にかけ、信長にとって四国がしきりと脳裏にうかびはじめた。

——いずれは、四国をとってやる。

という腹づもりはある。しかし目下羽柴《はしば》秀吉を司令官として派遣している中国方面が毛利家の頑強な抵抗にあい、まだ播州《ばんしゅう》の平定でさえはかばかしくないというときに、四国のことはまだまださきの問題であった。

ところが、意外にもあの土佐の長曾我部元親がしだいに大きくなってきて、このぶんでは四国をひとあしさきに切り取りにしてしまうかもしれぬという。

信長は、その状況にくわしい。

元親に追われた四国の国主や名族、豪族といった連中が、しきりと信長に頼ってきて窮状を訴え、

「ぜひぜひ、救っていただきたい」

と、いちずに信長の出馬をうながしてきているからである。

もっとも、元親のほうも抜かりはなく、信長とのあいだにあくまでも友好関係をたもつべく、外交接触をおこたらなかった。

信長は、双方に対し、微笑をもって応《こた》え、しかしどうする、ということはただちにはいわない。信長自身の軍事的実力が、四国を問題にするまでには成長していなかった。

そうしたさなかの天正八年六月、信長の安土城下に入った一団の武士がある。

「どこの者であろう」

と、沿道の者もささやきあった。一行は三十人ばかりで、ひどく小さい馬にのっているのが異様であった。

——あの馬をみよ、まるで犬ではないか。

と袖《そで》をひき、目で笑いあったが、馬上の武士どもはみな胸を張り、昂然《こうぜん》としている。

「奥州の者か」

とささやく者があったが、たれもがその無知をあざけった。奥州の武士が安土に入ったことはないが、奥州の者なら、どの者もすぐれた馬に乗っているであろう。安土の者は奥州の武士をみたことがないにしても、その馬は知っている。月々、奥州から馬商人の手でひかれてきて城下の市に立つ馬をみて、

——みよ、馬とはああいうものぞ。

と、そのすぐれた馬格、毛のつや、敏《さと》げな目《ま》ざしなどをみてたがいにおどろきあっているからである。

だからこの騎馬武士たちは、奥州人ではないであろう。それに奥州の馬商人の顔などをみるに、みな顔の彫りが深く、目がくっきりした二重まぶたで、鼻柱がりゅうとして

高く、それに色白な者が多い。

ところが城下に入ってきたこの騎馬武士たちは、目が小さくてひとえまぶたの者が多く、おもながで、色が黒い。

「土佐のひとじゃ」

と、しだいにわかってきた。なぜならばかれらは明智光秀の屋敷の前で、一様に馬から降り、大声で、

「これは土佐の長曾我部宮内少輔のつかいの者」

と、大路小路になりひびくほどの声でよばわったからである。

安土にきた使者は、長曾我部元親の三番目の弟親泰《ちかやす》であった。親泰は香曾我部家を継ぎ、その家名を名乗っている。

「そうか、土佐からの使いがきたか」

と、安土城の信長は、あわただしく登城してきた明智光秀の申次《もうしつぎ》によってそれを知った。

「そのほうの屋敷にとまっておるか」

「左様でござりまする」

光秀はこたえた。光秀の筆頭家老の斎藤内蔵助の妹菜々が土佐長曾我部家へとついでいる関係上、長曾我部家のほうも、なにごとにつけ光秀をたよっている。

光秀も、織田家官僚としてそれを大いに利用していた。

——対土佐外交は、自分がにぎっている。

という自負である。

この当時、織田家の制度では、

「申次」

というものがある。たとえば羽柴秀吉は数年前から中国の毛利氏の申次であった。わかりやすくいえば、織田家の外交面における担当長官、主務長官というべきものであろう。秀吉は織田・毛利家の断交以前から、毛利家の使者がくればこれと面接し、いろいろ話をきき、信長に伝えるべき内容ならば伝える。また信長から中国の毛利家の状勢についてきかれた場合は、かねて調査している内容にしたがって上申する。このため、毛利家と断交になったとき、信長はそれを征伐する司令官として秀吉を任命した。

——あの羽柴づれが。

と、このとき光秀は秀吉の栄誉をどれほどうらやましくおもったかわからない。中国は十州にまたがる広大な版図《ブロツク》である。このたたかいで織田家が勝った場合、秀吉は当然その十州の総督になるであろう。

柴田勝家は北陸担当であり、滝川一益は伊勢方面の担当であり、荒木村重《むらしげ》は摂津の担当である。世がおさまればそれぞれの総督になるであろう。

光秀は、丹波、丹後方面の攻略担当官であった。なににしても小さい。これにくらべれば、同格の競争相手としてこんにちまできた秀吉の運のよさはどうであろう。

（あの男の開運のもとは、毛利家に対する申次であったからだ）

と、光秀はみている。

とすれば、光秀のおもうところ、自分は四国だ、と肚《はら》のなかでひそかに思っていた。げんにいま、というよりずいぶん以前から、土佐長曾我部家に対する申次は自分がうけもっている。これがうまくゆけば、のちのち織田家が四国征伐をするばあいに自分が司令官になり、そのあとは当然、この光秀こそ四国の総督になりうるであろう。

光秀のこのおもいは、織田家の高級官僚として当然の発想であった。

このため、こんど安土にやってきた元親の弟親泰に対しても、下へもおかぬもてなしをし、四国の現勢についてはのこらず聞き、十分にあたまに入れた。信長からなにをきかれても答えうるであろう。

むろん、信長はきいた。使者にあう前に、予備知識を入れておかねばならない。

「元親は、どういうぐあいだ」

と、きくと、光秀はかれは三州を七、八割手に入れたが、伊予の国主河野《こうの》氏、阿波の国主三好氏が旧権をまもって頑強に抵抗するのをいまだどうにもできない、と答えた。

「とすれば、なぜ、おれのところへ来る。兵を貸せ、というのか」

「いえ、左様ではございますまい。とりあえず、上様の御機嫌だけはとっておこうというだけのことでございましょう」

信長は、親泰を引見した。

「やあ、そこもとが、宮内少輔（元親）どのの弟御か」

と大声でいった。

「ようこそ、見えた。このわしは、土佐の者を見るのは、これで二度目である」

一度目は、元親の嫡子千翁丸《ちおうまる》の名づけ親になってもらうためにやってきた中島可之介《べくのすけ》、ついでこんどの元親の弟香曾我部親泰である。

「いやいや、土佐衆も、来るたびに都びてくる」

本音だったらしく、信長はたかだかと笑った。はじめに岐阜に来た中島可之介はならいおぼえたばかりの京風の礼法を、大汗かいて違《たが》うまいとし、ずいぶんとその点がこっけいであったが、こんどの使者は元親の弟だけに、挙措《きょそ》動作がいかにも典雅である。

「もそっと寄って、物語などきかせよ」

と、信長は手をあげてさしまねいた。親泰は礼法のとおり何度か遠慮をし、ついに膝をすすめた。

「わかいのう、いくつである」

「三十でござりまする」

「なんと、そんなお齢《とし》か。これは目がくるうたわ。名家のお血すじゆえ、ほおのつやが尊げで、それゆえ年若にみえたのであろう」

と、信長は、かれらしくもなく機嫌のいいじょうず口をたたいた。

「おそれ入りまする」

「十河《そごう》も河野も三好も泣いておるぞ」

と、信長は真顔で、しかし唇のはしだけは微笑をみせて言った。

十河とは、讃岐の国主十河存保《ながやす》のことであり、河野とは伊予の国主河野通直《みちなお》のことであり、三好とは阿波の国主三好笑巌《しょうがん》（笑岸、笑岩とも書く）のことである。どれもこれもが信長のもとに泣きついてきていた。

「天が泣かしめているのでござる」

親泰は、元親におしえられたとおりのことをいった。

「ほほう、天が、のう」

「左様。かれらは数百年の名家であり、その権威にあぐらをかき、国政をかえりみず、民百姓をしぼって淫逸《いんいつ》を事として参りました。いまの世は左様な者をゆるさず、天はそれを追い、人をしてあたらしき世をたてさせようといたしております」

「人をして、というが、たれのことだ」

「おそれながら」

と、信長を見た。信長のことである、と親泰はいうのである。

「あっははは、ようぞいうた。しかし本音は元親のことであるとおもっているのであろう」

「図星《ずぼし》」

といいたいのだが、親泰はかぶりをふり、どうつかまつりまして、といった。

「元親ではございませぬ。元親が左様であると致しましたならば、それは天意をうけた織田公の露はらいをつとめておるのでございましょう」

「言うわ、言うわ」

信長は大いによろこんだが、しかしそんな言葉を信じてはいない。また親泰のほうも本気でそれをいっているわけではなく、すべては外交というものであった。

「元親は鳥なき里のこうもり、というわけじゃな」

信長は、刺すようにいった。鳥というのは本物の天才であり英雄であるというのであろう。それが四国にはいないから、鳥にたこうもりが大いに威張ってとんでいる。やがて目にものをみせてくれる、という意味をふくんでいるのかもしれない。

なにはともあれ、このときの信長は、元親への皮肉もするどかったが、それにもまして機嫌がよく、

「四国の切りとりは、元親にまかせよう」

と重大なことを言明した。いっさい武力干渉はせぬというのである。讃岐、阿波、伊予三カ国の連中がいかに泣きついてきてもとりあげぬ、ということであった。

「まことでござりまするや」

と、親泰はここが大事とおもい、膝をのりだして念を入れた。

「なんの念だ」

「ただいまのお言葉についてでござる」

「言葉の念か」

信長は、一瞬不快な顔をした。念を押すなどは無礼だとおもったのであろう。

「わしが、うそをついたことがあるか」

冗談ではない、と親泰はおもった。信長ほどその外交でうそをつく大将は古今にないという評判なのである。

が、そうもいえず、左右のゆるしを得て懐中から紙をとりだし、

「土佐は大田舎にて、上方のことばが通じませぬ」

と、誇張したことを言いだした。外交のかけひきというものであった。

「それゆえ、ただいまのお言葉、国へかえって元親をよろこばせてやらねばなりませぬがお言葉のままではとんと通じ申さず、さればこれへ」

と紙をさしのべ、

「書き言葉にてお書きくだされば、使いとしてこれほどたすかることはござりませぬ」

「ばかめ」

信長は笑いはじめた。

「土佐は流人《るにん》の国と申し、古来上方のことばがよくゆきとどいておると申すわ。ではないか、光秀」

と、かえりみた。

光秀は、四国通をもって任じているはずの男である。それに若年のころ美濃の兵乱がおこって生家がほろび、諸国に流浪し、西は薩摩まで行ったという、織田家ではもっとも諸国の見聞に通じている男である。

「左様」

と、考えこんだ。物事を正確に答えようとするのがこの男の癖で、座興とか当意即妙ということがない。かれの競争相手の羽柴秀吉ならばこのあたりは「そのこと、とっさ(土佐)には答えられませぬなあ」などといって座を陽気にしてから言いたいことを言いだすであろう。

信長は、光秀の諧謔《かいぎゃく》(おかしみ、ユーモア)のなさと慎重な性格からきた反応のにぶさがなによりもきらいであった。

「光秀、知らぬのか」

信長は叫んだが、しかし親泰に対してはとりあえず文書の形で自分の言葉をかいてやろうとおもったのか、そのさしだした紙に「天下布武」の朱印をおさせ、自筆をもって、

四国の儀は
元親手柄次第に
切取候へ

と、三行にして書いた。自由にせよ、ということであった。

親泰の役目はすんだ。

そのまま安土を去り、陸路、海路をへて土佐岡豊城へもどり、元親に復命した。

「これか」

元親は、その朱印状を見た。親泰の労をねぎらいつつも、にがい気持が胸にみちている。信長など何者であろう。自分に朱印状をさげるなどの身分ではないはずであるのに、上方で地の利をえていちはやく京に旗をたてたためにこのようにして切り取り許可状といったものをよこしている。安堵《あんど》はしたが、愉快ではない。


ここ十日ばかり、元親は白地の大本営からもどって土佐岡豊の居城で日をすごしていた。その間、安土から帰った親泰の報告をきいた。きいた夜、

「菜々よ、おれは負けつつある」

と、奥に入るなり、いった。菜々はおどろいた。負ける、などは武門でもっとも忌《い》むべきことばではないか。

「阿波の御陣でございますか、伊予の御陣でございますか」

「いや、四国のことではない。四国の諸陣はまずは順調だ」

げんにさきにも阿波岩倉城攻めではすさまじいばかりに戦勝をおさめた。元親は城兵をあざむいて城外に出し、野戦をもって決戦し、かれらをほとんど全滅させた。この一戦で阿波で名のある勇将猛卒の多くが根だやしに死んだといっていい。

「お負けあそばしたとは？」

「田舎は損だな」

と、元親はため息をついた。

「わしがもし京に遠からぬ土地にうまれておれば、世に覇《は》をとなえる者は信長にあらず、わしであったかもしれない」

「ではいっそ京におうまれあそばしたらよかった、とおおせあるのでございますか」

「いや、京ではまずい。京には、十万の兵を養う米がないからだ。それに近畿は兵が弱く天下をとることはできない」

東海道がいい、というのである。

「しみじみと考えるに」

と、元親はいった。日本の権力は東海道を往復している。源頼朝は京でうまれ、東国でそだち、鎌倉に府をひらき、しかるのち京へ坂東《ばんどう》の強兵を送って天下の権を制した。権力が東海道を往復するという先例を、かれが、つくった。以後北条《ほうじょう》政権、足利政権もそうである。

「越後の上杉謙信、甲州の武田信玄の両人は曠世《こうせい》の英雄だが、あわれにもうまれる場所をあやまった」

元親の評価でいえば、謙信はいくさに長《た》け、その能力は神のごとくである。信玄はいくさと外交に長じ、そのおそるべき鬼才は史上にも類がない。信長も、世間で弱兵であるという評判の尾張兵をひきいて、諸方で勝ちすすんでいるのはその軍事能力が右両人とくらべて遜色《そんしょく》がない証拠であろう。しかし、右両人よりも一段と外交に長じ、気宇の点ではははるかにまさり、弱小のころからすでに天下を考え、やることに無駄がなく、なにをなすにしても天下をとるという点にのみ意味をみつけ、それひとすじに進んできた。

ところがその信長でも越後《えちご》か甲州か土佐にうまれておれば、とてもあのようなぐあいになれなかったにちがいない。

信玄は偉なりといえども、甲府から東海道へ出るというだけで生涯をついやした。

越後の謙信は、その晩年、ようやく北陸道をへて京にのぼろうとしたが、途中加賀で織田家の柴田勝家にはばまれ、これに勝ちながらもそれ以上長途の遠征ができず、ついに軍をかえし、そののちほどなく病没した。

その点、信長ははじめから東海道の線上にいる。信玄が東海道に出るだけで生涯をついやしたというのに、信長はうまれたときからそこであり、それも尾張で、京まで三日の行程である。しかも尾張は耕地がひろく、土地が肥え、商業がさかんで、兵をやしなうのにあれほど都合のよい国もない。

――田舎は損だ。

ということを、元親があらためてこぼしたのは、そのことである。いま、信長との折衝がひんぱんになりはじめたことについて、このことがにわかに思いやられてきたのであろう。

「おれが永禄三年の初陣のとき、信長も弱年ながら桶狭間《おけはざま》で今川義元をやぶった。ところがおれがやっと一郡をとったとき、信長はもう京に出てしまっている」

「人間の運というのは、うまれおちた場所によってもうきまってしまう」

と、元親は——それがこの男の性格ではあるが物事を一歩身を退《ひ》いた姿勢で考えたがるのである。

「そうでございましょうか。元親様は土佐一郡のぬしである長曾我部家におうまれあそばして、そのおかげで土佐の国主におなりあそばしました。足軽の家におうまれなさっていたら、どうでありましたろう」

「おれは、天下をとろうとしているのだ。そのたてまえでの話だ。足軽の家にうまれておればこのようなことは考えぬ」

「安土へのお使いは、不首尾だったのでございますか」

と、菜々は、今夜の元親の態度がすこしおかしいため、問いかえしてみた。

「上首尾であった」

と、元親はいった。信長の機嫌をとりむすんだという点では上首尾であったが、しかしそれにはそれで元親には自己嫌悪がある。そこまでに信長の機嫌をとらねばならないかということであり、それを思えばつい両者の出発点と条件のちがい、運不運ということに思いがいたるのである。

「先刻、負けた、とおおせられましたな」

「申した」

「それはなんの故でございましょう」

「おれはな」

信長を競争相手としていた、といった。諸国の大名や豪族のなかでたれよりも早く信長の勃興《ぼっこう》と将来を見通していた。

「これはおれの自慢だ」

と、元親はいった。しかも見通していただけでなく、それと提携しようと思い、信長がやっと岐阜城をとったばかりの時期にこの菜々を織田家中からもらっている。

「わたくしも、いまから思えば、そのことが夢のようです」

「おれに先見の明があったのだ」

「ほんと」

菜々は、実感をこめていった。元親が自慢するとおり、かれはこんな僻地《へきち》から日本全土のことを思いえがいていたのであろう。

「信長とおれと、どちらが早く天下をとるかとひそかにきそっていた」

「むこうが、早うございましたね」

「いや、ほんの最近までは、かれもかろうじて京を制しているというだけであった」

元親としては、信長の勢力の脚が弱いうちに四国を平定し、それをもって京に攻め入り信長と天下をあらそいたかったのだが、ところが四国平定はいまだしであるのに、信長はもう近畿での勢力を磐石《ばんじゃく》のものにしつつある。

――数歩、遅れた。

という感が濃い。遅れた以上、もはや競いあうことはせず、表面は機嫌とり外交の態度をたもちつつ、情勢の変化をまつよりほかない。

「変化とは？」

「たとえば信長が死ぬ、人間である以上、死なぬことはあるまい」

「そんなこと」

菜々は織田家中の出身だけに、信長をそのようにいわれることはいい気持がしない。

「まだ信長様は、四十のなかばでございますよ」

「殺される、ということもありうる」

「そうでございましょうか」

「驕慢《きょうまん》の人だ。家臣に対してもつらくあたっている。外では恨みが充満している。毒を盛られぬともかぎるまい。そうなれば天下はふたたび解体し、おれは四国平定をいそぎ、これをもって中原《ちゅうげん》に出、京に旗をたてたい。すでに信玄、謙信が死んでいる以上、おれしかないではないか」

阿波では、

「三好氏」

というものを代々の国主とし、大御所と尊敬している。もっとも、古い家柄ではない。足利体制においては、阿波における正式の守護大名は細川氏であった。三好の祖で小笠原某という者がこの細川氏の家老として入国し、阿波三好郷を領し、姓を三好とあらためた。

この三好氏がしだいにふとりはじめ、主家をしのぎ、ついに戦国期にあっては阿波の国主として君臨し、一時は京を征服したことさえあった。

その三好氏も、元親が世にあらわれるころには幾系統にも分裂して衰弱しているが、しかしその地力はあなどれない。

三好氏は近畿の河内国をも領していたがこれは信長に攻められ、三好笑巌入道はのがれて母国の阿波へ帰った。そこへさらに南方から元親に攻められ、ふたたび上方《かみがた》へ走り、信長にとり入り、その保護をうけた。

（この男は、利用価値がある）

と、信長はみたのであろう。

なんといっても四国で三好氏といえば古くから声望がある。かつその一族は、阿波、讃岐、伊予の三国にはびこり、どの豪族も三好氏となんらかの親戚《しんせき》関係を結んでいない者はまれといっていい。信長にすれば、

（ゆくゆく、四国は当方で攻めとらねばならぬ。そのときこの三好笑巌を先鋒《せんぽう》として打ち入らせば、いま元親の武威に屈している連中も昔をおもい、あらそってこの笑巌のも

とに走るであろう）

と、そうおもっていた。

三好笑巌も、そこは心得ている。

この人物は、衰弱した名家に生《お》いそだったためにいつの場合も十分に器量をふるうほどの条件をもたなかったが、しかし凡庸な男ではない。

この亡命の旧国主はとくに外交手腕においてすぐれていた。信長が自分をゆくゆくは利用しようとしていることを見ぬき、それをもって織田家との関係をいよいよつよくしようとした。かれは織田家の知人たちからさまざまの情報を得ていたために、非常な情勢通であったが、こんど元親の使者が安土へきたこともいちはやく知った。しかもその使者に、

——四国の儀は元親手柄次第に切取候へ。

という朱印状を信長はあたえたという。

（冗談ではない）

とおもい、さっそく近江へ急行し、安土をわざと通りぬけ、そのむこうの佐和山城に城主丹羽長秀をたずねた。

長秀は、明智や羽柴のような成りあがりとちがい、織田家の譜代《ふだい》の重臣であり、信長の信任もあつい。

（明智ではだめだ）

と、三好笑巌はおもっている。なぜならば明智光秀はみずから四国通をもって任じているとはいえ、長曾我部びいきであり、かれを通じて信長に運動することは三好氏の不利であった。その点、丹羽長秀は笑巌に好意をもっており、人間も重厚で頼み甲斐《がい》のある男である。そうおもい、笑巌はいちずに長秀に頼み入った。

「それはお気の毒だ」

と、長秀はあっさり運動をひきうけてくれた。もともと長秀はなりあがりの光秀をこころよく思っておらず、光秀がなにかといえば長曾我部元親とのつながりをもちだすのが片腹いたくもあった。

「上様があのようなお人ゆえ、お採りあげになるかどうかはわからぬが、とにかく機会《しお》をみて意見を申しあげ、元親と妥協するよりもむしろ元親を討つべきだということをお説き申してみる」

といってくれた。


余談ながら、信長の外交は、つねに権略《けんりゃく》である。

うそ、だまし、すかしが外交の基調であり、信義ではない。

うそは、誠実につかねばならない。だまそうとする場合、誠心誠意だまさねば――必要なら相手と心中するほどの覚悟でだまさねばだませるものではないことも、信長は知っていた。

かつて信長にとってもっともおそるべき敵が甲州の武田信玄であった。信長は、信玄を怒らさぬようにするためにあらゆる屈辱的姿勢をとってその機嫌をとりむすぼうとした。政略による姻戚関係もむすんだし、毎年、おびただしい音物《いんもつ》も甲州へ送った。送るたびに、

「私はこの地上であなたほど尊敬している人はなく、父のような思いがしている」

と、使者に口上させた。

信玄は信ぜず、

——あの小僧め、なにを見えすいたことをいうか。

と鼻で笑っていたが、あるときとどいた音物の品々をみて、ふとあることを調べてみる気になった。その音物たるや、荷造りの梱包《こんぽう》まで総うるしなのである。

「もっとも、ひとくちにうるしといってもいろいろある」

信玄は漆器《しっき》についてくわしい知識があった。安物のうるしはうわべだけを三度塗り程度に塗ってそれだけで仕上げてしまう。むろんすぐ剝《は》げるが、しかし梱包程度ならそれでいいであろうし、それだけでも丁寧でありすぎる。

「削ってみろ」

と、家来に命じた。その削り口をしさいにながめてみると、なんと十度二十度塗りかさねた本物の工程によるもので、これほどの手間のものなら、一人の職人が半年一年かかるであろう。信玄はこのことにおどろき、

（ひょっとすると、あの尾張の小僧の誠意はほんものかもしれぬ）

とおもった。

上杉謙信に対しても、信長はそうである。信長はいちはやく京に旗をたてたが、そのときも謙信が越後から出てくることをおそれ、

「拙者はあなたの露はらいのようなものであります。もしあなたが京へのぼるとおおせられるなら、拙者は近江の瀬田のあたりまで供もつれずに出むかえ、御馬の口をとって御上洛《ごじょうらく》のご案内をつとめましょう」

謙信は晩年のある時期まで、信長のその誠意を半ば信じていた。

かれらは、相前後して病死した。

もし天がこの両人に長寿をあたえたとすればどうであったろう。かれらが勝ったか、といえば、おそらくそうではあるまい。結果は信長にすかされだまされ、そのうち信長の勢力が大いに成長してついにかれらは天下をとれずに終わったにちがいない。

元親に対しても、同様である。

「四国の切り取りは、自由にせよ」

と元親に言いつつも、信長はむろん本気ではなかった。信長の最大目的は天下統一にあり、見も知らぬ長曾我部元親と共存共栄することが目的ではなく、そういう義務もない。

——いずれは元親をつぶす。

という一時の便法が、この懐柔外交であった。

ところが、信長がその懐柔外交の態度を捨ててもいい時期が、意外に早くきた。織田家にとって最大の抗敵の一つでありつづけてきた大坂の石山本願寺も、どうやら勢威を弱めてきている。今後大坂湾一帯が織田家の領地になれば、つぎは四国ではないか。

信長は三好笑巌を引見し、

「よかろう」

と、即座にいった。

そのあまりにすばやい快諾ぶりに当の三好笑巌と、それを介添えしている織田家の重臣丹羽長秀のほうがとまどってしまったほどであった。

（まちがいではあるまいか）

たがいに顔をみあわせて、念を押すべきかどうかをまよった。しかし念を押す、というやりとりは信長は多くのばあいきらう。その気のきかなさを憎むのであろう。

丹羽長秀は、ややや伏し目でだまっている。この戦場の勇者は、性格が篤実なことが美点であったが、しかし気がきかず、畳の上の芸ができない。信長に対してもいちずに臆病であるというのが、長秀のいわば欠点であった。

（御念を、押して賜《たも》らぬか）

という目を、三好笑巌は長秀にむけたが、長秀は気づかぬふりでだまっている。

（えい、頼み甲斐なきお人）

と笑巌はおもい、そこは戦場での武勇よりもむしろ外交に長じたこの男であった。

「おそれながら」

と、笑巌はすすみ出た。ひとつには名門の出だけに、ものおじすることもすくないのであろう。

「それがし、先日耳もとで鉄砲を鳴らし、そのころから耳がおかしゅうござる。ただいまのお言葉、なにやらそれがしにとってうれしきお言葉のごとくほがらかにひびいていながら、残念にもこまかくは聞こえ申さず、おそれながら」

と、さらに膝をすすめ、

「いまひとたびお言葉を」

といった。信長は笑いだした。そういう諧謔《かいぎゃく》のある物の言い方がなによりもすきな男なのである。

「耳が、ばかになっておるのか」

「耳穴に小虫が入ったようで……」

「いまの話、長曾我部元親のことだ」

と、信長はくわしく言いはじめた。

「あの男を、土佐にもどしてしまう。それだけでは辛抱すまいから、最初にきりとった阿波の南のほう、海部《かいふ》のあたりだけはさしそえてやる。それで満足せよ、それで満足せねば大軍を渡海させて討つぞ、と申し送ってやる。その四国征伐の先鋒を、笑巌どの、貴殿がつとめ候え」

「あっ」

「きこえたか」

「聞こえ奉《たてまつ》って候」

と、三好笑巌はひれ伏したが、欲をいえばなにか書きつけを、その証拠としてほしい。元親めはそれをもらったではないか。

臆面もなく、

「おそれながら、そのこと、お筆として」

といった。信長はうなずき、

「書いてやれ、朱印もおせ」

と、そばの祐筆《ゆうひつ》に命じた。自筆ではなかった。笑巌はさらに膝をすすめ、

「拙者、上様の御染筆《ごせんぴつ》をいただければ家門のほまれ、一族への自慢、これにすぎたるはございませぬ。なにとぞ、御染筆を」

「阿波者は、くどいのう」

さすがに、信長の機嫌がおかしくなってきた。笑巌は、

「へっ」

と、なかば冗談で平伏し、

「なにしろ阿波は拙者の一門一族でさえ、元親の威風におそれをなして、それになびいているありさまでござります。お筆を頂き、それを見せ、おそれ入らせた上でお味方につけようと存じ、かくは厚顔に願いあげ奉っておりまする次第でござりまする」

三好笑巌の外交が、成功した。

それが織田家の家中でも評判になり、近国にもきこえた。聞こえるべく、笑巌はいいふらしているのであろう。言いふらすことによって信長の言質《げんち》を確実なものにしようとしているにちがいない。

このとき、光秀は南近江の琵琶湖《びわこ》南岸にある居城坂本にもどっており、その城でこのうわさをきいた。

「まちがいないか」

それをききこんできた筆頭家老の斎藤内蔵助《くらのすけ》にききただした。

「安土の側近衆にききましたることゆえ、たしかでござりまする」

「そうか」

光秀は、青ざめてしまっている。諸事、物事を深刻に考えすぎる男であり、ちかごろはその傾向がいよいよ昂じている。

「上様は、食言《しょくげん》をなさる」

うそをつきなさる、とつぶやいた。自分に対しては長曾我部元親を支援する、四国は元親の切り取りにまかせる、と確言なされ、土佐の使者に対し、朱印まで押した証拠のかきつけを渡されたではないか。

「おれの立場はどうなる」

四国通であるこの光秀の、である。かつ、長曾我部家を中心とする四国問題の中次（担当官）としての顔はどうなるのだ、とおもった。もっとも四国の中次というのは光秀がみずからそうおもっているだけで、信長がそれを命じたことはない。

しかし、家中でも世間でも、

——四国のこと、長曾我部家のことはすべて日州（日向守光秀のこと）どの。

というようにみているし、その情勢のくわしさについては定評もあり、かつ、信長自身が四国問題となればかならず光秀に下問しているではないか。その面目は、この一事で一時につぶされたといっていい。

「事は、尋常ではないわ。逆に元親を討つとおおせあるのだ」

「左様」

「内蔵助、菜々は死ぬぞ」

所領五百余万石をこぞる織田軍に攻められては、あわれ元親も負けざるをえまい。やがては土佐岡豊城も攻めつぶされ、元親も菜々も落城の炎のなかで死なねばならぬであろう。

「内蔵助」

「はい」

「そちの妹のことではないか。なんとかもうせ」

「武門の常、やむをえませぬでござりましょう」

「それだけか」

光秀の態度がおかしい。

「殿、お気をお静かに」

「おれは冷静である。しかし侍の名誉をひき裂かれた痛みは、どうにもならぬ」

「殿、なにごとも上様のご意見のままになさりませ。おそれながらそれが御奉公の道でござりまする」

「わかりきったことを言う」

「――なにとぞご辛抱を」

ここ数年、光秀に対する信長の仕打ちが苛《か》酷《こく》を通りこしていることを内蔵助は知りすぎるほど知っている。光秀はそのために気鬱《きうつ》になり、ときに尋常でない声音《こわね》をくどくどと一つことを言いつのるくせがついていた。

「殿の御力量については、織田殿がもっともよくごぞんじでございます」

だからこそ、つねに重要な部署をあたえられ、その点では決して疎外されてはいない。が、光秀にすれば、そのようなことは問題ではない。

その光秀に、信長から使いがあり、

——すぐ安土へ来い。

という。それが早朝であった。光秀はすぐ馬の支度をさせ、騎馬の供まわり十人ばかりをつれて坂本城を発し、電光のように湖畔の街道を駈け出した。まったく電光のように機敏でなければ信長の家来はつとまらないのである。

昼前には安土へ着き、城にのぼり、取次ぎの森蘭丸《らんまる》まで到着した旨を申し出た。

「なんの御用でござろう」

と、光秀は心配でもあり、心の準備をととのえるため、あらかじめそれを知っておこうとした。

ちなみに、ちかごろの信長は、自分の諸将に対してもいきなり会おうとせず、森蘭丸のような側近を通じさせる。

織田家の組織が大きくなったからでもあろうが、その点信長はもはや帝王であった。かつてはじきじき諸将の顔を見、直接指図せねば気のすまぬほどに軽快な指揮ぶりをみせた男だったのに、いまではたいていの用事は側近の仲介だけですませてしまう。

よき側近たちを得たからでもある。

森蘭丸はその点、信長がのぞんでいた理想的な秘書官であったであろう。機転がきき、頭脳がおそろしく明晰《めいせき》で、しかも進退さわやかであり、容貌《ようぼう》もこれが男か、とおもうほどにうつくしい。

美濃の名族森氏の次男で、はやくから信長に児小姓《ちごしょう》としてつかえていた。そのうち取次ぎとなり、加判奉行というい わば織田家の官房長官のような位置についた。齢はわずか十七歳にすぎない。

しかし、近江で所領をあたえられて大名の待遇もうけている。

この異常な立身は、蘭丸の類のない才気によるものであると同時に、それ以上に信長がかれを美童として愛していたからであろう。

信長には、その種の傾きがあった。つまり男色であるが、それは当時の風俗感覚でいえば異常なことではなく、むしろ女色よりも武将としてはすずやかな性向であるとされていた。この蘭丸を愛するのあまり、信長はとっくに元服の年齢をすぎているかれを主命として元服させず、髪、服装を童形《どうぎょう》のままにさせている。

が、秘書官がいかに有能であれ――いや有能であればあるほど、その弊害も大きいであろう。諸将は信長への心証をわるくせぬために取次ぎの蘭丸の機嫌をさかんにとりむすび、そのために秘書官の権勢が大きくなるという点である。ことに蘭丸に対しては、織田家では傍若無人といわれている羽柴筑前守でさえ、大いに遠慮をし、その機嫌をそこねぬようにしていた。

光秀にとってわるいことに、この蘭丸は、光秀という人物を好きでない様子であることだった。さきの三好笑巌、丹羽長秀の陳情のむきがゆるされたという一件をきいたときも、光秀はとっさに、

「お蘭か」

と、胸中で叫んだほどであった。蘭丸が光秀を好まぬあまり、三好氏の陳情に対し大いに加担したにちがいない。……

さて。――

「四国のことでござるよ」

と、蘭丸は、はたして言った。

「三好笑巌からの願いあげを、上様がおとりあげになったといううわさは、まことでござるか」

「どこからお聞きなされた」

と、蘭丸はつめたく（と光秀には感ぜられる）反問した。

光秀はだまった。殿中の政治むきの秘密を、遠くにいる光秀が知っているというのは、要《い》らぬかんぐりをされるようで、これはまずいことだった。

「ともあれ、こちらへござれ」

と、蘭丸はさきに立った。

やがて、光秀は、信長の御前へすすんだ。

「きいたか」

と、信長はいきなりいった。なにをさしてそういっているのか、光秀にはわからない。

「四国のこと、蘭丸からきいたか、といっているのだ」

「はっ」

聞いていない。ここへくるまでのあいだ、光秀が質問して蘭丸がわずかに答えた程度でなにも蘭丸は教えてくれなかった。

「うかがっては、おりませぬ」

「蘭丸」

と、信長は蘭丸にむかった。

「申しておけと言ったのに、汝《われ》はなぜ申さなんだ」

「おそれながら」

蘭丸は、白い顔をあげた。

「ごく手短かではござりまするが、申しましてござりまする」

（こいつ）

とおもったのは、光秀である。申しもせぬことをあのように言上《ごんじょう》するとはどういうことであろう。

「日州」

と、信長は光秀によばわった。

「蘭丸はあのように申しておる。なぜわれはうそをつく」

「これは」

光秀は、絶句した。このような場合、羽柴筑前守ならば、その持ちまえの陽気さと諧誰で、からりと場の空気をかえてしまうであろう。しかし光秀の顔は、不服と当惑で暗くなるばかりである。信長は、そういう光秀の表情が、なによりも気にくわずときにかっとした。

が、この場合、すぐ気を変え、

「四国のことだ。わしから話そう」

といった。

「元親に、使いを出せ」

「はっ」

光秀は、平伏してつぎの言葉を待った。

「土佐一国は与える。それに阿波の南部はさし添えよう。あとはみなわしに差し出せ。もしそれに異議をとなえるならば当方から征伐をする。そう申せ」

（えっ）

平伏している光秀の体がふるえてきた。

（むちゃだ）

とおもった。無法である。元親は織田家の家来でもなく幕下の大名でもなく、また織田家から一兵の応援をえて四国征服をしたわけでもない。それであるのに、そのような命令を元親にくだせるはずがない。

「心得たか」

「おそれながら」

と、光秀は顔をあげた。

「元親が承知つかまつりましょうか」

「承知せねば、討つばかりだ」

「おそれながら」

光秀はさらに言おうとしたが、信長の機嫌をおそれるのあまり言葉がすぐに出てこない。

（無法だ）

という思いのみが、こみあげてくる。

余談ながらこの当時——というよりこの時期よりずっと早く、信長が京を占領したばかりの永禄十二年のころ、かれに拝謁した宣教師のルイス・フロイスは、信長をつぎのようにえがいている。

「彼は諸人より異常な畏敬《いけい》を受け、酒を飲まず、みずから奉ずることきわめて薄く、日本の王侯をばことごとく軽蔑《けいべつ》し、下僚に対するごとく肩の上よりこれに語る。諸人は至上の君に対するがごとくこれに服従している。よき理解力と明晰なる判断力を有し（以下略）」（ヤソ会士日本通信）

信長にあっては、元親など「下僚に対するごとく」にしか思っていないのであろう。

信長の申されること
　理にあらず
　義にあらず
　ただおのれの我欲を
　満たさんがためのみ

と、光秀は退出しつつ、そのような言葉があつい温度を帯びてふつふつと沸《わ》きあがってくるのだが、しかしあの場合は家臣であるかぎり従わざるをえなかった。

——理にあらず義にあらず。

というのは、光秀がもっている——この当時にはめずらしい儒教意識から出ている。幼少時代から不遇放浪の時代にかけてこの男は中国風の教養を身につけすぎ、戦国風の現実主義にどこかなじめぬところが出来ている。このため、「義」などという倫理用語をつい胸にうかべたがるのであろう。

が、やむをえぬ。

光秀は城下の自邸にもどり、石谷《いしがや》兵部少輔《ひょうぶしょうゆう》光政《みつまさ》というわかい重臣をよんだ。

石谷光政は、家老斎藤内蔵助利三の弟であり、ゆえあって親戚の石谷姓をついだ。きょうだいの順でいえば、長曾我部家の菜々にとっては光政は兄にあたる。

「土佐に使いをしてくれるか」

と、光秀はいった。

「土佐へ」

石谷光政にとって意外だったのであろう、くびをひねっている。

「妹の婚家へだ」

「長曾我部家へ、でござるか」

「難題をもってゆく」

「とは？」

「こうだ」

と、光秀は、信長から命ぜられたすべてを話した。

「――それは」

光政は、だまった。かれにとってもこれは無茶すぎるとおもったのであろう。

「主命とあれば千里のさき、地獄のはてにも使いを致しまするが、はて、その申し入れを長曾我部元親がきき入れまするや否や。そもそも元親は織田家の幕下にあらず、独力をもって四国を切りとりつつある男でござる。これは横槍と申すものではござりませぬか」

「横槍だ」

「さればなぜ、殿は上様（信長）にそのことを申され、せめて使者の件は他の者に、とおおせられませぬ」

「言うな」

光秀はいった。

「左様なことを、おきき遊ばす上様か」

「殿」

「わかっている。そちの申そうということ、百も承知したうえで、この使者をそちに申しつけているのだ。ききわけせよ」

とまでいわれれば、石谷光政も一言もなかった。光秀の心事を汲《く》み、むしろ積極的にこれをひきうける気持になった。

「元親に、天下の形勢を告げ、言葉をつくして説け」

「降伏せよ、と」

「そうだ。乱世に通用するのは、理でも義でもない、力である、と。いま長曾我部家の実力をこぞっても、織田家にはかなわぬ。もし抗戦すれば、もとも子もなくなる」

「はて、あの田舎大名にそのようなことばが通りましょうや」

「通すのだ。それに元親という男はまだ会ったことがないが、あの地の果てのような土佐にあってはやくも岐阜の織田家と接触し、斎藤家と縁組したこと、尋常な男と思えぬ。話はわかるであろう」

明智家の使臣石谷光政は、わが家来二十人をひきつれ堺《さかい》へくだった。

土佐へはこの港から船に乗る。が、定期便があるわけではない。海をわたるには堺商人が個々に所有している商船をつかまえねばならなかった。

その便を得るため、光政は、堺での有数の豪商である今井宗久《そうきゅう》の屋敷をたずねた。

「さ、おくつろぎを」

と、今井宗久はあいさつがすむとものやわらかにいったが、態度はどこか傲然《ごうぜん》としている。

当然であった。

今井宗久は、織田家の御用商人で、町人の身ながら信長から命ぜられて堺の代官をも兼ね、かつ二千二百石の禄をも受けている。

機敏な男である。早くから織田家のこんにちの隆盛を予見し、信長の岐阜時代の初期に接近し、以後ずっとその鉄砲や火薬の用達をつとめてきた。堺商人のほとんどが反織田色にぬりつぶされたときも、宗久は旗色をかえず、終始支持しつづけ、その間《かん》、織田家が必要とするぼう大な火薬、鉄砲の供給をしつづけた。その蔭の功績は、第一線の羽柴秀吉や明智光秀にもおとらない。

信長も、この宗久の功は十分にみとめている。去年の九月、織田家の艦船を視察するため堺にきたときも、わざわざこの宗久の屋敷に立ちより、茶のもてなしをうけているほどである。

「土佐へおくだりか」

と、宗久はいった。この町人のほうが上座にすわっており、明智家の家老石谷光政のほうが下座であった。

「左様、土佐へ。船のつごうはつかぬものかとおもい、かように参上つかまつった」

「それはまたふべんなところへ」

「船は、ござろうか」

「さあな」

宗久は、難色を示した。

「土佐の長曾我部家の用達は、宍喰屋《ししくいや》が一手にひきうけている。かの家へでも行ってきいてみぬことには、どうにもなりますまい」

「しかし宍喰屋ではまずい」

宍喰屋は長曾我部家の系統である以上、もし現地で談判が決裂したばあい、帰路は船にのせてくれないかもしれない。

「いったい、どんな御用でござる」

「主命でござる」

町人づれにはうちあけられぬ、という顔を光政はしてみせた。

「主命とは、明智どのの？」

「いいや、上様の御上意でござる」

「それはそれは」

宗久は信長ときいてがらりと態度をかえ、それならば船の一件はおまかせあれ、といった。現金なものであった。

結局、船は今井宗久の店から出すことになったが、船頭がいない。

今井家には、瀬戸内海航路はおろか、大明国《たいみんこく》やカンボチャ、ジャガタラあたりの水域にまであかるい船頭が何人もいるが、しかし紀淡《きたん》海峡をぬけて外洋に出る土佐航路を知っている者はいない。

この航路はなんといっても宍喰屋の専門であり、結局、宗久は手をまわしてそこから船頭をふたり借りることにした。

あとは、日和《ひより》待ちだけである。

石谷光政が、土佐の浦戸に上陸したのは、桜の季節であった。堺を出るときはまだ余寒があり、花には早すぎたが、ここではもう花は散ろうとしている。

「いい国だ」

と、光政は浜に立ち、太陽と緑のあかるすぎる山野を見はるかした。

いきなり岡豊城には訪ねない。いったん浦戸に腰をすえ、浜に近い臨済宗の寺を宿館とし、そこから岡豊へ使いをさしむけた。長曾我部家の都合をきくためである。

岡豊には、菜々がいる。

しかし元親は不在であった。かれは四国征服の大本営である阿波の白地に出むいている。

とりあえず留守の家老たちが浦戸からの使いに面接したが、しかしどうしてよいかわからない。使者の口上では、

「なんの、御用というようなものではありませぬ。御息災かどうか、たずねに参ったのみでござる」

というのだが、たかがそれくらいのことで明智家の家老が風浪をおかして土佐までくるはずがないであろう。

——残念ながら元親は不在である。白地にいる。

という旨のことをいうと、使いは浦戸とのあいだを往復して石谷光政の返事をもってきた。

「それならば、白地へゆこう。それへゆくまえに妹（菜々）に会いたい。ご都合はどうであろう」

という。家老たちは、菜々にはかった。

「兄が」

菜々は、さすがにおどろいた。長兄の斎藤内蔵助利三と次兄の石谷兵部少輔が明智家の家老をつとめている。きけば、土佐へたずねてきたのは、その次兄だという。

「まさか」

と、菜々は、信じられなかった。

「うそでしょう」

こんな土佐くんだりへ、自分の肉親がたずねてくるはずがないではないか。海のむこうの本土とは、古来、世界がちがうほどに土佐は、遠いのである。

「いいえ、まことでござりまする。石谷どのは明智日向守《ひゅうがのかみ》どのの名代として参られておりまするゆえ、歴《れっき》とした織田家の使者とみてよろしゅうござりまする」

「織田家のお使者。なんの使いでしょう」

「それが、先刻申しあげましたとおり、御機嫌をうかがうために」

「ということはありますまい。きっと、なにか大事なお使いでありましょう」

「されば、この岡豊へ参って頂きましょうか」

「ちょっと、それは」

と、菜々は、考えこんだ。もし外交上の重要問題をもっているとしたら元親をさしおいて自分が会ってしまっていいだろうか、とおもったのである。

「白地へ、使いを出しましょう。それまで石谷どのを浦戸で待たせておきなさい」

と、菜々はそうきめた。

すぐ飛脚が、白地へむかった。五日たってその飛脚がもどってきた。

——会おう。

と、元親は手紙にかいている。その前に実の兄のことゆえ菜々が会え、岡豊でよくもてなせ、と書きそえてあった。

すぐその旨を、石谷光政へ告げた。

その翌日の昼すぎ、この菜々の兄は国分川を渡って、岡豊城にやってきた。菜々は光政を出むかえるために大手門のそとで待った。

菜々は、国分川の橋をわたってこちらへやってくる武士が、まぎれもなく自分の兄であることを認めたとき、涙でそのあたりがみえなくなった。

といえばいかにもゆとりがありげだが、夢中で何歩かふみ出し、

「おあにいさまあっ」

と、不覚にも叫んでしまっていた。一体に軽率な菜々だが、このときほどとりみだしてしまったことはない。

石谷兵部少輔光政は小柄で色白の、菜々に面《おも》ざしの似た品のいい男である。美濃の名族の出でもあり、明智家で一万石を領しているだけに、その足どり、物ごしは、織田家五百余万石の使者としていかにもふさわしい。

が、その光政でさえ、突如とりみだしてしまった菜々に、ひどくうろたえた。

当初、光政はもしこの妹にあえば、

——御内室どの。

とよび、鄭重《ていちょう》な礼をすべくあらかじめ考えていたのだが、つい、

「菜々っ、うろたえるなっ」

と、われにもなく叫び、せっかくの心支度がけしとんだ。

「このたびは主人日向守の名代として織田家の御用により参った。兄として参ったのではないわ」

（それもそうだ）

とおもいつつ、菜々はみるみる脚から力がぬけ、路ばたにしゃがんだ。あまりによろこびが大きいと、こうなるものであろうか。

お里が駈けよって抱きおこしたが、菜々はまるで雲をふんでいるような心地がする。

そのあと光政は山麓《さんろく》の館《やかた》で衣服をあらためやがて山上にのぼり、城の奥で菜々と対面した。

「田舎でございましょう？」

と、菜々は、この城の小ささ、普請《ふしん》の粗末さを恥じた。

「いやいや」

光政は否定したが、内心この田舎ぶりにおどろいている。普請だけでなく城内の侍どもの衣装のすべてが粗末な麻服であり、絹などを身につけている者もない。こうして見まわした印象では、上方や美濃、尾張あたりより五十年は遅れているのではあるまいか。

「先刻は、おどろいたな」

「わたくしに」

「そのあたりの小わらべのように叫びおったが、いくつになっても変わっておらぬわ」

「でも、むりはありませぬ。遠い織田家からお人が来るということすら考えられぬことでありますのに、それがお兄様であるというのは、いまこうしてむかいあっていても、夢ではないかと思います」

「近くなったのだ」

「なにが？」

「世の中がだ。土佐といえば海のかなたの遠国《おんごく》で古来人のゆききもまれであったが、ここ二、三年の時勢は、にわかに土佐の事情を変えようとしている」

「ということは？」

「織田家が天下を統一するだろう。日本は一つになる。なにもかも物事があたらしくなり、あたらしい時代がくる。長曾我部家もいつまでも土佐や四国で天下から隔離しつづけているわけにはいかぬ。時勢なのだ」

「ここにおりますと、時勢などわかりませぬ」

「元親どのにも、その時勢のうごきを説きたい。そのためにやってきた」

「それだけの御用で？」

「なんの、軽くは見まい。わしがもってきたのはおそろしいばかりに重大な御用だ」

そのあと菜々は故郷の美濃のことや、久しく会わぬ縁者の消息などをきいたが、やがて、

「頼み入ります」

と、居ずまいをただした。兄の石谷光政のほんとうの用件というのが、どうも気にな

るのである。

「おあかしくださいませ」

「そうだな」

光政も考えこんでいたが、やがて、

「いや、明かさぬほうがよかろう」

といった。明かせば、重大な問題をひきおこすかもしれない。ひとつには、光政自身が長曾我部家の家臣に殺されるかもしれない。ついで菜々がこの婚家で気まずい立場になるであろう。

「菜々は、なにも知らぬほうがいい。元親どのに話す前に菜々とそれについて話したとなれば、菜々が織田家と通じているのではないかというあらぬ疑いをうけぬともかぎらない」

「それほどの御用なのですか」

「じつはそうだ」

「この御家にとって悪しきことでございますか」

「さあそれはわからぬ。この一件が、長曾我部家にとって吉か凶か、かかって元親どのの胸ひとつにある」

「ききたい」

菜々は身をよじっていった。

「女にとって無用のことだ」

ついに石谷光政は明かさず、翌朝岡豊を発《た》ち、元親のいる阿波の白地にむかった。

(どうもおかしい)

と、菜々は光政が発ったあと、かれの用向きというものが気になって仕方なく、ついに夫の元親に手紙をかいた。

「兵部少輔どのからはなにもうかがいませんでしたが、どうも御用の筋はお家にとって吉報のようではありませぬ。そのことにつき兄は悩んでいる様子でもあります。よくよくその話をきかれ、ゆめ口車にお乗りあそばさぬように」

その手紙を、足早の飛脚にもたせ、間道を選んで白地へ走らせた。

元親は、白地城にいる。石谷光政が到着する一時間ばかり前に菜々からの手紙をうけとった。

(菜々が、なにを)

とおもい、その手紙をひらいてみると、右のような文面である。しかしその文面をどう臆測して読んでも、なんのことであるか、いっこうに要領をえない。

(あいかわらず、頭のまとまらぬ、かるはずみなやつだ)

とおもったが、とにかく石谷光政がもってくる用件というものがよほど重大なものであるということだけはほのかにわかった。

やがて、石谷光政の一行が白地に入ってきた。元親は家臣に出迎えさせ、かれを城の奥に招じ入れた。

城内といっても、光政が上方で見馴《みな》れているような殿舎のようなものはない。茶室すらなく、光政が案内された建物はこの山里の近郷から移築した農家で、囲炉裏《いろり》が切られていた。

(まるで、山賊の巣窟《そうくつ》だ)

と、光政はおかしかった。安土城というようなものとは比較はむりとしても、明智氏の主城の近江坂本城や丹波亀山城にくらべるとこれでも城か、といいたくなる。

「織田殿は、ご機嫌いかがでござるか」

「左様、ますます」

「日向守どのも？」

「いよいよもって」

などのやりとりのあと、要談に入った。

「して、御用とは」

と、元親はいった。石谷光政はこころもちかたちをあらため、

「織田右大臣家(信長)よりのおおせでござる。そのおつもりでおききくだされよ」

「どうぞ」

元親はいったが、胸さわぎがした。

「お手前さまの四国切り取りの儀でござる。右大臣家はそれを認めぬ、とおおせある」

「なんと？」

聞きちがいではないか、と元親はおもい、低い声でききかえした。話の筋道としておかしい。元親の四国征伐は、信長に認められてそうしているわけではなく、これは勝手のことだ。いうまでもなく元親は信長に仕えたおぼえなどなく、その命令に服すべき理由はいささかもない。

石谷光政は、もう一度いった。元親はわざとのけぞるような姿勢でおどろき、

「織田どのはいつ、この元親の主人になられた」

「拙者は」

石谷光政も、くるしそうである。

「主《しゅ》の言葉をお伝えするまででござる。お耳にさからうことでありましょうが、どうぞおわりまでおききくだされ」

「うかがいましょう」

「そこで」

と、光政は再び言葉をあらためた。

「土佐一国の領有はさしゆるす。さらに格別の思いやりによって、阿波南部もそれにつけくわえよう。しかしながら他の、阿波、伊予、讃岐三州で切りとったる城、土地はすべてもとの持ちぬしにかえし、即刻兵を退き、土佐へ帰れ」

「待った」

元親は、わがはかまをつかんだ。光政はそれに気づかぬふりをしてしずかに一礼し、

「右のとおりでござる。シカとお伝え申したゆえ、お返事をうけたまわりたい」

といった。

元親は沈黙している。というより、あやうく怒鳴りあげたくなる衝動を、懸命におさえている様子であった。が、その我慢も限度に達したのだろう。

「ばかな」

と、するどくいった。

「ばかなことを。織田右大臣とやらはまだ会うたことがないが、物に狂われたか」

「……………」

石谷光政はわざと無表情でいる。それしか仕方がないのであろう。

「四国は、わしが切り取ったのだ。織田右大臣とはなんの関係がある。なぜその下知《げち》を受けねばならぬ」

「お聴き入れなさらねば討伐ということに相成ります」

「来るなら、来てみろ」

と、元親はそこに信長がいるかのごとく叫んだ。

「宮内少輔どの」

「いやさ、上方《かみがた》の軍勢がたとえ十万渡海して来ようと百万渡海して来ようと、なんのおそろしきことやある。土佐兵の胆《きも》のすさまじさをとくとごらんに入れようわ」

「それが、御返答でござるか」

「いかにも、長曾我部元親がそのように申した、とたしかにお伝えあれ」

「ご滅亡でござるな」

「むろん滅亡は覚悟のうえだ」

「お覚悟のうえ、と申されるのは？」

「言うにや及ぶ。四国統一はこの元親の一代の念願である。念願に欲得はない。もし念願成就《じょうじゅ》できぬとあれば一死あるのみである」

（言いすぎたか）

とは、元親はおもわない。むしろ言い足りなかった。もっと激しく言おうとした。

——信長、何者ぞ。

ということである。つけあがるな、と叫びたかった。なるほどこの長曾我部元親は、信長に対して、下手《したで》の礼をとってきた。

たとえば、嫡子千翁丸を元服させるときわざわざ人をやってまだ見ぬ信長に烏帽子親《えぼしおや》になってもらい、その「信」の一字をもらい、信親と名乗らせた。

その後、さらに家来を上方へのぼらせて信長に音物を献じたこともある。

が、それらはあくまでも外交である。

家臣になったわけではない。

外交であり、その外交も当方が弱小なるがゆえに信長をなだめておくべく下手から出ていたにすぎない。

（それになにごとぞ）

とおもうのは、信長めは、その元親の態度におもいあがり、まるで自分が主人であるがごとく、

——土佐へひっこめ。

と命令してきている。これが、怒らずにいられるか、と元親は身の慄《ふる》えるような思いをこめておもうのである。

「なるほど領地の大小はある。織田家の富強は天下に冠絶《かんぜつ》しており、自分は一田舎大名にすぎない。しかし同格ではないか。人として高下はないはずである」

と、元親の声はいよいよ大きくなった。

「どこにちがいがある」

なるほど信長は幸運であった、と元親はいう。元親のみるところ、信長は尾張という、京へは三日でゆける近国にうまれたという地理的条件をもっていた。

元親は、その点不利であった。四国のはしの、大山脈と海洋をもって他の世界とへだてられた土佐にうまれたために京へ旗をたてることができなかった。いや、できなかったというよりも、地の利を占めた信長に先《せん》を越された。

「ちがうといえば、それだけではないか」

「お待ちあれ」

石谷光政は元親の昂奮をしずめようとしたが、元親はきかず、

「信長は単に富強であるという理由だけをもってひとを、まるで赤児の手をねじるようにしてねじりあげようとする。それにおとなしく服せられるか。男として服せられるか。もし服するとすれば男としてこれほどの屈辱はない」

「しかしながら」

「まずきかれよ。四国統一はこの元親の素志である。いまこれをやめることは、この元親の前半生を消し去るようなものだ。自尊心のある人間としてそれはできぬ」

「お待ちあれ」

「足下は、わが姻戚ではないか。わが妻の兄であり、私にとって義兄である。いかに織田家の家来とはいえ、そのような使者をひきうけてやってくるというのはどういうことであろう」

「お待ちあれ。私にも語らせてくだされ」

「なにを」

「いままでは織田家の使者として申しあげたのである。信長様のご意向はくまなく貴殿にお伝えした。しかしいまからは尊公と姻戚の間柄であるという立場でお話したい。ゆるりとおはなししたい。すでにこの石谷光政は私人である。すこしくつろがせてくだされ」

と、泣くようにいった。

元親は、厠《かわや》へたつとみせて座を立ち、茶室を出た。これ以上この場にいることができなかったのだろう。

（あの男は、わしを殺すかもしれない）

と、石谷光政はおもった。

それほどに元親の怒りははげしいようであった。座を立ったのは自分の感情を整理するためか、それとも重臣に相談するためか、そこまでは光政にもわからない。

（怒るのもむりはない）

わかっているだけに光政の心情は複雑であった。かれ自身も自分をおちつかせるためにまわりを見まわした。

（これが茶室か）

いや茶室ではないかもしれない。茶道というような京や堺の流行様式があの土佐の国主にわかるであろうか。

炉を切ってあるところをみれば、茶室のようではある。しかしよくみれば単にふつうの農家のようでもある。

（――ということは）

石谷光政が想像するに土佐人たちは「いま上方では茶というものが流行《はや》り、茶室をよろこんで建てている。茶室というのは百姓小屋のことであるらしい」ということをきいてこの純然たる小農の家屋を城内に移築したのではあるまいか。

（さてさて、どうなることやら）

この談判が、である。まさか元親は自分を殺すまいともおもう。なぜならば自分は元親の妻の兄である。殺しはすまいとおもうが、土佐のような未開の土地の国主ならなにをするかわからない。

（さてさて）

光政が思いまどうているときに、元親は台所へゆき、小姓に命ずることなくみずから井戸水を汲んだ。

井戸底から桶《おけ》をくりあげてくると、やがてその桶へ顔を近づけ、桶ごとに水をのんだ。冷たい。

（どうするか）

という思いよりも、あとは華やかな決闘と没落があるのみである。そして死が訪れてくるであろう。来年のいまごろはこのようにして生きて水がのめるであろうか。

（おそらく死んでいるだろう）

――それでもよいか。

という自問が、はねかえってくる。

元親は座にもどった。

「姻戚の一員としてご忠告申しあげたい。よろしく織田どのの申される条々にお従いあるべしということでござる」

と、光政はいった。

「織田家は強大でござる。強大なる者には従い、家を保ってゆくというのが古来武家の大将の法ではありませぬか。われわれは長曾我部家のほろびを見とうはござらぬ」

「………」

元親はだまっている。

「ぜひぜひそのように。あとあとはわれら主人明智日向守がわるいようには致しませぬ」

「信長は、信用できぬ」

と、元親はいった。

「たとえいまその申し条に従って四国のうち三国を返上して土佐にひきこもったところでゆくゆくどうなるか。いったんは信長は約束をやぶった。そのような男である以上、どのような難題をもちかけてくるか、これは見当もつかぬ」

「それで」

「縁を切るならいま切っておいたほうがよい。いさぎよく信長と戦場で相まみえる道をとろう」

石谷光政は、三日間とまりこみで元親を説得したが、元親の気持はひるがえらない。

「あとは戦場でお目にかかるだけだ」

と、元親はいった。

「早う、上方へ帰られよ」

「いや、あきらめきれませぬ。長曾我部家の滅びを、わかっていながら帰るのは姻戚としてとるべき道ではござらぬ」

「姻戚としてか」

「妹の身が、あわれでござる」

そんなやりとりのすえ、元親はいま一度考えてみることにし、光政をともなって土佐岡豊城にもどることにした。

その翌朝、阿波白地を発ち、三日後に岡豊にもどった。

菜々が待っていた。

「いかがでございましたろう」

と、元親の顔をみるなりいった。彼女にとって板ばさみの苦痛がある。

元親は、光政との交渉をくわしく話し、自分の心境をのべた。

「美しくほろんでやる」

という。このまま信長の横車に屈してもあとあと信長はさらに横車を押してきてついにはなしくずしに衰えてゆかねばならない。それよりもいっそみごとに戦ってほろぶほうがいいというのである。

「でも、織田右大臣様が、あとあとまで横車をお押しなさるでしょうか」

「押す。かれはわしをほろぼそうとしている」

「なぜわかります」

「わしのやった道だからだ」

と、元親はいった。はじめは外交（といっても、おどし、だまし、すかしということだが）で追いつめて行って勢力を弱らせ、弱りきったところを武力で討つ、ということである。元親はさんざんその手をつかってこんにちまで来た。いまはその手を信長から食おうとしている以上、信長の本心や手のうちがありありとわかるのである。

「おれの目には、信長の心が透《す》けてみえる」

「でも」

「いや、この件についてはわかりすぎるほどわかっていることだ。異論をはさむな」

「そうでございましょうか」

「考えてもみろ」

四国のうち三国をもとの持ちぬしに返せというが、将来はそれだけではすまぬ。信長は織田家の諸将に論功行賞せねばならず、その土地が足りない。結局、土佐討伐ということになる。それは物理的勢いというものであるという意味のことを元親はいうのである。

「それに」

と、元親はいった。

「おれも三国を返上してしまっては、いままで働いてくれた家臣どもにあたえてやる城や領地がなくなる。家臣どもはいままでただ働きをしたことになる」

この問題は、理屈以上に深刻であった。すでに長曾我部家の人数は新付《しんぷ》や古参をふくめて四国をおおうほどに膨脹しており、それをもとの土佐一国の領土では養えないのである。今後はその家来のために元親は戦ってゆかねばならない。

「おれは、大きくなりすぎたのだ。大きくなった以上、もとの小にもどれといわれてももどれるものではない」

それが、真の事情である。

「だから信長と戦おうというのだ。勝ち目は百に一つほどしかないが、とにかくやれるだけの手をうって戦いたい。菜々も覚悟せよ」

といった。そういわれれば菜々は一言もなかったし、夫に従うほかない。元親は、その最後の決意を光政にも告げた。光政もこれ以上、もはや説くすべもない。

翌朝、元親は上方へもどる石谷光政を見おくるために浦戸の浜にむかった。

途中、ふたりはともどもに馬首をならべて海への街道をすすんだが、光政は馬をあやつりつつ、なおもあきらめきれぬ様子であった。

「いかがでありましょう」

と、光政は元親へ上体をかがませた。元親の馬は土佐馬で、馬格が小さい。

「いま一度、お考え直しは、かないませぬか」

「ご忠言はありがたく存ずる」

元親は、無表情にいった。光政の心配してくれる気持はよくわかるのだが、かといって光政は織田家のものである。信長の横車までは批判しようとしない。

（もとはといえば、信長のえて勝手、強欲、うそつき、二枚舌、横車からだ。被害者であるこっちが考えなおさねばならぬことはなにもない）

筋でいえば、そうなる。元親はこうとなれば、光政の親切心やそのしつこさまで腹だたしくなってきた。

「いかがでござるか」

と、光政は問いかさねた。

「兵部少輔」

元親は顔色をあらためた。

「それほど拙者に同情してくださるのなら、いっそかの信長を斃《たお》してしまわれては？」

「げっ」

そのあとの光政の狼狽《ろうばい》は気の毒なほどであった。石に打たれた雀のように頭を垂れ、肩を落し、ただ胸の動悸《どうき》をあつかいかねている様子である。

「いかがでござる」

元親は、半ばためすように、半ば本気でのぞきこんだ。

「明智どのが、信長を斃す。斃したあと、毛利家と同盟していちはやく京をおさえる。拙者は四国勢をあげて大いに応援つかまつりましょう」

「待った」

「なにをあわてておられる」

「と、とうぜんのこと。織田どのは、わが明智家の主家でござるぞ。その主人を斃せとは、貴殿はよくぞまあ」

「申したるものかな、と思われておるのでござろう。じつをいえばいま思いついた。これ以外に道はない」

「宮内少輔どの」

「妙案」

元親は、松林のむこうにみえてきた碧《あお》い海をみながら、鞍壺《くらつぼ》をたたいた。

「上方にお帰りになれば、光秀どのにそのように申されよ」

「言えませぬ。家臣として君に謀叛《むほん》をすすめることができましょうか」

「謀叛ではない、武略だ」

「それはなりませぬ」

小心な石谷光政は慄えている。この会話が万々が一、信長の耳に入ればどうであろう。かつて信長の系列下にあった大名の伊丹城主荒木村重が信長に謀叛を企て、一族妻妾が火あぶりになってしまったが、そういう結果になるのは必至である。

「光秀どのは、苦労をなされているそうな」

元親はいった。光秀が信長から手ひどい仕打ちをうけているということは、この石谷光政の口の端からきいたばかりである。

「いっそ、そのように御決断なされるほうがおよろしいのではありますまいか」

「もう、聞きませぬ」

光政は両の耳をおさえた。

砂浜におりたとき、元親はもう一度いった。しかし光政は返事をせず、浜からハシケに乗った。沖に、堺へもどるかれの船がいかりをおろしている。


（下巻につづく）

文春文庫

夏《なつ》草《くさ》の賦《ふ》 上

定価はカバーに
表示してあります

2005年9月10日　新装版第1刷
2007年9月15日　　　　第6刷

著　者　司《し》馬《ば》遼《りよう》太《た》郎《ろう》
発行者　村上和宏
発行所　株式会社 文藝春秋
東京都千代田区紀尾井町3-23　〒102-8008
TEL 03・3265・1211
文藝春秋ホームページ　http://www.bunshun.co.jp
文春ウェブ文庫　http://www.bunshunplaza.com

落丁、乱丁本は、お手数ですが小社製作部宛お送り下さい。送料小社負担でお取替致します。

印刷・凸版印刷　製本・加藤製本
Printed in Japan
ISBN4-16-766319-8

司馬遼太郎の本

（　）内は解説者。品切の節はご容赦下さい。

十一番目の志士（上下）
司馬遼太郎

天堂晋助は長州人にはめずらしい剣の達人だった。高杉晋作は、旅の道すがら見た彼の剣技に惚れこみ、刺客として活用することにした。型破りの剣客の魅力ほとばしる長篇。（奈良本辰也）

し-1-2

歴史を紀行する
司馬遼太郎

風土を考えずには歴史も現在も理解しがたい場合がある。高知、会津若松、佐賀、京都、鹿児島、大阪、盛岡など十二の土地を選んで、その風土と歴史の交差部分をつぶさに見なおした紀行。

し-1-22

日本人を考える
司馬遼太郎対談集

梅棹忠夫、犬養道子、梅原猛、向坊隆、高坂正堯、辻悟、陳舜臣、富士正晴、桑原武夫、貝塚茂樹、山口瞳、今西錦司の十二氏を相手に、日本と日本人について興味深い話は尽きない。

し-1-36

殉死
司馬遼太郎

戦前は神様のような存在だった乃木将軍は、無能ゆえに日露戦争で多くの部下を死なせたが、数々の栄職をもって晩年を飾られた。明治天皇に殉死した乃木希典の人間性を解明した問題作。

し-1-37

余話として
司馬遼太郎

アメリカの剣客、策士と暗号、武士と言葉、幻術、ある会津人のこと、『太平記』とその影響、日本的権力についてなど、歴史小説の大家がおりにふれて披露した興味深い、歴史こぼれ話。

し-1-38

木曜島の夜会
司馬遼太郎

オーストラリア北端の木曜島で、明治初期から白蝶貝採集に従事する日本人ダイバーたちがいた。彼らの哀歓を描いた表題作他「有隣は悪形にて」「大楽源太郎の生死」「小室某覚書」収録。

し-1-49

文春文庫

司馬遼太郎の本

（　）内は解説者。品切の節はご容赦下さい

司馬遼太郎
歴史を考える
司馬遼太郎対談集

日本人をつらぬく原理とは何か。千数百年におよぶわが国の内政・外交をふまえながら、三人の識者、萩原延壽、山崎正和、綱淵謙錠各氏とともに、日本の未来を模索し推理する対談集。

し-1-50

司馬遼太郎
ロシアについて　北方の原形

日本とロシアが出合ってから二百年ばかり、この間不幸な誤解を積み重ねた。ロシアについて深い関心を持ち続けてきた著者が、歴史を踏まえたうえで、未来を模索した秀逸なロシア論。

し-1-58

司馬遼太郎
手掘り日本史

私の書斎には友人たちがいっぱいいる――史料の中から数々の人物を現代に甦らせたベストセラー作家が、独自の史観と発想の核心について語り下ろした白眉のエッセイ。（江藤文夫）

し-1-59

司馬遼太郎
この国のかたち（全六冊）

長年の間、日本の歴史からテーマを掘り起こし、香り高く豊かな作品群を書き続けてきた著者が、この国の成り立ちについて、独自の史観と明快な論理で解きあかした注目の評論。

し-1-60

司馬遼太郎
八人との対話

山本七平、大江健三郎、安岡章太郎、丸谷才一、永井路子、立花隆、西澤潤一、A・デーケンといった各界の錚々たる人びとと文化、教育、戦争、歴史等々を語りあう奥深い内容の対談集。

し-1-63

司馬遼太郎
最後の将軍
徳川慶喜

すぐれた行動力と明晰な頭脳を持ち、敵味方から怖れと期待を一身に集めながら、ついに自ら幕府を葬り去らなければならなかった最後の将軍徳川慶喜の悲劇の一生を描く。（向井敏）

し-1-65

文春文庫

司馬遼太郎の本

（　）内は解説者。品切の節はご容赦下さい。

竜馬がゆく（全八冊）
司馬遼太郎
土佐の郷士の次男坊に生まれながら、ついには維新回天の立役者となった坂本竜馬の奇跡の生涯を、激動期に生きた多数の青春群像とともに大きなスケールで描く永遠の傑作青春小説。
し-1-67

歴史と風土
司馬遼太郎
「関ヶ原の戦い」と「清教徒革命」の相似点、『竜馬がゆく』執筆に到るいきさつなど、司馬さんの肉声が聞こえてくるような談話集。全集第一期の月報のために語られたものを中心に収録。
し-1-75

坂の上の雲（全八冊）
司馬遼太郎
松山出身の歌人正岡子規と軍人の秋山好古・真之兄弟の三人を中心に、維新を経て懸命に近代国家を目指し、日露戦争の勝利に至る勃興期の明治をあざやかに描く大河小説。（島田謹二）
し-1-76

菜の花の沖（全六冊）
司馬遼太郎
江戸時代後期、ロシア船の出没する北辺の島々の開発に邁進し、日露関係のはざまで数奇な運命をたどった北海の快男児、高田屋嘉兵衛の生涯を克明に描いた雄大なロマン。（谷沢永一）
し-1-86

ペルシャの幻術師
司馬遼太郎
十三世紀、ユーラシア大陸を席巻する蒙古の若き将軍の命を狙うペルシャの幻術師の闘いの行方は……幻のデビュー作を含む、直木賞受賞前後に書かれた八つの異色短篇集。（磯貝勝太郎）
し-1-92

幕末
司馬遼太郎
歴史はときに血を欲する。若い命をたぎらせて凶刃をふるった者も、それによって非業の死をとげた者も、共に歴史的遺産といえるだろう。幕末に暗躍した暗殺者たちの列伝。（桶谷秀昭）
し-1-93

（　）内は解説者。品切の節はご容赦下さい。

関川夏央
司馬遼太郎の「かたち」
「この国のかたち」の十年

司馬遼太郎が晩年の十年間その全精力を傾注した「この国のかたち」。原稿に添えられた未発表書簡、資料の検証、関係者の証言を通じて浮かび上がる痛烈な姿と「憂国」の動機。（徳岡孝夫）

せ-3-7

関川夏央
二葉亭四迷の明治四十一年

言文一致体の提唱者として文学史に名を残す二葉亭四迷は小説家、ロシア文学者、大陸浪人などの顔も持つ複雑な人物だった。その人生に重ねて明治の時代精神を描く長篇評論。（高橋源一郎）

せ-3-8

関川夏央
豪雨の前兆

夏目漱石、松本清張、須賀敦子……。いずれも既にこの世にない人の遺した書きものを通じ現在を照射する、深い知識と鋭い観察眼、人生への洞察が冴える珠玉の随筆二十二篇。（水村美苗）

せ-3-9

関川夏央
昭和が明るかった頃

昭和三十年代、人々は映画に明日への希望を託していた。最も時代を色濃く映し出していた映画会社・日活と吉永小百合、石原裕次郎を通じこの時期の時代精神を描く長篇評論。（増田悦佐）

せ-3-10

渡部昇一・谷沢永一
こんな「歴史」に誰がした
日本史教科書を総点検する

中学歴史教科書の反日的記述を、論壇の両雄が対談形式で徹底的に批判。その本来のあるべき姿を明示し、そういった教科書がなぜ生まれたのかを解明する、絶好の入門書。（田久保忠衛）

た-17-3

坂本龍一・天童荒太
少年とアフリカ
音楽と物語、いのちと暴力をめぐる対話

いま世界にあふれる暴力と無関心、そして若者たちの孤独。東京に暮らす小説家とニューヨーク在住の音楽家が、それぞれの生い立ちや創作世界を通して救いの在り処を探す真摯な対話集。

て-7-1

「司馬遼太郎記念館」への招待

　司馬遼太郎記念館は自宅と隣接地に建てられた安藤忠雄氏設計の建物で構成されている。広さは、約2300平方メートル。2001年11月に開館した。

　数々の作品が生まれた自宅の書斎、四季の変化を見せる雑木林風の自宅の庭、高さ11メートル、地下1階から地上2階までの三層吹き抜けの壁面に、資料本や自著本など2万余冊が収納されている大書架、……などから一人の作家の精神を感じ取っていただく構成になっている。展示中心の見る記念館というより、感じる記念館ということを意図した。この空間で、わずかでもいい、ゆとりの時間をもっていただき、来館者ご自身が思い思いにしばし考える時間をもっていただきたい、という願いを込めている。　（館長　上村洋行）

利用案内

所 在 地　大阪府東大阪市下小阪3丁目11番18号　〒577-0803
T E L　06-6726-3860 , 06-6726-3859（友の会）
H P　http://www.shibazaidan.or.jp
開館時間　10:00～17:00（入館受付は16:30まで）
休 館 日　毎週月曜日（祝日・振替休日の場合は翌日が休館）
　特別資料整理期間（9/1～10）、年末・年始（12/28～1/4）
　※その他臨時に休館することがあります。

入館料

	一般	団体
大人	500円	400円
高・中学生	300円	240円
小学生	200円	160円

※団体は20名以上
※障害者手帳を持参の方は無料

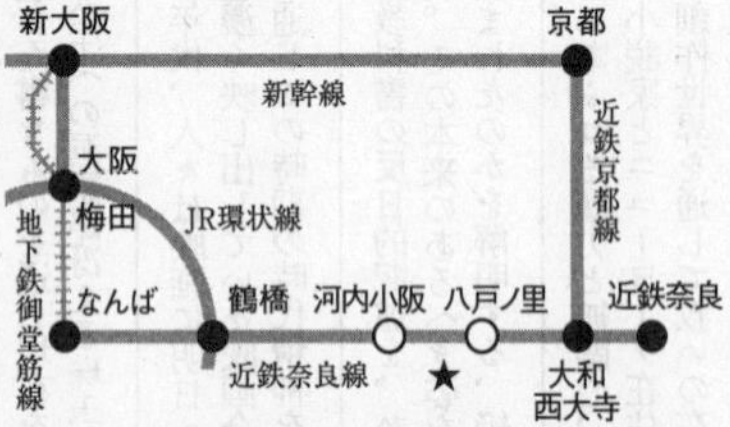

アクセス　近鉄奈良線「河内小阪駅」下車、徒歩12分。「八戸ノ里駅」下車、徒歩8分。
　Ⓟ5台　大型バスは近くに無料一時駐車場あり。但し事前にご連絡ください。

記念館友の会　ご案内

友の会は司馬作品を愛し、記念館を支えてくださる会員の皆さんとのコミュニケーションの場です。会員になると、会誌「遼」（年4回発行）をお届けします。また、講演会、交流会、ツアーなど、館の行事に会員価格で参加できるなどの特典があります。

　年会費　一般会員3000円　サポート会員1万円　企業サポート会員5万円
　お申し込み、お問い合わせは友の会事務局まで
　TEL 06-6726-3859　FAX 06-6726-3856